阿拉伯经典散文选

李 琛 ◎ 编

华文出版社
SINO-CULTURE PRESS

前　言

　　阿拉伯自古是个诗的王国。诗歌居于文学之尊，成就最高，散文次之。到了现代，散文后来者居上，进而居于首位。

　　阿拉伯人的散文概念相当宽泛，有韵为诗，无韵为文，一切非诗的作品皆属散文之列。讲演是阿拉伯游牧民族最喜爱的表达方式。集会、庆典、集市上，少不了文人智者或为矜夸部落荣耀或为调解纠纷或为劝诫而慷慨陈词。讲演者常用民间喜闻乐见的格言成语抒发情感、阐明道理，言简意赅，且注重音韵节奏，以声动人。卜辞和围坐闲谈时说唱故事也形成最早的散文形式。简明、雄辩、音调铿锵和谐为其重要特征，传承至今。

　　《古兰经》是阿拉伯独特的散文形式。埃及文学家塔哈·侯赛因曾把《古兰经》与诗歌、散文并列为阿拉伯的三种文学形式。作为阿拉伯文学修辞典范的《古兰经》，对后世散文影响深远。

　　书信、批文、家训等文牍散文以及史传散文（如《穆罕默德传》《阿拉伯人的日子》），于伊斯兰教传播和向外扩张时期应运而生。阿卜杜·哈米德（？—750）将书信发展为长篇文章，注重起承转合和逻辑性，文章由简明走向精美。因而有阿拉伯文章始于阿卜杜·哈米德一说。他也得到"写家"的称号。

两位散文大家伊本·穆格法(724—759)和贾希兹(779—868),生活于阿拔斯王朝。这时期散文的进步与繁荣得力于多民族文化的交流、翻译运动的蓬勃开展以及伊斯兰内部教派的论争和多民族主义运动(舒欧比亚运动)。此时,贝都因人的雄辩演说发展为闪耀思辨和理性之光的学术争论与笔墨官司。著有《大礼集》《小礼集》《卡里来和笛木乃》的穆格法,集阿拉伯简明、雄辩、睿智与波斯的优美、典雅、凝重的风格于一体。《宽恕书》《吝人传》《动物书》的作者贾希兹,文笔自然朴实,简明晓畅,融讽刺幽默和理智思辨于一炉。

同期其他名家与佳作不胜枚举。伊斯法哈尼(897—967)的《诗歌集成》在歌集中穿插大量文人歌女的逸闻文学评论,成为伊斯兰前后重要的文学史料。远在西班牙的阿拉伯王朝中,伊本·阿卜杜·拉比(560—940)的《罕世璎珞》,伊本·舒海德(992—1034)的《精灵魔鬼》,均为别具一格的文论。伊本·哈兹姆(994—1064)的《斑鸠的项圈》是爱情艺术的最早论述。

阿拔斯王朝后期,奢靡的都市生活败坏了文风,浮艳之风盛行。伊本·哈密德(？—970)精于修辞和音韵的华美。伊本·法笛勒(1134—1197)将此风格推向极端。苏菲教徒表达信仰和灵性体验的作品,为散文注入清新的空气。这时期,阿拉伯的故事文学相对发达,出现了四部民间传奇,《一千零一夜》以及哈马达尼(969—1007)和哈利里(1054—1122)创作的《麦卡玛韵文故事集》。

13—18世纪土耳其统治时期,由语言学家、文学家、旅行家写的散文作品将历史、地理、文学结合起来。伊本·赫里康(1211—1282)的《名人列传》、伊本·白图泰(1313—1374)的《伊本·白图泰游记》、伊本·赫勒敦(1332—1401)的《历史绪论》、盖勒·格尚迪(1355—1418)的《夜盲者的曙光》都发展了阿拉伯叙事艺术。

阿拉伯现代散文的复兴是19世纪中叶阿拉伯复兴运动的产物,并为推动复兴做出贡献。报纸的出现改变了阿拉伯传统的写作思想和目的。

文人由写给统治阶层、适应当权者需要，转而面对广大民众，为启发教育民众、宣传西方文明、改良社会，进而服务于民族独立解放运动。服务大众的目的促进文章语言趋向大众化和口语化，吸收新鲜词汇，丰富了现代语言，写作注重思想内容，主题鲜明集中，文章不拘一格，形式多样，将古代散文形式与西方现代文体融合。复兴之初，演讲和游记十分突出，而后，带有强烈批判意识的政治、社会散文比比皆是，现代意义的艺术散文走向辉煌。因此，20世纪是阿拉伯散文大发展的时期，也是成就最高的时期。

这本集子收入了黎巴嫩、埃及、叙利亚、伊拉克、巴勒斯坦、阿尔及利亚、突尼斯、摩洛哥、科威特等10个国家49位作家或诗人的66篇形式各异的作品。大体勾勒出阿拉伯散文从复兴到繁荣的发展轨迹，展示出几代散文家的风采。黎巴嫩、埃及作家对阿拉伯散文发展的推动功不可没，显示了文化大国的实力。

阿拉伯现代散文的特点有四：

一、阿拉伯散文大家多为本国政治文化的精英。这些思想巨子继承了阿拉伯文化遗产，坚信精神力量必将转化为开创新生活的物质力量。他们面对灾难深重的民族和危难中的祖国，不失一个智者的清醒，高瞻远瞩地从人类文明中汲取力量，关注民族价值观念的确立，催人奋进。因而作品带着智者的大度胸怀和救世的积极精神，极少知识分子的失望、苦闷与颓唐。

埃及政治家穆斯塔法·卡米勒在其演讲中高扬爱国主义的精神，坚信"最重要的工作和最高尚的努力，就是让这新的信念深入到人们内心，因为信念能撼动山岳"。思想家拉沙德·鲁什迪于20世纪60年代末民族危难之时指出，抵御邪恶势力最重要的武器是人自身，复兴文明价值是"让心中的火种重新发出光焰"。作家伊德里斯也申明"集体的沮丧"是因"人失落了终极，因此必须去发现终极"。

启蒙思想家纷纷为国家民族的富强献计献策。他们的文章涉及了政治、社会、妇女解放、语言文字、文学改革等方方面面。叙利亚政治家伊斯哈格的《论改革》，其远见卓识今天读来仍有现实意义。

二、阿拉伯现代散文具有深厚的文化和哲学底蕴。作家始终不放弃对信仰和形而上学的寻觅；呵护着人的精神家园免遭破坏。他们对伊斯兰精神的理解和认识相当深刻，把握了信仰的实质。塔哈·侯赛因在《富人的重负》中从阿卜杜·拉赫曼发自内心的施舍善行，阐明了伊斯兰对待财富的态度和伊斯兰"公"心的内涵。布特鲁斯·布斯塔尼的《序言》展示出黎巴嫩现代文化中基督教的因素。

阿拉伯作家善于从哲学和美学的角度探讨人的本质及人生意义。穆罕默德·卡米勒·侯赛因在《圣谷》中揭示了"趋向纯洁和高尚原本是人类的一种自然本性，是人性的一种标志。如果一颗心不能实现其趋向纯洁高尚的天性，那么这颗心是不会安宁的"。曼法鲁特把一掬同情的眼泪视为人性的标志，不断呼唤人性的复归。阿卡德则强调人心灵的内在美，"你的财富在于你的心灵；你的价值在你的工作中；工作的动机比起工作的效果更值得关注。"

《阿拉伯—伊斯兰文化史》的作者艾哈迈德·爱敏有感于美及美感对文明建设的重大意义，在《论美》中指出有无美感是区别人与动物的重要标志："当人类的美感渐渐苏醒时，他发现暴虐是丑恶的，便规避之；奴役是可耻的，便唾弃之；而公正、自由、富裕、平等是美好的，便不惜牺牲自己，去为之奋斗。"小说家台木尔则进一步阐述美的功能和美与爱的辩证关系，他视"美是一种创造力，其产物就是爱。没有美的促使，便不可能有爱，美是爱的主宰。爱的宏旨在于行善、造福，因此，我们无法想象会有一种旨在不幸和苦难的美。如果我们能欣赏到美，感受到爱，那么幸福也就在握了"。我相信任何一个读者在读到以上文字时，都会感受到一种心灵的净化和精神的提升，品味到阿拉伯智慧之所在。

三、阿拉伯散文作家以平易流畅的笔调自自然然道出一份化解不开的浓情。无论是乡情（《他乡客归时》《文明而古朴的村庄》）、友情（《旧日笑友》《悼塞里姆·塞尔基斯》）、亲情（《童年的回忆》）、爱情（《纪伯伦与梅娅的书信》），都情真意切，情意绵绵。即便是写景或状物的作品，也是借景抒情或托物寄情。《月亮》，从月之光华及月球的荒凉引发出对人生的眷恋。《地中海》《杉树》，面对大海和杉树抒发的是拳拳赤子之心。《水烟筒》，流露出睹物怀旧的情愫。《我的家》，于平淡中写出耐人寻味的思绪。

在这些情深意浓的文字中，作家的个性特征表露得极为鲜明。《这就是春天》，从春之于不同地域的景观引出对人之境遇的感叹。一般人都歌颂春之明媚，唯独梅娅想到沙漠之春、废泉之春，在美好事物中意识到美之不足。此等文章只有这位多愁善感的黎巴嫩才女才能写得出来。真可谓文如其人！

《思念》《初升明月》，将情人思恋的浪漫缠绵引向对爱情和人生哲理的抒发。此两篇出自因捍卫《古兰经》语言的纯洁和伊斯兰价值观，于20世纪30年代文学论争中作为保守派代表的拉斐仪。他曾在黎巴嫩与一女诗人邂逅，一见钟情，热恋一段后又不得不分手。他的抒情散文一扫伊斯兰正统学者给人留下的古板冷漠的印象。

四、阿拉伯现代散文作家大都是饱学之士，或家学深厚，学贯古今，或留学欧美，深谙西方文化之精华。他们极高的文化素养和审美品位造就了现代散文的文字之美、音韵之美、个性之美、意趣之美。文章优雅风趣，遣词炼字无斧凿之痕。纪伯伦的文字轻柔优美，绚丽多彩，富于迷人的乐感。曼法鲁特的文章音韵和谐，浸透着温柔的伤感。拉斐仪的文字充满激情和想象力。努埃曼以清丽的文笔抒发自然的和谐。马兹尼的散文带着辛辣、调侃甚至自嘲。而女作家哈黛·萨曼善于信手拈来人们熟视无睹的社会现象，于亲切的氛围中道出她独特深刻的见解。突尼斯的玢特·芭哈尔的散文有强烈的诗化倾向，文字凝练，感情浓烈，震撼人心。

可以说，阿拉伯现代散文是文人的散文，学者的散文，智者的散文，具有阿拉伯的审美情趣和超凡脱俗的品格。编者在筛选篇目时，常常按捺不住内心的兴奋和激动，感受到发现宝物似的惊喜，并由衷地为阿拉伯现代散文的丰富多彩赞叹不已。相信读者会与我有同感，并能从中加深对阿拉伯文化的了解，得到一种精神的享受。

李 琛

目录

女子的教育
  雷法阿·塔赫塔维 张洪仪译 / 001

妇女的胜利
  艾哈迈德·法里斯·希德雅格 薛庆国译 / 004

语言文字的改革（节译）
  布特鲁斯·本·布里森·布斯塔尼 张洪仪译 / 008

月亮（节译）
  易卜拉欣·亚齐吉 薛庆国译 / 014

专制与道德（节译）
  阿卜杜·拉赫曼·凯瓦基布 张洪仪译 / 016

荣誉（节译）
  阿卜杜·拉赫曼·凯瓦基布 张洪仪译 / 020

论改革
  艾迪布·伊斯哈格 张洪仪译 / 022

婚　礼
  卡西姆·艾敏 李　琛译 / 029

地中海
　　　艾哈迈德·邵基　张洪仪译 / 031

一根白发
　　　穆斯塔法·鲁特菲·曼法鲁特　李唯中译 / 034

怜悯（节译）
　　　穆斯塔法·鲁特菲·曼法鲁特　李振中译 / 038

让我们更有力量
　　　穆斯塔法·卡米勒　邸溥浩译 / 040

悼赛里姆·塞尔基斯
　　　艾敏·雷哈尼　薛庆国译 / 043

杉　树
　　　艾敏·雷哈尼　顾巧巧译 / 047

会说话的树
　　　艾敏·雷哈尼　仲跻昆译 / 052

初升明月
　　　穆斯塔法·萨迪格·拉斐仪　李唯中译 / 054

思　念
　　　穆斯塔法·萨迪格·拉斐仪　杜明皓译 / 059

音乐短章（节选）
　　　纪伯伦·哈利勒·纪伯伦　伊　宏译 / 062

纪伯伦致梅娅
　　　纪伯伦·哈利勒·纪伯伦　伊　宏译 / 070

生活是美好的
　　　艾哈迈德·哈桑·齐亚德　杨言洪译 / 073

这就是春天
　　　梅娅·齐亚黛　李唯中译 / 077

梅娅致纪伯伦
　　　梅娅·齐亚黛　伊　宏译 / 081

复兴之始（节译）

　　　　萨拉哈·莱百奇　薛庆国译 / 086

论　美
　　　　艾哈迈德·爱敏　朱　凯译 / 091

太　阳
　　　　艾哈迈德·爱敏　葛铁鹰译 / 096

我的家
　　　　艾哈迈德·爱敏　李　琛译 / 098

我的生活哲学
　　　　阿拔斯·马哈茂德·阿卡德　李唯中译 / 102

富人的重负
　　　　塔哈·侯赛因　李唯中译 / 106

春天来了
　　　　米哈依尔·努埃曼　薛庆国译 / 111

人生之秋
　　　　米哈依尔·努埃曼　李唯中译 / 116

假若生活没有爱情
　　　　易卜拉欣·马兹尼　李唯中译 / 121

富有创造力的美
　　　　马哈茂德·台木尔　仲跻昆译 / 125

尼亚加拉瀑布
　　　　马哈茂德·台木尔　李唯中译 / 128

萨拉哈·莱百奇全集序言
　　　　布特鲁斯·布斯塔尼　薛庆国译 / 131

致安德烈
　　　　陶菲格·哈基姆　朱　凯译 / 137

鸟与人
　　　　陶菲格·哈基姆　杨言洪译 / 141

思想的尊严
　　　　陶菲格·哈基姆　伊　宏译 / 144

在途中
　　　穆罕默德·马赫迪·杰瓦希里　李　琛译 / 146
他乡客归时
　　　马立克·本·纳比　杨孝柏译 / 152
在诺贝尔奖授予仪式上的讲话
　　　纳吉布·马哈福兹　郁　葱译 / 156
断　想
　　　穆斯塔法·艾敏　伊　宏译 / 161
埃及的民族性
　　　拉沙德·鲁什迪　伊　宏译 / 163
斋月打更人
　　　努尔曼·阿述尔　李　琛译 / 167
书的价值
　　　努尔曼·阿述尔　李　琛译 / 170
童年的回忆
　　　阿卜杜·麦吉德·本·加伦　杨孝柏译 / 172
第十八天
　　　阿迈德·阿卡歇　志　平译 / 177
一颗枣核支撑大坛
　　　艾尼斯·曼苏尔　郅溥浩译 / 181
巧克力——骆驼眼
　　　艾尼斯·曼苏尔　伊　宏译 / 183
致诗人谢瓦夫
　　　巴德尔·沙基尔·赛亚卜　薛庆国译 / 185
我的埃及亚历山大
　　　爱德华·海拉特　薛庆国译 / 189
为什么写作
　　　优素福·伊德里斯　薛庆国译 / 195
文明而古朴的村庄

赛尔瓦特·阿巴扎　顾巧巧译 / 199

地中海上的咖啡馆
　　赛尔瓦特·阿巴扎　顾巧巧译 / 202

旧日笑友
　　萨拉哈·阿卜杜·苏布尔　顾巧巧译 / 205

是自然造化，抑或丹青刺绣
　　侯萨姆·哈提卜　薛庆国译 / 212

菲鲁兹的歌声
　　娜贾哈·阿托尔　薛庆国译 / 215

水晶般的心灵——米斯拉提印象记
　　穆罕默德·扎维　李荣健译 / 219

与祖辈谈和
　　哈黛·萨曼　张洪仪译 / 227

异乡人还是离乡人
　　哈黛·萨曼　张洪仪译 / 232

水烟筒
　　杰马勒·黑托尼　李琛译 / 236

"女性"的罪名
　　玢特·芭哈尔　张洪仪译 / 241

阿拉伯文化中的自然与人
　　宰基·纳吉布·马哈茂德　伊宏译 / 246

圣　谷
　　穆罕默德·卡米勒·侯赛因　伊宏译 / 252

否认理性的力量
　　福阿德·宰克利亚　朱凯译 / 258

穷人和富人的言谈
　　艾哈迈德·巴赫杰特　郅溥浩译 / 262

变　化
　　穆罕默德·纳绥夫　解传广译 / 264

女子的教育

雷法阿·塔赫塔维

雷法阿·塔赫塔维(1801—1873),埃及作家,阿拉伯近代文学复兴运动的先驱。毕业于爱资哈尔大学,1826年赴法留学五年。先后任语言学校校长、翻译局局长、军事学校校长等职,参与创办并主编《埃及时事报》。一生致力于引进西方文化,振兴埃及。著译甚丰,有游记《巴黎揽胜》,文选《埃及当代文学赏析》,历史著作《古埃及史》及《法国诗选》等多种体裁。他崇尚古风,追求文字的典雅。《女子的教育》译自文集《青少年的忠实向导》。

女子的教育应当同男子的教育一样受到重视。让女子学会读书、写字、算算术等知识,能使其更有教养,更有头脑;让她们拥有知识,就能和男人一道议论大事,从而在男子心目中更重要,地位更高。当需要的时候,她们能同男子一起从事力所能及的工作。凡是女人能做的事尽量让女人去做,不要让她们无所事事,没有工作压力自然就会胡言乱语,想入非非,招惹是非。工作使女人脱俗,使女人高尚,如果说失业对于男人是不幸的,对于女人更是如此。闲散的女人常把时间花在走街串巷、搬弄是非、盯着别人如何吃喝穿戴和与人家攀比上。

有人说：不要让女人学认字，学了认字要招祸害。一般来说应该不会这样。说女人从本质上就是阴险、狡诈、油滑的，或者说女人原本智力就不健全，这是毫无根据的。有人说教会她们写字也许会惹麻烦，今天写封信给张三，明天写个便条给李四，后天再写几句诗给王五……至高无上的主既然创造了女人，必然会叫她们与男人一样有健全的头脑、判别是非的能力，有高尚的道德，而不只是为了收拾家务、生孩子。以上种种说法都是不对的，并不是所有的女人天生缺德，所有的女人都不堪救药。圣训上有许多谆谆教导，如爱尘世、远权贵、免奢华，有多少人因没有遵从而犯下种种罪恶。女子受教育无害。为什么无害？先知的妻子当中就有识文断字的，比如欧麦尔之女哈芙赛、艾布·伯克尔之女阿伊莎等。古往今来，究竟有几个女人因饱读诗书而放荡堕落，而又有多少男人博古通今而离经叛道？

禁止女人读书的原因无非是一些带着蒙昧时期的偏见和传统旧思想的男人忌妒女人的良好品行而已。如果我们反传统之道而行做个试验，不难看出我们的观点是正确的。试想，一个人得了个不错的女孩儿，教她读书、写字、算算术，教她一些适合女孩子的手工活儿，像缝纫、刺绣之类。到了女孩儿十五岁后，把她嫁给一个品德高尚、受过教育的男人，她不可能整日与丈夫吵吵闹闹，或干脆背离而去。所有的女孩儿都一样，教育她们就意味着用知识的明灯照亮她们的心扉。

可以肯定，有了读书写字的能力，就能用良好的道德约束自己，就能获得有益的知识，这会使女人更完美，更能赢得有教养的男人的爱慕。教养可以弥补外貌的不足，但是美貌绝对不能取代教养，因为美貌是不能长久的。

同时，女人的教养与知识在很大程度上影响着孩子的品行。当女孩子看到母亲热衷于读书，做事有条有理，教子有方，自然而然就会仿效；相反，如果见到母亲只顾打扮自己，把时间耗在串门嚼舌头上，自然习以为常，以为女人也许都如此。这前后两种女人有多么不同啊！前者正是因为有了知识才懂得如何照料丈夫，教育孩子，更由于她从小就耳濡目染，就像诗人布绥里所说：人的心灵像婴儿，断了奶，就能独立；若依从，就只能叼着奶头长大。

  很多国家的经验表明，女子受教育的好处多于害处，或者说根本无害。记载圣行的书中谈到妇女的地方很多，先知穆罕默德时代有专门教女子学习的教师，如夏法·乌姆·苏莱曼①，传说使者对她说，"教哈芙赛治蚊虫叮咬就像原先你教她认字"，这段圣训证明教女人认字是可行的，女人可以和男人一样参与各种活动，因为女人与男人在本质上没有什么不同。普及教育同时反对女子受教育是绝对不行的。无论是男是女，都应遵从先知穆罕默德关于教与学的训导，去读书，去研究，从学习中受益。

张洪仪译

---

① 女，圣门弟子之一。——译者

妇女的胜利

艾哈迈德·法里斯·希德雅格

艾哈迈德·法里斯·希德雅格（1804—1888），黎巴嫩文学家、诗人、学者、报人，近代阿拉伯文化复兴运动的先驱之一，社会改良派领袖之一。他学识渊博，通晓古叙利亚语、英语和法语，主张思想信仰言论自由、人人平等，号召解放妇女，反对因循守旧。其著作内容广泛，涉及语言、文学艺术、社会政治等各方面。重要作品有《法兰西、土耳其、阿拉伯语言宝藏》(1876)、《欧洲艺术探幽》(1873)、《希德雅格谈天录》(1855)、诗集《珍玩宝库》等。《妇女的胜利》译自《阿拉伯现代文学选读》(1966)。

有的人娶妻，是因其美貌，而非美德；因其外表，而非德操；因其能歌善舞，而非聪慧颖悟；因其体态丰腴，而非德行嘉懿；因其柔情绰态，而非文雅忠贞；因其轻狂佻薄，而非洁身自好；因其浓妆艳抹，而非虔敬赤诚。大凡好色恋貌、频频离婚、视婚约文契为儿戏者，或只图愉悦感官，而不知修身养性、不惧来日报应者，都有上述种种癖好。而在择妻上独具慧眼的贤达之士，则重其内秀胜于外貌；因为娇嫩的肌肤有衰枯之日，柔美的面容有失色之时。而且众所周知，妇女易受灾祸的不断侵害，衰老较早，又多缠绵病榻，再加上女子天生羸弱，所以建立在美貌基础上的爱情，一旦遇到变故便告破灭，而后这类男人便要去另觅新欢。

然而，无论女子多么美艳超群，赏心悦目，久而久之也要令好色之人心中生厌，而不觉其可爱。所以俗话说："东西到手，再无想头。"此外，"心"①字的来源也颇可证明人的本性：无恒久固守之心，而是反复无常，朝三暮四——有时认为多妻则多福，众妻妾中总有一人合乎口味，而且儿女绕膝，其乐无穷；有时又认为寻欢作乐才最合人之本性；又有时则偏爱独身无伴的生活。

若论夫妻成婚时的年龄，则并无绝对的一定之说。在欧洲各国，妇女只嫁年龄相近或稍长的男子，如年龄悬殊则会招引訾议。如若世胄之家的年迈老人与寻常人家的少女结婚，则可知少女意在攀结高门，而非出于男女真情。而在东方国家，男人即或娶了年龄不到自己一半的女子，也不用担心她会因此心生不满，弃他而去，这是因为在他看来，男人胜于女人，男人比女人位尊言重。

因此，男人可以纳妾若干，而令妻子心生妒忌；可以无视妻子的权利，从不和颜悦色相待；妻子如有不测也不予关心，如受委屈也不示同情。凡此种种，都是因为男人胜于女人，男人比女人位尊言重。

他可以和相好通宵作乐，而将妻子藏于闺房，唯以小妾为伴！他可以久不归家，却以丈夫的名义强迫约束妻子，并另遣女人对她监视幽禁，于是她不得上街，不得出入作坊，而只能在窗缝后呼吸空气，每见到外人也必惊恐万状，惶惶不可终日！凡此种种，都是因为男人胜于女人，男人比女人位尊言重。

他可以装得虔敬尊贵，扮出一副克己守礼的模样，而暗中却幽会有夫之妇，并向她们传授讨好丈夫、不为丈夫所逐之道。所以，这些女人

---

① 在阿拉伯语中，"心"与"变化"两词源于同一词根。

趋之若鹜，他则做起偷香窃玉的勾当。他的妻子却在家坐卧不宁，心烦意乱，既无人听她痛诉哀怨，也无人为她出谋划策，更无人解救她摆脱丈夫。她不得对他有所不忠，也不能识破他的圈套。凡此种种，都是因为男人胜于女人，男人比女人位尊言重。

他可以炫耀自己满腹经纶，广招少年后生作为门徒，与他们互相来往，向他们大谈各种奇闻逸事，以哗众取宠。于是少年们与他形影相随，把他视为贵人，争相与他结交，并且称道他的德行品格，他因此又得到他们家人及亲朋的欢心。众人皆欲与他结为亲属，或让家中老处女与他相识，或请他入门做客，为他们解闷添乐。而他的妻子也有风闻，于是潸然泪下，悲叹不已。凡此种种，都是因为男人胜于女人，男人比女人位尊言重。

他可以将所得钱财藏匿起来，不让妻子知道，正如他将她本人藏匿起来一样。他为她花钱时锱铢必较，给她的食物仅供苟延残喘，给她的衣服则好比死人身着的殓衣，而他对自己却穷奢极欲。若是妻子有所埋怨："某家夫人佩金戴银，而我却一无所有，连衣服也没有更换的！"他便会大加训斥："良家妇女，有布衣粗食足矣。我一向视你为本分人，现在如何变得骄奢轻狂？"接着，便列举安拉如何如何教导过、先知穆罕默德如何训示过，栽德或阿慕尔转引的某句先知的话又如何如何……这一番引经据典，令她噤若寒蝉，无地自容。其实她内心明白：圣训上并没有不许妇女妆饰仪容，不过是男人居心不良，偏在其中作祟。更有甚者，便是丈夫对妻子强词夺理，而自己却肆无忌惮。凡此种种，都是因为男人胜于女人，男人比女人位尊言重。

又如妻子若对他提起："邻家的妇人外出游憩，我与她情同意合，请让我随她同去散心解闷。"他便会斥道："正经的妇道人家应该谨守闺房，甘心幽居，而不应抛头露面，不该心存欲念，不图与女流之辈凑聚一起，也不应追求穿着。女人只要走出家门，就是违犯道德，寡廉鲜耻。"然后再滔滔不绝地引述一番安拉与先知的话来做教训。凡此种种，都是因为男人胜于女人，男人比女人位尊言重。

若是他有时愁眉苦脸，萎靡不振，长吁短叹，心灰意懒，妻子见状安慰说："今天何故见你满面愁容，犹如心碎肠断一般？说话也无精打采、爱理不理，也不管我们吃饭没了下顿，像这样忍饥受饿，我更不用去想锦衣红妆了。长此以往，何异于坐以待毙？"他听后便要怒喝："你这么寻根究底，好像非要探知我的隐私似的！在我上贼船同你结婚的当初，你难道规定过我非但供你吃饭，还要向你吐露隐私吗？还不赶紧住口，以免招来一顿拳脚，落个头破血流！"凡此种种，都是因为男人胜于女人，男人比女人位尊言重。

因此，男人女人在生活中如冤家对头，势不两立；两人同床异梦，都在心怀鬼胎，算计对方，直到离婚了事！分手便成了最好的调停！

而有的人娶妻，妻子与他情投意合，患难与共，是他工作中的贤内助。夫妻两人相亲相爱，信守誓言，忠贞不贰；两人都避免彼此伤害，引起不快；一人有何私隐，对方也必谨守不宣；双方相辅相成，好似锦上添花。于是夫妻两人不可分离，而形影相随有如一人。谁与妻子恩爱到这种境界，必定是最幸福的一人。因为不言而喻，多数情况下男人的幸福在于家庭和睦，享受天伦之乐。有了幸福的家庭，积少可以成多，有难可以克服，清贫可以变为小康，烦恼可以化成幸福。

妇女在培养子女、操持家务上的功绩也有目共睹，尤其丈夫不得已在外谋生时，更应为此而感快慰。

有关夫妻之道，我尚言犹未尽，但在此仅略述一二作罢。

总之，婚姻大事不能贪图美貌，贪粉颊会遭枪挑，恋秋波会被刀刺，最终必然是身败名裂；婚姻乃应追求和睦、融洽，如此方可陶冶德行。

薛庆国译

语言文字的改革（节译）

布特鲁斯·本·布里森·布斯塔尼

布特鲁斯·本·布里森·布斯塔尼(1819—1883)，黎巴嫩学者、教育家。毕业于艾因·沃拉哥学校。精通古叙利亚语、拉丁语、意大利语、希伯来语、希腊语和英语，多年从事教学和翻译工作。他是第一位号召教育妇女的革新者(1849)，第一位高等学校的创办者(1864)，第一位政治经济文化报刊的创办人(1860)，第一位阿拉伯现代辞典的编纂人，著有《辞海》（三卷，1870)、《简明辞典》（二卷，1870)，第一位按科学方法编纂《阿拉伯百科全书》（六卷，其子孙完成至十一卷，到艾因字母）的学者，因而有"大师布特鲁斯·布斯塔尼"的尊称。《语言文字的改革》译自《阿拉伯现代文学选读》(1966)。

一、我们发现一方面波斯、鞑靼和西方人不断地扩大自己语言的势力范围，企图用语言同化阿拉伯人，另一方面阿拉伯人中某些主张西化的人也跟着糟蹋自己的语言，用一些很难与阿拉伯语相融合的洋词取代人们约定俗成的词语。而这些词就像这些人本身一样与自己的同胞格格不入。正如人需要别人的帮助，一个民族的语言也需要别的民族的语言补充，但是这种补充应该在原语言无法表达的情况下，以便使语言更明确，更达义，而不能使语言变得晦涩难懂。

二、当然，我们不能忽视在阿拉伯语词典中有很多僵死的，除了束缚人的思想和语言毫无作用的东西。阿拉伯语近义词多的现象来源于多部落，不能设想一个古莱什部落（持阿拉伯标准语的部落）给"狮子"取五百个名字！很明显这些词收集自不同的部落。由于人们非常重视收集这些词汇，把它们完整地保存下来，因此有意识地把所见到的材料加以记载，而常常每个部落都有自己独特的词汇和表达方式，与众不同。有人以为近义词多说明阿拉伯语丰富，其实不然，因为这种丰富并没有增加更多的词义，而表达词义才是语言的根本目的。一种语言一方面多词一义，另一方面又有许多的意思不能表达，这实际上不是语言的丰富，而恰恰是语言贫乏的表现，而且说明持这种语言的民族也定是个贫穷的民族。

过去阿拉伯人非常喜爱骆驼，甚至尊崇骆驼，穿的是驼毛，吃的是驼肉，喝的是驼奶。骆驼像陆地上的车，大海中的船，为他们提供迁徙和运输的服务。因此，我们发现阿拉伯语中充满了与这个高大健壮的动物相关的词语。骆驼身上几乎没有一个器官没有单独的名称，骆驼的状态和动作几乎没有一种无专门的表达，如果我们查阅一下阿拉伯语词典，可以找到数千的词语散发着骆驼的气息。说得夸张一点儿，阿拉伯语中有关骆驼的词语简直多如驼毛！而对于现代人来说，随着车辆取代骆驼成为了交通工具，随着机动车辆隆隆的转动声取代驼鸣，随着煤炭燃烧的气味取代了骆驼的腥臊，这些词语还有什么用处？时光既然把人投入到当今这个文明的社会，那么人就要学会表达它，语言就大有改革之必要，应尽可能使贝都因的表达向文明社会的表达转化。

三、如此，阿拉伯语言的科学——如词法与句法——改革的迫切性绝不亚于语言本身。这门学科照现在的状况来说，已经完全不适合于现代人，因为人们求学为的是获得生存的手段，而语法却要人毕生去苦苦追求才能了解其真谛。这使人们宁肯完全放弃，或者干脆去学某种或者数种外国语言来代替之。语言仅仅是一种手段，是求知的工具，难道能成为人奋斗的目的，于是一辈子站在那学科的大门前，端详精美的花纹彩绘，执着地坚信门内定有引人入胜的宝贝？

头脑清醒的人一定十分清楚，古人制定语言规范，用科学的方法把语法分成条目，并详细地加以解释，只不过是归纳已然存在的语言现象。因此，这些条目绝不像某些人认为的那样是神圣的，今天的人们不必学实在的本领，不必学有用的技术而应去研究它。可以肯定这是阿拉伯人未能掌握多种科学知识的原因之一。

四、毋庸置疑，有必要编写阿拉伯语词典和语言方面的小册子，让那些学起外语来颇有天赋的国人学起来觉得很容易，在一年时间之内就可以掌握，以证明打好一种语言的基础并不需要费太大的功夫，一边喝奶一边就能做到。但是如果他不愁吃不愁喝，有头脑又有兴趣研究那些古老的东西，志在必得，那我们要给他们充分的自由，让他们去保护古老的语言，研究游牧的阿拉伯人怎样给动词变位，研究哈利里的韵文和菲鲁兹·阿巴迪所列的千奇百怪的语言现象。这项改革必定被今天的人们所接受。

五、很显然，语言是要随着国民的知识水平、文化艺术水平、工商业发展和各种发明创造的问世而发展的，要想限制一个民族语言文字的发展是万万不能的。如果一种语言被限定，就像许多年以来阿拉伯语所出现的这种绝无仅有的现象，那么，当科学知识和工业生产发展了的时候，为了找到适当的词语表达内心所想，为了维护本身的利益，就只能借助于某种外语，或者发明一些不伦不类的新词。也正是如此，阿拉伯语出现了与书面语言差距极大的土语，并且一直在威胁着正规语言的存在。它已经破坏了正规语，长此下去，这种破坏还将继续，发展到最后，阿拉伯人就会像希腊人和亚美尼亚人那样完全丢掉正规语，用土语来取代，使正规的阿拉伯语变成少数学者和研究家的研究对象，如同法兰克人使用拉丁语一样！难以想象这对于阿拉伯人将是多么大的损失！

六、阿拉伯人过去如何，现在又如何？金色时代早已消亡，代之以黑暗的时代。黑暗的时代开始于14世纪，不断地扩展蔓延直至笼罩了整个国家所有的子民。诗人呢？医生呢？演说家呢？学校呢？图书馆呢？哲学家、工程学家、历史学家、天文学家呢？记载着他们成果的书籍流落到了哪里？不正是这些书籍记载了古老的习俗，而这些习俗经常来到我们的家园，减轻我们的苦难，帮助改良我们的国家，改善我们的状况吗？

七、今天，我们已处在19世纪，希望的大门开始为我们打开了。令撒姆的子孙①高兴的是堂兄弟雅非斯的子孙②已开始重新研究从他们那儿得到的书籍，作为过去四百年的经验总结，在此基础上又加入了新的发现，尽管西方人常常由于傲慢看不起东方人，而对东方的知识一知半解，或者理解起来困难重重。

八、近代伟大的穆罕默德·阿里帕夏对待西方的典籍正如当年法兰克的查里曼大帝对待当时的阿拉伯典籍一样，命令把其中的精品翻译成阿拉伯文，同许多古籍一起送到埃及的布拉格书局，使多种语言的、医学的、自然科学的、历史的等一些名著得以面世。为阿拉伯语补充了当时所有阿拉伯西方技术和工业方面的内容。但愿他的子孙们在这方面能够效法。

西方建立在实践基础上的科学与技术从四面八方向我们涌来，而他们的发展只有很短的时间，阿拉伯人一定能够在更短的时间里得到，并完整准确地掌握它。科学本身也将通过亚力山大港、伊斯兰堡、信德和贝鲁特到达阿拉伯人手中，最后完成自己的历程。

九、由于当初阿拉伯人执文明的牛耳，西方人即使在最黑暗的年代里也未曾忽视过，当前的文明属于西方人，阿拉伯人应像西方人一样绝不可稍许忽视。我们应该欢迎各种科学成果，不管是从哪里来的，是中国的、印度的、波斯的，还是欧洲的。有人说阿拉伯人拥有所有的科学和技术，

---

① 指阿拉伯人。——译者
② 指西方人。——译者

我看没有比这更愚蠢的了。既然阿拉伯人并不反对从西方人那里学工业，也绝不该拒绝向他们学各门科学……

十、今天的阿拉伯人自命不凡。他们满足于一知半解，还没有够到科学的大门就以为已经到达知识的顶峰了。谁要是学了尊贵的《古兰经》，就有人说："他学问真高深！"谁要是学了点儿语法和句法，就有人说："他是当代的大文豪！"要是有人会吟几句诗，那非得给他挂个头衔不可！这正是一叶障目不见泰山，或曰井底之蛙妄自尊大。当然，我们不否认今天的阿拉伯人是古代阿拉伯人的后代，但是在这些人身上我们没有看到前辈对科学那种孜孜以求和坚韧不拔的精神；我们不承认后代已经无可救药，因为阿拉伯人的睿智和今天对于科学知识的渴求说明了这一点。造成这一切有多种多样的原因，如果我们有时间可以详谈，痛骂一下洋人以减轻对我们骨肉同胞的责难，而且那些洋人要是处在我们的环境里将比我们混得更惨。但是不论什么原因，都不能否认阿拉伯的知识已经老化滞后，特别是那些学者的知识。

十一、阿拉伯的科学文化现在正在全面地衰落：

语言学方面很少有人能让人翘起大拇指说：他真正掌握了语言，了解了语法规则。多数情况下，语言学家只会背诵偏僻的僵死的教条，把它塞进自己的著作或者诗文，显示自己，蒙骗大众！这实际上犹如儿童的小把戏，谁也蒙不过去。

修辞呢，要弄清原著，解答其中玄妙看来只能留待勤奋努力的后人了。

逻辑学呢，多数人仅仅引为借鉴，他们说："谁掌握了逻辑学，谁准是叛教的人。"

其他学科如代数学、几何学等，他们满足于加法和减法，如果有人会乘法和除法，会解答古人早已解答过的难题，他定会远近闻名，成为大学问家！他们只会说三道四，不去脚踏实地，只会盖房子，不想去设计。

……

十二、只要阿拉伯人仅仅满足于继承，照搬古人，不想努力研究、实践，科学技术上的进步就无从谈起。

十三、同胞们，在事实面前不要懊恼，不要气愤，当你们中的一员说明实情的时候，他绝不是诬蔑和中伤，而是为了叫你面对现实，鼓起你求知的勇气，激发你求知的欲望。

张洪仪译

月 亮（节译）

易卜拉欣·亚齐吉

易卜拉欣·亚齐吉(1847—1906)，黎巴嫩著名散文大师、语言学家、诗人。其父为著名学者、散文先驱纳绥夫·亚齐吉，他通晓希伯来语、古叙利亚语，主持了《圣经》阿文版的翻译工作。作品有《报刊语言》(1901)、《易卜拉欣书信集》(1920)，诗集《璎珞集》以及校定其父的著作多种。《月亮》译自《阿拉伯文学及文学史新编》(1958)。

……

月亮乃皓洁与美丽的典范，庄严与崇高的化身。当其在空中涌出，黑暗的大军在她面前溃逃，繁密的群星为她让开天空的道路，她在群星的簇拥下气度非凡，悠然而行。于是，多少人向她投去惊奇而崇敬的目光，向她仰起喜悦、欣慰的脸庞，向她敞开快乐、幸福的胸怀！有情人在月下生发幽情，思念起爱人的容颜；忧愁者在月下借景消愁，暂忘却离别的亲友；不眠人寄思于明月，视其为倾谈的良友；客行子以明月为旅伴，并不觉行路之艰险、旅途之劳顿；贪杯者把酒对月，尽情而酌；相恋人月下流连，月光皎皎可以送秋波，月影朦胧可以遮缠绵，兼有月夜清风，如丝拂面，不由月下人不如胶似漆。如此月华，胜似人间柔衾；这等佳境，令人叹为观止！睹此情景者，不免感叹：一日之际唯夜晚也，无白日之劳瘁，也不觉长夜之难挨。

不，月亮乃令人惆怅，引发伤悲，触动心中愁绪万千。当其升于天空，万籁俱寂，鸦雀无声，唯有微风习习，草木萧瑟。纤纤月色洒满天宇，浅照大地。月下深谷无边，群峰叠耸，兽踪概无，人声不闻。若有人谛视这枯寂情形，不由得百感交集，恍恍然大有远离人寰、置身荒郊废墟之感；或错觉大地方混沌初开，遍地唯丛林、大漠而已，而自己则为太初之亚当。如此作想，已陷入惊愕与恐惧。落寞之感、幽独之绪也一并袭来，令人黯然神伤，沉湎难拔。更有历历往事涌上心头，使人浮想联翩，不免心生追寻后世之念。无奈这人间美景，欲舍不能，复又眷恋此生，恨不能得法术进入空中月世界，或能御月华而扶摇直上。其或以为月中自有亭园葱郁，城邑繁盛，宫殿巍峨，清流潺湲，而月中居民其乐融融，在良田沃土安居乐业……岂不知所谓月球，实乃死寂之所，不毛之地，大气无声，废墟仅存，既无往来之人迹，焉闻歌吟之声息？其空中不见鸟翔游；其旷野不见兽爬行；其山谷丘陵绿色不染，清风不度，无彩云晓岚之缭绕，无清流鼍景之旖旎。其所有者，不外乎破败之残垣、往事之遗迹；或好比绕地球而行之灵柩，毋庸荷掮而已。如此情形，直令流星为其哀祷，繁星心生悲悯。

薛庆国译

专制与道德（节译）

阿卜杜·拉赫曼·凯瓦基布

阿卜杜·拉赫曼·凯瓦基布(1849—1902)，叙利亚文学家、报人、政治活动家，阿拉伯近现代文学复兴运动的启蒙者之一。创建叙利亚《公正》《火焰》报。受迫害而迁至埃及及其他阿拉伯国家，在埃及参与编辑《穆阿伊德》报。一生反对奥斯曼帝国专制统治，号召社会改良。主要作品有《专制的本性》与《诸镇之母》。《专制与道德》《荣誉》，译自《专制的本性》。

专制蹂躏了人原本善良的秉性，消磨它，挫伤它，直至彻底抹杀它。专制使人忘记了主的恩德，因为他从来也没有得到过主的青睐，又如何诚心地赞美主？专制使人仇视同类，以为除他自己以外的人都是专制者的帮凶。专制使人不爱祖国，因为祖国不再是安身立命之所，他不得不背井离乡。专制使人不爱家庭，因为他不知道家庭的纽带是否牢固，亲友的情义是否可信，因为他们和自己一样没有平等权利，也许眼含泪水出卖亲友，乃至加害亲友。专制下，人如囚徒，一无所有，钱财被夺走，人格遭践踏，无论是智者还是愚者都没有希望可追寻，摆在他面前的只有悲惨的命运。

专制下的囚徒活得像牲畜，毫无乐趣可言，尽管如此，他却死守着那痛苦的活法而不肯改变。为什么？因为他不知道还有别种活法，不知道文明的生活在哪儿，自己的社会地位如何。而自由人呢，除了那些曾经当过囚徒的人，或具有深邃洞察力的人，对于囚徒们牲畜般的生活境遇知之甚少。

这些囚徒抱残守缺面对着自己将死的末日，当你告诉他这活法是疾病，是痛苦，该改变时，行将就木的他却比刚刚面对人生，面对未来，面对希望的年轻人还吝惜生命。

专制摧残人的心灵。它不仅劳其筋骨，更以食不果腹的生活折磨人，最终使人精神萎靡，感官麻木，反应迟钝。这种病态直至发展到除了作为动物本能的需要外，不知道什么是好什么是坏。一旦见到独裁者及其走狗们耀武扬威，就吓得魂飞魄散；一听到那些人危言耸听，就像被灌了迷魂汤，只有听命于人。正像绵羊跟在恶狼的后面一样乖乖地跟着人家的指挥棒，一步步走向自己的坟墓。

独裁者一旦控制了人们的躯体和精神便为所欲为，颠倒是非，混淆黑白。失去了理智的人则一味地盲从，甚至反对一切真理、拒绝一切劝导，就像飞蛾扑火，无可阻挡地走向死亡。毫无疑问，肢体的病弱必然作用于心灵，许多病人头脑发昏，许多残疾人愚昧弱智，这足以证明悲惨的囚徒们的头脑是无法与幸福的自由人相比较的。同时，我们也发现这两类人倘若都体力充沛，血气方刚，相貌堂堂，则在智力上无大区分。

稍微有点儿头脑的人即便没有专门研究过独裁是什么，也可一眼看出独裁者当政靠的是撒谎欺骗。假如您再费点儿神，就会发现事情远不止如此，他们简直就是有意在人们头脑中制造混乱。古代那些皇帝啊，国王啊，不正是利用了宗教来巩固自己的统治，百姓不明真相而趋之若鹜。您会看到人们建立政府原来是为了服务于自己，独裁者却把这一点颠倒过来，让大众为他服务，大众接受了，听从了；独裁者把大众的军队变成自己的军队，不为百姓谋利，反过来欺压他们，大众又接受了，听从了；人们甚至于相信了独裁者的观点：寻求真理是大逆不道，唯命是从才是正路，不满抱怨是祸害，指责批评是造反，只有俯首帖耳，唯唯诺诺才是信与忠。淳朴善良的百姓不得不随着独裁者的腔调骂批评政府的人多管闲事，骂励精图治的人胆大包天，骂侠肝义胆的人性情顽劣，骂英勇无畏的人鲁莽无知，骂同情弱者的人神经错乱。同时，把两面三刀说成政治，把阴谋诡计说成机敏，把阿谀奉承说成殷勤，把胆小怕事说成温和。

独裁统治禁锢了普通民众的头脑，这不奇怪，奇怪的是那些有识之士对此却视而不见。就拿一些历史学家来说，他们把不可一世的侵略者说成伟人，只因为他们草菅人命，践踏文明，就对他们加以崇敬。同样奇怪的是历史学家们还有意抬高那些侍奉在暴君左右，为之出谋划策的帮凶。上行下效，后代自然以前辈为榜样，哪怕他们是邪恶的一群。

有人认为独裁统治下有诸多好处为民主政治所没有。"它使人恭顺驯服"，须知它不仅使人丧失个性更扼杀了他做人的尊严。"它教会无知的后代遵从经验丰富的长辈"，其实它使年轻人唯唯诺诺放弃了自己的选择。"它使人心理平衡，做事把握尺度"，实际上它让人畏首畏尾不敢向前一步。"它制止了放荡和堕落"，放荡堕落并非来自观念与思想，而正来自贫穷无助。"它缓和了人与人之间的敌意，减少了犯罪"，那是将矛盾掩盖起来，不去统计，不敢暴露。

道德是种子，来自先天的遗传、后天的教化和知识的滋养。道德的培养先于官后于民，自上而下。

是的，民众如同花园，执政者如同园丁。一个花园疏于管理，植物七丫八杈，病虫横行；娇嫩者灭，强壮者生，正如原始部落人一样。一旦遇到兢兢业业的园丁，按其规律悉心养护，这个花园定将枝繁叶茂、硕果累累。好的园丁就像一个公正的政府。要是遇到个砍柴的樵夫连毁带砍，花木危矣。而樵夫正如独裁的政府。樵夫毁掉了花园也许尚能容忍,园子不是他开的，花不是他种的，砍掉了花木甚至连根拔掉，也没什么丢人，为的是获取眼前的利益而已。小巫见大巫，独裁者对于民族道德的所作所为和樵夫可以说是如出一辙。

道德如果完全出于人的本能的话也就无所谓道德了。道德首先是指人对于自己的责任，其次是指人对于家庭的责任，再次是指人对于民族的责任，最后是指人对于人类的责任。这些责任才是被人们称为法则的道德准则。

独裁统治下的囚徒何以成为法律的主人？他活得像缰绳捆绑着的牲口，别人往哪儿牵，他就往哪儿走；他活得像飘在空中的羽毛，没有原则，没有目标。人的意志是什么？是道德中之道德。人们这样强调它的作用："倘若没有主，那智者定将信奉自己的意志。"意志是动物与植物相区分的标志，连一般动物都有自己的意志，那么，专制下的囚徒还不如动物，因为他按照别人的意志行事，而没有自己的意志。为此，一些宗教学家说：奴隶常常是没有意志的，主人的意志便是他的意志。也许囚徒之道德低下是可以原谅的，因为没有行为能力的人于情于理都不该受指责。

……

张洪仪译

荣　誉（节译）

阿卜杜·拉赫曼·凯瓦基布

荣誉是人在别人眼睛里受爱戴受尊重的程度，是每个人自然而然的高尚追求。无论是伟岸的先知还是虔诚的修士都无法超脱，无论是无耻之徒还是平庸之辈都不会漠视。

荣誉是一种精神的享受，这种享受有如遁入空门的人之于信仰，大学问家之于求知；有如泥腿子拥有了良田万顷，穷小子赚得了万贯家财。荣誉在人们的心目中几乎与生存同义。

荣誉与生存哪个对人更为重要，曾令学者们大为困惑。如今却已经有了定论，这就是荣誉对于自由人胜过生存本身，而生存对于囚徒则胜过荣誉。

荣誉不可不劳而获，东方人说是为主为信仰而奉献，西方人说是为人道为祖国而奉献，即便是至高无上的主，信徒们在赞美他的时候，也总是附带提出自己的祈求请他来满足。

奉献有多种形式。为公众的利益出钱捐物、乐善好施，这是最普通的一种；为百姓传道授业、诲人不倦是可敬的一种；置生死于不顾、肩担道义是最崇高的一种，是最彻底的奉献，是一切志比鸿鹄、气吞霄汉者向往和追求的最高荣誉。

……

《古兰经》云：安拉为荣誉而造就了伟人，这些人以为荣誉而死为最大的快乐……

张洪仪译

论改革

艾迪布·伊斯哈格

艾迪布·伊斯哈格(1856—1885),叙利亚诗人、报人、剧作家、政治活动家。祖籍亚美尼亚,生于大马士革。一生为争取阿拉伯民族摆脱土耳其奥斯曼帝国及西方殖民主义的统治而奔波、奋斗,是阿拉伯近现代文学复兴运动的启蒙者和先驱之一。其译著颇多,死后诗文辑成《珍珠集》(1886)。《论谈革》译自《珍珠集》。

一

人的需求大到不顾一切的程度,除了它别无所想,除了它别无所求。它成了言语和行为的中心,成了唯一的追求,这种追求使人如醉如痴,其情形正如酒鬼见到了名酒一般。如诗云:

万物皆作杯中酒,来人无疑是酒家。

毋庸讳言，我们需要改革，昼思夜想地想着改革，改革是宏愿的北斗，是希望的明灯。我们谈论它，就像热恋的人谈论自己的情侣，我们寻求它，就像久病的人寻求良医。

在被保护国①实行改革，重整社稷，消除腐败，大兴公益，虽然在柏林会议②期间已达成协议，但是崇高的保护国③并没有表示出关心和积极的态度。我们是真诚的百姓，从不怀疑国家的良好意图，从不怀疑国家是愿意进行改革的，只要我们感到国家在改革，就不会有什么非分之想，我们要求的并不多，仅仅是国家曾经许诺的东西，生存和发展所必需的东西。

我们所说的改革是广义的，没有什么范围，也没有什么界定，既不是指为了财政吃紧急需改革行政，也不是指为了立法急需改革财经，更不是指为了社会政治的各项活动急需而进行行政、立法、财经这三方面的改革。这次改革是总体性的、全面的，所有的不足、所有需要进行改革的地方，只要有弊端、有缺陷、有毛病、有错误、有问题、有待完善之处，都要改。

改革有三条必须注意，这三条就像世界万物的原生动力那样重要。这就是：彻底、坚决、渐进。第一条的大敌是满足于表面文章，走走过场；第二条的大敌是折中主义；第三条的大敌是激进，激进者提出不合时宜的主张，超过人们的接受范围。如果在条件成熟的情况下提出，这些主张可谓妙药良方，可用来开国济民，否则只能置国家和人民于水火之中。

我们很清楚崇高的国家并不想有意拖延这次改革，也并不是因为害怕或反对而迟迟不付诸行动，她清楚地了解，一旦时机成熟，条件具备，重振国威再写辉煌，一改过去由强而弱、由高傲而屈辱的惨痛历史何乐而不为。然而她不得不忍耐，等待障碍排除。的确，她曾经被许多重大

---

① 指在奥斯曼宗主国保护下的埃及。——译者
② 指西方列强为进一步争夺势力范围于1878年在柏林召开旨在限制奥斯曼帝国的会议。——译者
③ 指奥斯曼帝国。——译者

的事件困扰着,难以摆脱。外与列强相对,内与各邦周旋,在统治手法上不得不视形势所需时松时紧,时放时收,时软时硬,以摆脱困境,排除障碍。如此忙于内政,就像潜心修行的道士,其中道理明眼人一见便知。

国家已从先前的困扰中摆脱出来,排除了障碍,余下的已无碍大局。解决了黑山问题,确定了黑山和波斯尼亚的行政归属、希腊的独立、保加利亚和鲁米利亚的自治,消除了胡图尔分歧,改革已成为可能。民族感和对国家的热爱之情促使我们关注改革。然而国家给予我们的舆论自由被限定在既定法律的范围以内,除了对与我们相关的问题提出方案以便为改革提供铺垫之外,我们不能从全局研究改革。而实际上我们已经对全面改革进行了调查,弄清了全部细节。再则对于被保护国的局部所进行的改革往往具有全局的意义,除了细枝末节有所不同,是可以广而行之的。

二

全面的改革包括三个方面:政治、文化和社会经济。第一方面包括财经、行政和司法;第二方面包括教育和实现平等自由;第三方面包括社会安全、劳动保护和就业。以上大门类下又含许多小问题,陈述如下:

财经是国家的基础和支柱,是改革的关键,是各项工作中的首要任务,与改革的方方面面都有很大关系。一个国家要治理有方,广开财源,铲除弊政,只有加强管理,严肃法纪,普及教育,实现平等,保护自由,保障安全,平等分工才有可能,而所有这些又必须归于良好的财政状况。

司法首先应该着眼于法律条文的协调一致和司法人员的基本素质。我们的法律条文多如牛毛,难以计数,有旧的,有新的,有临时的,有宪法规定的,有补充的,有行政法规,有附加说明。总而言之,这些法规都是在平等和理智的基础上制定的,都是前人为了政治的完善和减少社会犯罪而制定的。这些条文该合的要合,该删的要删,以避免混淆,杜绝取巧,还要明确有关概念的意义。如果不加整理,必将导致漏洞百出,百姓权益丧失，执法者无所依从。如果不知道什么是非法，那一切都是合法的；如果不知道什么是合法，那一切又都是非法的。司法人员的素质是个更棘手的问题。法官的水平取决于他对法律的理解、独立的思维判断力和品德的清廉。这些条件对于那些根本就没有进过法律学校，没有弄清什么是人的自由权，什么是高尚品德的人来说很少有人能具备这些条件。知识只能从教育中得来，独立的思维只能从培养中来，廉洁的品德只能从丰厚的报酬来。所以要想培养法官必须建立法律学校，让这些人养成独立思维的习惯，介绍其中品德高尚者执法。此外，要想让人有自由的意志，就要保护有自由意志的人不遭陷害；要想让人廉洁奉公，就要保证廉洁奉公的人不受穷困。一句话，就是保障自由的法律人免遭伤害，保障清官有足够的衣食。

至于行政的改革，难度极大，因为种种弊端和腐败现象表现在行政管理各个部门。国家公职人员、执法人员、各级官员从不依法办事，不懂权利，也不知义务，只晓得听从上级的意志。如此，效率低下，权益丧失，资财浪费，管理紊乱，从高级职员直至部长都缺乏权威。最有效的办法是换班。如不替换这些人，就难以治愈顽疾，有所起色。还要改变现有机构，撤换负责人，明确职责，包括总部的职责、各分部的职责。整个行政管理如链条，首尾相顾，每个人都熟知自己的分工，这才有可能实现管理的统一和协调，这就是行政改革的目的之所在。此外，我们在对公职人员提出条件的时候，必须再次强调"保障"这个前提，即保障公职人员有足够的收入。经验告诉我们，减少公职人员的收入致使他们无法维持生活，并不是节约的办法，相反却滋生腐败，导致堕落和背叛。我们亲眼见到那些低薪的人的生活状况，有的人为仆人和马匹不惜重金，数倍于自己的实际收入，这还不算他赡养家小、拈花惹草、赌场下注的花销，那花法让腰缠万贯的富翁都瞠目结舌。难道这钱就像主施恩于以色列人那样，是从天上掉下来的？或者像魔术师那样，是从毯子里抖落出来的？不，那是国家的钱，是不义之财，所以才花起来不假思量。俗话说得好：来得容易，去得快。

三

有诗云:

人心痴迷知几何,唯有大声一棒喝。

文化的改革是要普及教育,实现公正合理的平等与自由。当然,它有时依赖于政治的改革,例如需要钱;行政和司法的状况对于它也有影响。但是实际上,文化是改革的缘由,因为财富来源于知识,良好的管理和公正的法律来源于自由和平等的意识。因此,文化比政治更急需改革。尽管国家的现实要求我们先开始政治改革,但也不排除让文化改革同步进行,也就是两者齐头并进。如果人的内心世界不改革,外在的改革就难以进行。在任何地方棒喝一声都不如在人的心灵深处。

教育是个综合体,是指教会人生存所必需的、时代发展所需要的知识,使人类朝着幸福美好的远景前进。我们如此来界定教育,而实际上教育是难以界定的,因为它与科学发展相联系,而科学是无止境的,它与时代相关联,而时代在不断前进着,所以教育不能一成不变、不能因循守旧、不能抱着旧的知识不放,那些知识随着社会的发展已经落后了,有了明显的错误。过去农民、工人、作家、学者只要模仿前辈的样子,种田的人靠月亮的圆缺判断节气,工人跟着师傅学开机器,作家成名靠的是背诵古诗古文,学者研究靠的是现成的书本和经验。而现在如果农民只知道月亮的圆缺就要饿肚子;工人如果只知道跟着师傅学就不是他开机器,而是机器开他;作家如果只知道引经据典,重复那些空洞乏味的陈词滥调,就没有读者喜爱他,只有死人向他招手;学者如果只知道咀嚼人祖阿丹以来祖先们早已舔够了的馍,那他就别想在学术上尝到一块鲜面包。我们能够实现教育的目标，没有什么能阻挡我们。在前进的道路上有无数先行者，有成千上万过来人，只要按照他们所指的路，沿着他们的足迹，采用他们的方法：建立学校，开设多学科，解除思想禁锢，破除迷信，就能成功。这方面仿效他人正是一种创新。

至于平等，并不像某些夸大其词的人所说的"是消灭阶级"，是"消除由于勤奋努力程度不同而造成的等级差别"，那只是理想，只有当人们皆为兄弟的时候才可能实现。人只要还是现在的人，就不可能实现。但这点又不意味着享有特权的人可借此理由，把自己的特权说成是合法的。平等不反对区别，不反对在法律允许范围内的差别存在。平等的真正意义，在于使法律对于所有的人一视同仁，不能使一部分人凌驾于另一部分人之上，不能把机遇只给一部分人而不给另一部分人，不能阻碍人获取成功，而应该帮助所有的人成功。法律应成为弱者的保护区、胆小者的庇护所、冤屈者的申诉台、勇敢探索者的真正靠山。我们国家的法律是建立在平等的基础之上的，所需要的只是执法者的改进。另外，有必要研究外国人的治外法权，他们的权利也要以平等为前提，这样，平等才能得到长期保证。

最后，我想谈谈不同志趣和不同意向的问题。且慢，有钱有势的先生，我们不想言过其实，不想越过法律的规定，你，尽管你憎恶那些仅仅违背了你意愿的人，讨厌那些仅仅与你信仰不同的人，仇视那些仅仅做了你所不赞成的事的人，你不能否认人有自由。当然你以为这自由违背了你的意志、超乎了你的想象、背离了你的方向，你直言不讳十分坦诚，但是人的自由是不受约束的，他愿意做什么就做什么，他能说会道、有思想、有头脑，思想便是人。思想自由和行动自由都是必不可少的，如果剥夺了人的思想自由，人就变成了奴隶；如果剥夺了人说话的自由，就意味着扼杀真理。

公正地看待问题的人认为：自由是有条件的，是有一定之规的，不能限制也不能过分。例如我们主张集会和出版自由，是由于有了这两种自由就能动员民众，增强他们的信心，而不是用来扰乱社会秩序，制造混乱，使道德败坏。我们国家的执政者中主管改革的人一定想到过这个界限，我们伟大的君主也一定能够接受它。

张洪仪译

婚 礼

卡西姆·艾敏

> 卡西姆·艾敏(1865—1908),埃及作家、思想家,倡导妇女解放的先驱。生于开罗,毕业于法律学校,并到法国留学深造。与宗教改革家阿富汗尼、民族领袖穆罕默德和柴鲁尔来往密切。历任混合法院副院长和上诉法院顾问。主要著作有《原因结果和道德教训》(1897)、《解放妇女》(1899)、《新女性》(1911)。《婚礼》译自《卡西姆·艾敏与妇女解放》(1980)。

一次,我去参加结婚庆典。那是我见到的最豪华的婚礼,费用难以估计。晚上十点钟,新人来到。欢快的乐曲响起,婚礼开始。

我对坐在身旁的朋友说:乐曲向大家宣布新人之间将完成一件大事,这件事最好是秘密进行,不要张扬。西方人的习惯多好,新人在举行仪式后,悄悄离开来宾,外出去度蜜月。我的朋友赞同我的意见,他说:"在这个场合,你想听我讲一段亲眼所见的事吗?"我答道:"好呀!"他说:

那时,我只有九岁。我要讲的事,至今历历在目,就像刚刚发生的一样。

在我家对面有一家人正筹备一个大型婚礼。为此，他们搭起了大棚，里面摆放描金的椅子，挂上彩旗和灯笼，每天，棚里都增加新的摆设，把棚子装饰得格外豪华。到了大礼的那夜，里里外外灯火通明，音乐奏起，一批批的男女来宾川流不息。男宾在大棚里就座，女宾消失在窗子里透出灯光的内室之中。我们二三十个住在这条街上的孩子是第一批观众，一个个望着灯火辉煌、五光十色的院落，兴奋得坐不住站不住的，追逐打闹，开心得不得了。

晚饭后，婚礼按传统的程序进行。新郎走进屋门，后面跟着一群孩子，我也在其中。我看见一楼过厅里挤满了女宾，她们争先恐后地往前挤。新郎的一位亲戚走在前头，用手拨开拥挤的人群为新人开路。新郎走到新房门口，走进去，锁上门。女宾站在门口等待着重要的事情发生。但是，这并不妨碍她们说说笑笑，杂乱的谈笑简直让人分不清谁在说什么。一个妇人喊道："女士们，小声点儿！"可是，这位妇人比别人说得都欢。也不知过了多久，我听到几声喊叫从屋内传出。部分女宾显出焦急不安的神情，喊声不断，致使一位妇人上前敲门。良久，新郎打开了门。他光着头，两眼放光，满脸通红。他对母亲和岳母说了些什么，言辞激烈，手指指点点，十分生气的样子。门外的人像洪水般涌进室内。我也跑了进去，站在离床不远的地方。我看见两个老太婆坐在新娘的胸口上，一个抓住她的手臂，一个抓住她的大腿。姑娘拼命地哭喊。新郎走过来，手里拿着一块白布，我看见那块白布后来被血弄脏。我吓得跑了出来。我敢肯定，那些人把新娘杀了！

李　琛译

地中海

艾哈迈德·邵基

艾哈迈德·邵基(1868—1932),埃及诗人,有阿拉伯"诗王"的美称,新古典主义诗歌的代表人物。1887年毕业于开罗法律学院翻译系,后由王宫派往巴黎留学,1892年回国,在宫中任职。1914年埃及国王被废,他被放逐到西班牙的巴塞罗那,1919年回国。《尼罗河流域大事件》《啊!尼罗河》《大马士革的灾难》为其不朽名篇。作品有《邵基诗集》(四卷,1926—1943)、《邵基诗歌补遗》(三卷,1979)、《邵基戏剧全集》(1984)以及散文集《黄金市场》(1981)。《地中海》译自《黄金市场》。

你是水域之主,你是大海之尊,你是先哲的摇篮。你的浪花卷起哲理,你的波涛涌出智慧。你的座座小岛、片片海湾分娩出诗的女儿,你的苍茫大地、浩渺水邦升起真理的光环。幻想的雏鹰在你的怀抱里振起翅膀,科学的种子选择了你润泽的土壤,艺术的蓓蕾躲进你的闺阁含苞待放,哲学的幼苗在你的呵护下枝繁叶茂。你的岸边诞生了伟大的诗人班塔乌尔①，你的怀里搂过襁褓中的荷马，你的岩石上刻着《伊利亚特》。在你波光粼粼的水面上，希罗多德②写下历史，亚历山大大帝记载着辉煌的凯旋。

音乐曾在你的体内孕育，在你的丛荫里生长。来自修士的礼拜，来自神父的布道，直至冲破喉咙，走进牧笛和铜管……军营里鼓号震天，茅舍里笛声悠扬，弦琴拨出迷人的乐章，扣人心弦。

第一个雕塑大师从你的怀抱走来，在选定的巨石边驻足畅想，岩石在他的手中变得柔顺，在他的刀具下变得驯服，眨眼间变作精美的塑像，千姿百态，摆进殿堂庙宇永世流传；塑成狮身人首威风凛凛，令敌人丧胆，后人赞叹。当年邻国友邦土地贫瘠民众愚昧，茫茫沧海混沌一片。

致埃及青年

假如你站在巨浪冲刷的拉木尔，假如你漫步在麦克斯的沙滩，正值傍晚时分，晚霞道道为长空披上金色的长衣，天穹低沉，似为太阳的逝去而悲伤，用番红花织成最后的彩锦……看啊，难道天下有如此美丽的大地，如此壮丽的海岸？蓝天碧海尽情地在你面前展现出它无比的魅力，你可否感到已融化于这笑逐颜开的穹宇，这清澈的水，这明媚的天？

自波涛初涌，自浪花初绽，自涛声初鸣，你的祖先们就在风里浪里树立起第一根桅，张起第一面帆。大海是他们最尊贵的朋友，最和善的邻居，最亲的亲人，它献给他们的阳光灿烂，自然美好，海浪和缓，完全不同于别的海域，那样冷酷无情，常常乌云密布，狂风怒号，雷鸣电闪，浊浪排天，直弄得乾坤颠倒，时空倒转。

孩子啊，那一片汪洋就像你的书本，你的家门，你的花园，你的城市，你姐妹的贞操，你坚强的堡垒。谁要是将它霸为己有蹂躏践踏，不管他多么强大，不管他能维持多久，等待他的只能是权倾国覆。

---

① 古埃及诗人。——译者
② 古埃及历史学家。——译者

骄傲的地中海，向你致敬！尽管我们已经被岁月甩下了马背，我们四处招展的旌旗也早已被建立在雄辩、梦想和希望之上的国家所取代。祖先的王权啊，赞美你！尽管你的后代毁坏了你的大厦，葬送了你的尊严。如今，哪里是你太阳升起的地方，哪里是你银镯闪烁的玉腕？是谁拖走了你岸边的船舶，是谁淹没了你的桅杆？法老何在，还有他驾驭的又高又大的太阳船？布特罗斯人何在，还有宫殿一般矗立的白帆？在哪里啊，阿尤布的战船、阿里·穆罕默德的军舰？一切已成过去，岁月已不再青睐亚历山大港，遮住了它的灯塔，又把新的灯塔点燃。过去无数的日日夜夜里，到处漆黑一团，只有亚历山大的灯塔光芒万丈，似夜半的明月，似行船的罗盘，为大海、为陆地播撒下神圣和尊严。过往的行人不论走路还是行船，都求它指引庇护，它带来陆上高塔林立，水面船帆点点。那时彼处只有火苗暗淡的油灯，恰似行将就木者微弱的气息。

正如丛林无雄狮，巢穴无雕鹏，宏伟的基业有大门而无侍卫，有门楣而无帐幔。权力不断更迭，国势日见衰微，解除了武装，放弃了改良，言惠而行不至，除了上台下台就不懂什么叫政权，如同采了棉花不会纺成纱线。吹嘘什么海军强大无比，到头来未见海水就抱头鼠窜。

张洪仪译

一根白发

穆斯塔法·鲁特菲·曼法鲁特

穆斯塔法·鲁特菲·曼法鲁特(1876—1924),埃及散文家。十一岁进爱资哈尔大学求学十年,深受宗教改革家、思想家穆罕默德·阿布笃的影响。1907年后在《穆艾伊德》报工作,并主持"观点"专栏,写下不少杂文,旨在揭露社会黑暗,为改变不合理的社会而唤醒民众。此外还有一些关于伊斯兰宗教、语言、文学的散文都收在代表作《观点集》(三卷,1910—1920)中。他翻译改写了以《茶花女》为代表的法国名著多种,与其创作小说一并收在《泪珠集》(1916—1922)中。《一根白发》译自《文学巨匠》(贝鲁特,1974),《美德》译自《阿拉伯埃及近代文学史》。

今天早晨,我站在镜子前面,不禁大吃一惊:我发现头上有一根白发,在黑发中闪闪发光,就像漆黑夜幕上的闪电。

我看到鬓角上的那根白发,格外醒目。我觉得,那根白发就像司命之神从我头上抽出的一柄宝剑;或像来自幽冥世界的使者手擎着的一面白旗，警告我大限已经临近；或像是一种绝望，在做毫无希望的挣扎；或像一把火，如同火恋干柴那样，舍不得离开我那生命的门楣，无论行动如何缓慢与从容不迫，但一定要达到终极目标；或像时光之手织成的殓衣上的一根线，当洗衣人从穿衣者手中取走那衣服时，把它当成我进入乐园的服装。

白发啊，白发！你是从哪扇窗逃到我头上来的？你又是沿着哪条时光道路行至我鬓角上的？

你怎么乐意待在这块寂寞土地上，找不到一个亲朋与你聊天，看不到一个人伴你熬夜？你的心怎能看重这漆黑的夜色，你的目光怎么在这样黑洞洞的世界里还能看得见呢？

白发啊，白发！面对着你，我无能为力，心事重重，不知有何良策远离开你，避而不见你。

我没有办法拔除你，因为你不久就会回到那里；我没有办法把你染黑，因为你不久就会恢复原状；还因为我不想让自己被夹在两种灾难当中：白发之忧与虚假之患。

白发啊，白发！在我看来，好像你智勇双全，奸猾恶狠。你与身旁的黑发姊妹交头接耳，窃窃私语，企图引诱她们，让她们与你一样，也穿上你的衣衫。在我看来，好像在这座平静安详的城市里，你燃起了激烈的战火，制造了盲目暴乱，持矛者与荷剑者对杀，戴盔甲者与赤身者混战，使坐者、站者、受压迫者与压迫者同归于尽。

如果说这就是你的命运，那么，你就像在黑人国观光的白人游客，十分显眼，成了殖民主义者，和平地进入那片土地，又在战争状态中离开。我向你，为我的头祈求平安；我向你的主子，为黑人国祈求平安。你和你的主子站着走着都是恶相，动着静着都是凶星。

白发啊，白发！你是何物，为何要到我这里来？在我这里，你的位置何在？在我这里，你的地位何在？

如果你是客人，那么，客人的谦诚、礼貌、客气与温情何在？如果你是报警者，那么，死亡之事，我知道是无须报警的。你只能是寡廉鲜耻之徒，粗俗好事到无以复加的地步。你只能是那种见虫蚁洞穴便认为是自己的窝，继而立即钻进去的蛇。

白发啊，白发！人们常借你的精细与隐蔽打比方：拿着剪刀，找不到你躲藏的地方；你让久战沙场之人心怀畏惧。莫非你真的到了这样的地步？

白发啊，白发！我责备你太多，让你背了黑锅。我回心转意了。我知道你是我的至尊之客。我的头是你的避暑、度春之地。我的鬓角是你的居所和舞台。你是死神的使者，我自打认识死神时起，至今仍然在找它，只是找不到去那里的路，也不认识那儿的使者。

一个人，没有享受过青春，痛惜青春已逝；没有尝过生活的甜美，为死亡的苦涩而忧伤；没有欣赏到幸福之树的青枝绿叶，而悲其黄叶枯枝。一个这样的人，心中会对你怀有什么样的仇恨与恼怒呢？

假若一个人知道你是希望的默示，你已告诉他：幸福安逸的短暂时刻就要过去，而且其中夹杂着忧虑与烦恼，就像火辣辣的痛苦之气就要将明净的镜面弄脏那样。既已让他知道了这些，他又对你发什么怨言呢？

白发啊，白发！你是死神的先锋。你身上的所有东西，在我看来，不全是罪过吗？死神，只有死神才能让我免于观看这个世界。这个世界充满邪恶与罪孽，充满痛苦与疾病。只要睁开眼睛，映入我眼帘的皆是朋友背弃朋友；兄弟背叛兄弟；同伴用利齿吞食同伴；富人连饭桌上的残羹剩汤都不肯舍给穷人；穷人苦熬日月至死不能如愿；帝王分不清臣民与牲口；奴隶辨不明帝王的财产与家门前的山丘；心神徒劳无益地憎恨变化的颜色、消隐的影子、卑贱的目的、虚伪的生活；头脑对烧向自己的火和撕裂自己的犬齿无比憎恶；失神的目光只是盯着岛屿的尽头，却看不到自己周围的一切。假若这就是你的罪过，而且是我有意夸大，那么，世界啊，我求你原谅。

白发啊，白发！今天，我欢迎你；明天，我欢迎你的兄弟！欢迎站在你身后的宇宙或隐藏在你衣褶里的东西。我期盼与主相处、和我的灵魂相亲的去处,因为在那里,既听不见大炮轰鸣,也看不到战火的硝烟!

李唯中译

怜 悯（节译）

穆斯塔法·鲁特菲·曼法鲁特

当你看到悲痛和伤心的人时，也许你会流出眼泪。那你就因流泪而高兴地微笑吧！因为在这种情况下，你脸上流下的眼泪，就在你纯洁的心灵上用光明的文字，写下这句话：你是一个人。天以雨作泪水，以闪电表示心脏的跳动，以雷鸣表示大声的疾呼。地以飒飒的风声表示呻吟，以海的波涛表示不安的情绪。天的泪水和地的呻吟就是对人类的怜悯。我们是大自然之子，让我们和它一起流泪和呻吟吧！流泪的手，比使人流血的手要好，使人心情快活的手，要比杀人的手光荣。行善的人比军官要好，比士兵光荣。救命的人和杀人的人，二者的差别多么大呀？！怜悯是一个平凡的词，但是它的词与义之间的差别，有如太阳的外形和本质之间的差别。如果哲学家在人们中间，找到了仁慈的心肠，社会就找到了幸福和欢乐。假如人们互相体贴照顾，就不会有饥寒交迫的人，也不会有受欺负的人。眼睛也再不会流泪，人们也能安静入睡。怜悯就会把苦难从社会上赶走，就像那曙光赶走黑夜一样。人们呀！可怜寡妇吧！她的丈夫死了，给她留下一群瘦弱的孩子和流不尽的眼泪。可怜她吧！不要让她绝望，不要让忧愁噬咬她的心，以致轻生自杀。可怜妓女吧！

你不要和她有交往，不要买她的贞操，但愿她找不到和她讨价还价的人，于是她不失身地回到家中。

可怜你的妻子吧！她是你孩子的母亲，是你家庭的守卫者，是你的一面镜子和你床上的仆人。她是软弱的，安拉把她交给了你，你不应辜负安拉对你的信任。可怜你的孩子吧！要对他的身心进行很好的教育，如果你没有这样做，那就害了他，苦了他，那你就是最残暴的人。可怜无知的人吧！你不要利用他的无能，愚弄他，伤害他。你也不要利用他的智力不全的弱点，从中图利，使他受害。可怜动物吧！它和你一样有知觉，和你一样有痛苦的感受，有流不出眼泪的痛苦和表达不出的苦楚。幸福的人们呀！救济那些穷人吧！擦去他们的泪水！假使你们怜悯地上的人，那在天上的安拉就会怜悯你们。

李振中译

让我们更有力量

穆斯塔法·卡米勒

穆斯塔法·卡米勒（1874—1908），埃及民族运动领袖、政论家、散文家。毕业于开罗及法国的法律学校。曾创办《旗帜报》，并组建祖国党。一生致力于反英争取埃及独立解放的事业。《让我们更有力量》的演说词一直作为中学课文向学生讲授，译自《外国散文名篇赏析》。

先生们：

近三年来，埃及在复兴的道路上迈出了巨大的步伐，它让别的国家和民族听到了它们从未听到过的声音。

一个民族，只有依靠自己的力量才能复兴，只有依靠本身的努力才能独立；人民也像个人一样，只有当他本身强大时，只有当他掌握了保护尊严、财产和生命的全部手段时，他才能有安全感。

我们不是为自己工作，而是为祖国工作；我们全都会消失，但祖国将永存。埃及曾早于许多民族而诞生，它为整个人类创造了文明，在埃及的生命中，这些长长的岁月具有何种价值呢？！

坚信自己将是获得成功的人，会认为成功像事实那样呈现在自己面前。我们从现在起，就应把我们为之呼唤、为之高兴的埃及独立看成不可动摇的事实，毫无疑义，它也终将成为事实。

斗换星移，岁月流逝，我们不厌倦，我们不停步，我们永远不说"我们已经等得太久"！

我们将我们的身心、我们的力量、我们的年华全部献给一个最高尚的目标——一个过去和现在许多民族为之奋斗的目标，献给一个最崇高的要求——一个许多民族希望在将来实现的要求。阴谋诡计吓不倒我们，威胁利诱不能使我们停步，诅咒谩骂动摇不了我们的信心，背叛投降也丝毫不能影响我们，就是死亡本身也不能阻止我们去实现这一目标——在它面前，任何其他目标都显得无比渺小！

是的，假如我们一个接一个地被死神从这个世上攫走，那么我们对后来者要说的最后一句话就是："愿你们比我们幸运！让安拉赐给你们吉祥，使你们获得胜利，让它从群众中造就出不是几个而是千百个为争取祖国权力、人民自由和神圣独立的战士！"

祖国啊，祖国！我对你奉献出我的爱、我的心，奉献出我的生命和存在，奉献出我的血液和灵魂，奉献出我的智力和口才，奉献出我的思念，奉献出我的一切！啊，你就是生命，埃及呀，只有你存在，生命才存在！

先生们，爱国主义就是爱国主义，它不应具有多种歧义。人也许会在许多问题上迷惑，也许会在许多事情上失误，然而，如果说有一种感情，人不会在其中迷惑，也永远不会在评价它、与之协调一致并充分地表现其一切方面失误的话，那么这种感情就是爱国主义感情！

那些最愚钝、最无知、最不开化的人民也具有这种感情，因为这是一种天然的感情，只有具有这种感情，人才能成其为人。

只有依靠爱国主义信念的力量，一个民族才能自立，一个国家才能安全。人民要获得这种力量，就必须毫不留情地揭露那些玩弄爱国主义感情的人，给他们以严厉的惩罚。

有人询问通向独立的手段。这是一部人类史。它告诉这些人，通向独立的手段是：在民族中传播正确的爱国主义精神，培养高尚情操和勇敢行为，致力于提高民族的声音，在民族中灌输热爱主权和崇高的意识，与其他民族竞争，把独立当作民族的头等大事……

要求独立和传播纯洁的爱国主义精神，将使埃及民族实现它的理想。要让所有埃及人都具有这样的信念：只有埃及人自己才能拯救埃及，我们地位的提高取决于我们的决心。让我们自己来要求自己的复兴，并满怀志气和真诚，团结一致地为此而奋斗。

人类最重要的工作和最高尚的努力，就是让这些新的信念深入到人们的内心，因为信念是能撼动山岳的啊……

郅溥浩译

悼赛里姆·塞尔基斯①

艾敏·雷哈尼

艾敏·雷哈尼(1876—1940),黎巴嫩旅美派作家、诗人。1888年随叔叔旅居纽约。1897年学习法律。1922年穿梭于伦敦、巴黎和阿拉伯各国,广泛接触各国政要和文化名人,抨击时弊,宣传其社会和文学革命的主张。思想开放,言论大胆,文笔优美,具有诗一般的想象。主要作品有《雷哈尼散文集》(三卷,1910—1942)、《阿拉伯列王表》(二卷,1924)、《伊拉克腹地》(1935)、《黎巴嫩腹地》(1947)以及英文小说《吉哈》及《哈立德记》。《悼赛里姆·塞尔基斯》译自《东西方名人》(1957),《杉树》译自《黎巴嫩腹地》,《会说话的树》选自《世界散文名篇赏析》。

---

① 赛里姆·塞尔基斯(1869—1926),黎巴嫩报人,著有八部散文集及三部小说。本文是作者1926年在贝鲁特举行的赛里姆·塞尔基斯追悼会上的演讲。

人生乃是存在的奥秘这张白纸上写下的一行黑字；人生的价值，在于这行字在阳光下显示的内容，在于其中散发的香泽。人生的价值，在于我们能战胜生活。生活中不乏悲伤与痛苦，其原因不同，然而令人悲痛却是一致的。

一个民族为她的儿女而悲痛，却是这个民族最美好的感情。这种感情大有裨益，它体现出爱与尊崇，它磨砺了意志，唤起了希望，它建设起荣誉的大厦，牢记住杰出的英才。为我们的文学、艺术、科学宝库增添宝藏的英才，为民族做出了纯洁的、普遍性的、无私的奉献。而民族对英才的崇敬，即使是在他们死后，也证实了该民族具有健全的心理和高尚的思想。

是的，我们今夜的聚会，证实了我们民族的感情和思维还是健全的，尽管这些日子里到处混乱不堪，黑暗重重。通过今天这个褒扬我们英才的聚会，我们点燃了已经熄灭了的明灯中的一盏——文学的明灯，愿这盏灯长明不灭，其中的功劳归于赛里姆·塞尔基斯。

人生的价值在于战胜生命的苦难。塞尔基斯是作为胜利者死去的，他活着的时候教导了我们如何获取胜利，保持胜利。唯有工作才能致胜。塞尔基斯在生命的最后时刻仍然工作不止，他在生前以微不足道的报酬做奉献，在死后更做无偿的奉献，这种人在我们民族中为数不多。

我们聚集在一起，是为了褒扬那为民族增添光彩，并指明其思想与工作新道路的崇高而不朽的灵魂；我们聚集在一起，是为了褒扬体现在塞尔基斯身上的英才的精神，这种精神具体表现在他的办报与写作生涯，在这两个领域，他都充当了火炬与旗手。

四十年前，塞尔基斯开始创作时，自由正受着压制，但当时有两个强音为其呐喊，有两盏华灯为其明路：哲马鲁丁·阿富汗尼[①]和艾迪布·

[①] 哲马鲁丁·阿富汗尼（1838—1897），近代泛伊斯兰主义创始人。著有《反驳自然主义者》《哲学的利益》等。1871年定居埃及，在爱资哈尔大学任教。艾迪布·伊斯哈格是其讲座的常客。

伊斯哈格①，他俩都是忠贞不贰、原则分明、斗志坚定的战士。

他们两人都倡导言论自由，弘扬东方思想，都胆大无畏，嫉恶如仇，但又都未能彻底摆脱各自浸染的传统的影响。伊斯哈格的基督教思想和阿富汗尼的伊斯兰教思想，都不时表现得失之偏颇，因而削弱了他们思想的说服力，也有损于他们为东方和东方人而奋斗的价值。

两人的写作风格也不相同。阿富汗尼用古莱什②的语言，甚至《古兰经》的语言创作，伊斯哈格则使用阿拔斯时期作家的语言，并加入一些欧式风格；阿富汗尼的语言是先知的语言，伊斯哈格的语言则是诗人的语言；前者的作品中能听到枪炮隆隆，后者的文章中能听到刀剑霍霍。

至于两人的政治与文学的思想精神，则确如人们所说：在当时蔚然风行，知识界在呼吸时也能吸入。年轻的塞尔基斯便是当时知识界中一人。于是，他从事报业时撰写的政论文章，有着排枪的凌厉，他后期创作的文学作品中，也既有刀光剑影又有鸟语花香。他是笑容可掬的，又是威严无比的。当他欢笑,他使新旧两个世界中成千上万人欢笑；当他仗剑而起，也无不为了倡导自由、革新及正确的文学审美。

说起政治，我们都会记起总督当道的日子，那哈米德家族③统治的日子。为了自由，唯有舍生取义。而当时敢于大声反抗黑暗和压迫的，又都有秘密党派或其他地下力量为后援。唯独塞尔基斯单枪匹马、无援无助，奋起反抗都督。他猛烈抨击土耳其人的黑暗，甚至抨击阿卜杜·哈米德本人。而当时举国上下，都在诚惶诚恐地嗫嚅他的名字，虚假却又恭顺地为他欢呼。塞尔基斯以自由与公道的名义奋起抗争时，公道正被镣铐缚身，自由无非是去博斯普鲁斯④的护照。塞尔基斯对黑暗与压迫的反抗，他为

---

① 艾迪布·伊斯哈格（1856—1885），生于大马士革，活动于贝鲁特、埃及、巴黎之间。身兼诗人、报人、剧作家。一生反对专制奴役，争取自由解放。
② 古莱什，伊斯兰教先知穆罕默德出生时期在麦加居统治地位的部落，其语言被认为是正宗的阿拉伯语。
③ 哈米德家族，指阿卜杜·哈米德家族，是18、19世纪土耳其的统治者，而当时黎巴嫩是土耳其的一个行省。
④ 博斯普鲁斯，即位于土耳其的同名海峡，土耳其18、19世纪时的中心城市伊斯坦布尔即濒临此海峡。此处意为进阶之不幸。

公道和自由而作的斗争，使我们联想起阿富汗尼和伊斯哈格。

然而塞尔基斯的文风却与他俩均不雷同。他的文风既不类似——他也不愿类似——阿富汗尼的华丽，也不类似伊斯哈格的雕砌。他反对当时盛行又为人所尊敬的写作风格，一如他在政治上反抗黑暗与压迫。他并未一头钻进辞典里寻觅怪僻的词汇，也未捧起语法著作挑灯夜读。然而，却有成千上万的读者——无论是知识分子还是普通大众——兴致勃勃地读他的作品，并为之倾倒。

塞尔基斯不是诗人，也不是演说家，然而他却如诗人和演说家一样，深谙打动并影响人心的秘诀。他善于通过心灵进入大脑，他像兄弟一样对人说话，而不是像手执木杖、皱着眉头的教师爷；他和读者交谈时，好像和他们同坐在咖啡馆一样。他给人快乐，令人受益，是个可爱的师长。

塞尔基斯将传统的绮丽文风弃如敝屣，把生锈的矫饰的桎梏抛诸大海，他以适当的修辞替代了空洞的藻饰。他落笔挥洒自如，是驾驭人心的王子，是统率大脑的元帅，他的作品无不表达着真理与审美观，既富有教益，又妙趣横生。

先生们，女士们，以前我们说"现代作家"，现在有的文学家想把这说法改为"创新作家"。我们大多数人都拥护文学艺术作品的创新，如果这改动有所裨益，就应归功于塞尔基斯，因为他是第一个创新者。

今天，每一位报人都以笔为剑，以追求自由和文学的勇气为荣，其中的功劳也归于塞尔基斯，因为他最先创立了自由独立的报纸。

今天我们都呼吁对各种思想兼收并蓄，砸碎传统与偏执的桎梏，这也归功于塞尔基斯，因为他是连接叙利亚和埃及不同流派作家之间的最好纽带。

这些便是塞尔基斯文学与报业生涯的三个突出功绩。我认为，人们将永远心怀崇敬，将这些伟大功绩与他的名字联系在一起。

薛庆国译

杉 树

艾敏·雷哈尼

我们平安地来到了你的身边,黎巴嫩杉。

但当我俯视你那聚集在山脚下的荣耀时,种种希望和想象都落空了,我的心在信仰和爱慕中痛苦地煎熬。

我曾想象你遍布山岳,覆盖干河,高高矗立如山谷平原上的彩虹;把花草的芳香融进你的清香,把片片绿色集聚在你的浓荫下;把庄严铺洒在清清的水面上、小溪的岩石间和山谷小路口。我就是这样想象着享有盛誉的杉树,却只见它在笕口山坡中时隐时现。

我曾想象着杉树荫下的山峦,却又寻觅山影中的杉树。

我曾想象时光在杉树林中扩展,却只见杉树在时光中缩小。

我曾想象郁郁葱葱的杉树一望无际,鹰隼为此而折断翅膀;如今只见灰暗的山坡中有一个黑点,一只兀鹰在上面舒展着高傲的翅膀。

我曾想象那荣耀漫山遍野,它的馨香传遍草原、平川。

我曾想象那荣耀与日月同辉,为世代所传颂。

我曾想象那在神圣的大自然中,嵌在金色土地上的绿茵般的荣耀。

在进门之前我想象着这一切,心中充满惊诧和困惑。

杉树是历史的一页吗?

杉树是诗人们的一首诗,抑或是先知们的一支颂歌?

杉树是圣书中的字迹?

杉树是时光香炉中的缕缕青烟?

杉树是笔下的文章或是旗帜上的图画?

据说,大自然和艺术中一切大的东西,对于靠近它的人来说都很渺小,因而我们应离它稍远些,以便它向我们展示高大和美丽,使我们了解它尊贵而伟大的真面目。

这种说法也对也不对。说它对,因为在高山面前,你站在山脚下就不会知道山有多么高。

如果你站在布满杉树的山脚下,你会认为你用约一个小时就能攀上顶峰;如果你看着山后升起的月亮,你会以为,若身生双翅,只需一跳,你便能从杉树枝跳上月亮。这都是错觉,将距离打了折扣。

而在宫殿、庙宇、伟大的古迹和大树面前,则正相反。的确,一些高大的建筑,如纽约的摩天大楼,只有走近它你才会感到惊讶。

在巴勒贝克遗址,你只有站在柱廊间,才会感到六根柱子高得可怕。

在诸如巴黎圣母院或耶路撒冷岩顶寺等著名的庙宇,只有跨进门里,站在圆屋顶底下或巨大的门楣旁边,艺术才会向你展示出它全部的美丽和神圣。

我步入了神圣的历史之林,在可怕的寂静中,为我彷徨的心灵和卑谦的灵魂寻找落脚点和神坛。

我虔诚地走进殿堂,漫步在铺着黑色地毯的柱廊间,那地毯是用杉树叶和泥土制成的。我站在绿色的穹隆下,站在一个巨大的门楣旁,思索着我所看到的以及向我展示的一切。

寂静为群山所环绕,杉树为它带来清香。这寂静蹒跚在树枝下,树梢牵引它纷纷落下,发出声响。这声音不是神奇的微风轻拂,而是极克制的窃窃私语,任何语言都无法形容。

我站在殿堂里、绿穹下、巨柱间,我把疑惑的脸置于寂静之中,用它的清香擦拭渴望的眼睛，让充满爱慕和乞求宽恕的耳朵去倾听它的低语。

我听到了古老的声音、奇怪的语调、亲切的低语，它们像杉树叶或散落在桑树叶上的四月雨，落入寂静的怀抱。

有的声音甜蜜，有的声音高尖，有的声音如山间晚钟当当的回响，有的声音似黎明鸽子咕咕，有的声音像河畔树叶沙沙，有的声音若正午飞虫嗡嗡。

我听到腓尼基人在向埃及法老描述杉树的好处：木质坚硬，色泽优美，气味清香，用来装饰宫殿，不朽不蛀……神奇的木材，磐石般干燥，玻璃般光滑，玫瑰般美丽……

我听到腓尼基人的话语回荡在尼尼微、亚述和波斯的王宫里。

我听到树林里的斧声、镰声，听到的黎波里、朱贝勒工厂里的锤声、锯声。

我听到亚述巴尼拔在吹嘘曾征收杉树税，听到辛那克里布在炫耀他曾来山中拜访杉树。

在征服者的声音后面，我听到了荣耀、诗篇和神圣。

笛手赞美主赐予的树——黎巴嫩杉；

歌手称颂用杉树制成的座椅，称颂散发杉树般清香的新娘。

我听到以赛亚颂扬高大的黎巴嫩杉，听到阿摩司用杉树来比喻强大的阿莫里特人。

我听到撒迦利亚的声音像岩石间浪涛的回响。

每一棵黎巴嫩杉都是枝叶繁茂，绿荫浓浓，树干挺拔。

水使它变得伟大，大海把它举上了高山之巅。

所有的天上飞鸟都在它的枝上筑巢，所有的陆地动物都在它的枝下繁衍，所有伟大的民族都在它的绿荫下栖身。

黎巴嫩杉高大挺拔，枝条舒展，造型美观，乐园里的所有树木都忌妒它。

我听到古希腊的历史学家在支持以色列人，听到欧洲的诗人们在重复先知和史学家们的声音。

我倾听着诗歌、历史，杉林在慢慢消失。然后我看到在山顶上有一大片森林，从东到西、从南至北，与片片茂密的森林连接在一起。

在那些森林里，我听到了斧头镰刀的声音，听到了石匠樵夫的话语。

我在埃及见到了那些森林里出产的木材，它的板材用来装饰法老宫殿的墙壁，锯末用来覆盖制成木乃伊的国王尸体，提炼的香油用来涂抹盛放木乃伊的棺木。

在亚述的神庙，在波斯的王宫，在大卫、所罗门的圣殿，在以弗所、安塔基亚罗马人的庙宇里，我都看到了杉木。

在大海里，在惊涛骇浪中，我看到了杉木。

我看到了闯入希拉克略领海、目睹巨浪拍石的不列颠海滨商船的腓尼基人的船队。

满载树胶、玻璃、纺织品的腓尼基商船，从古老的东方之滨驶向西方、北方的海岸。

腓尼基商船渡过大西洋，来到了一个新的世界，在位于赤道的西非海岸收起了船帆。

我看到了用杉木制造的战船，波斯人靠它侵入了古希腊。

亚历山大大帝曾在木材市场上寻找最好的杉木，来建造苏尔的桥梁，把岛屿与城市连接起来。用你们的杉木来教训苏尔。

安条克王曾希望建造五百只战船，来进攻反叛亚历山大大帝的城市，荡平腓尼基的新娘苏尔。

杉树林的主人是腓尼基人，杉木商人是腓尼基人，造船者也是腓尼基人！

啊，是的，我的孩子。在那个时代是没有爱国主义者的，即便有人议论那些把自己利益置于祖国利益之上的人，也会响起不平和抗议之声。

但这是贸易，是每一个时代、每一个地方都存在的经常性贸易。这就是用在安条克王舰队中的杉木。

一千年之后,杉木又用在了伍麦叶哈里发穆阿维叶·本·艾比·苏富扬的战船上,那些战船是腓尼基人的杰作。

我们都属于祖国,也都属于知识。

顾巧巧译

会说话的树

艾敏·雷哈尼

在美国加利福尼亚的密林中,有许多参天古木。其粗大,其久远,都胜过黎巴嫩杉①。有的巨树树干竟被凿穿成洞,车辆可以从中通行,难道这一点还不足以证明它们是多么惊人的粗大!要说古老,其证明莫过于在那片森林中有些树干竟有些石化。但是作为世界奇观的加利福尼亚的树木,它们也不过就是一些庞然大物,既没有什么奥秘引人探索,也没有什么意义供人叙述。它们确实大,确实老,然而却又聋又哑又不会生育;它们没有故事,也没有历史;没有一位先知在它们的阴影下生活过,也没有一位诗人对他们动过情、吟过诗。它们当年荫庇的只不过是原始人和林中兽,而他们却没有什么思想和情感播种在这些树木的四周。这些树木的巨大纯粹是物质的,它们的声誉所至,仅限本国土地,知其者也不过是些学者、游客而已。

而杉树和其他一些树,如穆斯林心目中的酸枣树②、佛教徒心目中的

---

① 杉树是黎巴嫩的国树。
② 伊斯兰教认为,"在极境的酸枣树旁,那里有归宿的乐园"(《古兰经》星宿章:14、15节)。

菩提树①，其中自有一种尊贵、伟大之处，这种尊贵、伟大是无形的，绝非物质。那杉树有一种声音，永不消逝，纵使树本身会死去。杉树是一种会说话的树，它，会将历史的秘密，还有人类心灵的秘密宣扬、倾诉。

你瞧！这些树竟有这样崇高的地位，以至于它们越粗大越古老就越壮丽，这究竟是何道理？人类把自己的一些心灵和希望同泥土、阳光、水和空气混合在一起，这一切岂能是徒劳无益的？

是什么使我们在杉树枝叶的窸窣中仿佛听到了历史的声音？在这些树的灵魂与那些诗人、信徒的灵魂之间究竟有什么神秘的关系？我并非在此故弄玄虚。我仿佛觉得信仰园圃中的一粒种子、爱的源泉中的一滴水，从人的手中、心里落到这种树的根旁，于是与它混合在一起，化为它的枝，成长；化为它的花，开放；化为它的果，结实；化为它的树脂，变成香烟袅袅升腾于天际。

爱将永世长存。那些受先知和诗人钟爱的树木具有永恒、崇高的灵魂。黎巴嫩杉正是这类树。它们与世长存，一派生机，它会说话，述说着大自然与人生的奥秘；它蕴含着神性，也富有人类精神方面的品质。

仲跻昆译

---

① 根据佛教传说，佛陀在印度菩提迦耶一棵菩提树下坐禅而觉悟成佛，故菩提树常为佛教象征。

初升明月

穆斯塔法·萨迪格·拉斐仪

穆斯塔法·萨迪格·拉斐仪（1880—1938），埃及散文家、诗人、学者。原籍黎巴嫩，生于埃及坦塔。曾在宗教法院任职多年。宗教教育及阿拉伯古典文学对其影响深刻。文学生涯始于诗歌，有巴鲁迪的诗风。1911年开始转向散文创作和文学研究。20世纪30年代与塔哈·侯赛因对垒，写出批判他的《在〈古兰经〉的旗帜下》（1926）、《在铁杵上》（1929），成为伊斯兰和阿拉伯文化遗产和价值的捍卫者，反革新派的中坚。散文作品有《月下谈》（1912）、《悲伤书信集》（1924）、《玫瑰叶》（1931）、《笔的启示》（三卷，1936）。《初升明月》译自《文学巨人》（1974），《思念》译自《阿拉伯散文选》（1980）。

现在，我手中握着的这支写字的笔，笔尖装在玻璃柄上，柄里透出清澈的红色，在月光的照射下闪闪发亮。红光落在我手指上形成一道红痕，看起来仿佛皮肤在红痕之上，而不是在它之下。

当我的手指把玩那支笔时，便见一道光在中间跳动，如同一柄火炬，我将之视作雪白手指间的奇观。

当我将笔拿到强光之下，可以从中看到一块红宝石，里面露出一眼水泉。就像甜甜的口唇，带着微笑在我痛苦的心上喘息着，唇上闪着晶莹的玫瑰色。

一次，夜阑人静，我坐在灯光下写作。目光偶然落在电光之上，从灯光的反射中看到了一颗小太阳，我从未看见过比之更美的小太阳，像是燃烧着的金锭，黄金的蒸气蒸腾扩散开来。我仔细观看，发现自己就在那个小太阳之中，那小太阳就像乐园中的仙女，全身浸在清澈的溪流之中，她由波光的美转换为人体美，我顿觉脸颊发烫，脸色肯定如玫瑰一样红！

我所看到的东西使我感到吃惊。我迟疑了片刻，然后睥睨这颗星球的轨道。这颗星球却似绽开的红花，发出一闪一闪的光，然后开始燃烧，如同炽燃的炉火，旋即化为"红色云海"，波涛澎湃，似炽热的爱情充满巨大心脏的空间。我胸中的那颗心开始剧烈跳动，一种回忆油然而生，刚要思考，却见那云朵现出一张妩媚的面容，就像初升的明月。自打我看见那颗小太阳，那明月就升起在我的心中，仿佛看到云中有面明镜，明月就印在镜上，顷刻间又消隐而去。

我沉湎在这种心态里，按着我那颗欲飞的心，思忖着我所看到的景象。突然间，"红色云海"将一阵思想、言论之雨降到我的头上，继之一群接着一群，一伙跟着一伙，一串连着一串，仿佛谈话人正在我心中说话，或像美神的一种默示。面对眼前的美景我迅速运笔书写，直至白纸落满黑字，黑色文字带着忧伤填满了破碎的心。

之后几个晚上，红云都向我展示了我所熟悉的图景，我向之乞求灵感，文思果然如注，一泻千里。

我看到一位姑娘的面孔。我很早就在黎巴嫩的一座小山上认识了她。她的美貌难以用语言描述。太阳照在她的头发上，仿佛她的头上淌着金水，面颊上燃烧着红宝石般的光芒，朱唇像珍珠般晶莹透亮。我见过人们在自己的花园里培植的玫瑰花，当我仔细观看姑娘的双唇时，以为那就是乐园中玫瑰花的两个花瓣。她时而活泼得像只小鸟，时而傲慢得像只孔雀，然而又常常像一只驯服的鸽子。假若用诗人的灵感闻一闻她的灵魂，她的灵魂散发出来的是麝香的芬芳。

当我站在远远的地方望她时，我的心会为她绘出令人死而复生的美与爱。当我与她坐在一起，凝神端详她时，会发现她的层次繁多，数不胜数，如同观看天上的星斗，星后有星，没有穷尽，颗颗闪光明亮，美妙异常。

只要我看看她周围的女人们，便会发现她与她们之间存在着那么大的差别：她那样高大，而她们却是那样低矮；她就像下凡的仙女，来到她们中间；她天生俊秀，无以复加；她身上的一切，都会为物增色，引人联想。

时光悄然而去，对我对她没有什么两样！离开她，已过去一百五十个圆月。在我看来，好像大地下沉为一片大海，将我与她隔离开。时间的汪洋大海，其中有白昼与黑夜，不能量度，无法越过。两人各站一边，谁也望不见谁的容颜。

然而这时光，因为距离遥远，已被另一种东西所替代。每当我想起她，总会深深叹一口气，仿佛我的心在用自己的语言问我：

"她究竟在何处？"

一颗高尚的心是不会忘掉它所喜欢、熟悉的东西的。因其生命不是别的，而是感情；感情与不存在的联系，如同与存在的联系一模一样，仿佛心儿载负着一种奇迹，载负着一些永恒的秘密，它熟悉周围的一切，因为周围的一切都包容在它之中。在你与遥远的过去之间仅有思想的一瞬间，回顾过去要比眼望未来的那一瞬短得多。

只有把灵魂升华到美妙真实境界的精神才堪称为美。这种美能给灵魂注入一种力量，鸟儿凭之可飞，邀游天际；它令钟情者要么将自己转化为真理的一部分，要么由高空跌落地面，像失事的飞机那样，将乘客抛入死亡深渊，要么像昏迷的人那样接近死亡！

有些人否认美有时会害人，或者使生命变成卑劣的杀人犯。那些将美称为爱欲或爱情的人,他们便是以低劣的物质情感迷恋金银与纸钞的人。

如同我们所知,爱情是一种精神上的升华;在爱中,灵魂升入人类的两层天上,如同两面镜子当中的一盏灯,虽只有灯一盏,映入眼帘的却是三盏。爱情仿佛就是那样,有几个灵魂,既存在于自己的心里,又存在于被爱者的心田。

心灵,只有拥有爱时才变得高尚。这种爱由自身燃及其所爱的人;这种爱由爱你心爱的人延及爱你的血亲,继而延至爱人类,爱所敬重的朋友,延及爱你崇敬的人之美德。

假若你在哈里发问题上的看法是正确的,那么,安拉还会使谁的心无视于那四大哈里发呢?!没有爱情,没有关联,既不爱人,也不被爱——那样的人就是没有灵魂之人,像一只野兽,或者是整个人都化为灵魂,像一位先知……你会发现前者是与人世隔绝的人,是最凶恶的罪犯,是与魔鬼为伍者;他们脱离人性,完全堕落之后,人们容不下他们。而后者,则是他自己远离尘世,加入到虔诚的敬畏者和甘愿献身者行列之中;当他们与完美的人性有了联系、超凡脱俗之后,人们也容不下他们。

爱情是信仰的一部分。通向乐园的路是用相信心灵之力量的信仰铺成的,而通向爱情的路是用稍有欠缺的信仰的力量铺成的。短距离的一步通向心,而长距离的一步则通向天。

不虔诚,时常产生于人的理智活动。如果他以此判断宗教,或以此判断爱情,厌恶便由此而生。

你瞧瞧,女人与天空为何如此相似?莫非女人本来就是天上的一种原生物?女人开始在幽冥世界创生,安拉把她关在男人的肋骨里作为对她的惩罚;继之,对她进行第二次惩罚,把她拉出去送给男人,她就像囚徒看囚徒那样望着男人……伟大的安拉已两次惩罚她,以便让她以自己的本质学习如何让男人受难,又如何一遍一遍地惩罚男人。

难道漂亮女人的那种诱人的美是七天上的精华?用之创造了两只眼睛、两个面颊和两片嘴唇,有时嬉笑放光,有时像闪电般燃烧,有时如雷霆般暴怒。

我们知道，天上有乐园与火狱。我立誓，若乐园太小，我便让大地适于一个男人生活，使他生活在没有家什、没有趣味、没有美的艺术，只有心爱女人的世界！关于火狱，我认为无须证明它太小，也不用证明它分几个部分，更不用证明它急匆匆涌流在大地上，将女人的名字燃成火炬！

因此，我不能理解漂亮的女人，而且不知道如何去理解。我无论如何看女人，总是由理智上去看，总是一言不发望着女人，而女人看我时必定开口说话。

为天着彩者啊，为美的面容增色者啊，描绘绝美与爱情的人啊，外显意义的创造者啊，那些意思是那样精细，仿佛看不出来……心的创造者啊，你将天空充满信念，将美中充满爱情，使意义充满美和爱。

高尚人类的创造者啊，为完美的人注入了信念、爱情和思想……

我们知道这天空广为包容的信念，我们知道这大自然所乐于包容的思想。试问：难道只有女人才属于爱情？

我沾安拉之福了。因为我把大自然后面的存在置于思想之上，不论思想多么崇高；我把大自然置于思想周围，不论思想多么宽广；我将女人置于思想和大自然之间，无论她怎么样，女人那里有能被理解的东西，它在其美的意义中升华振奋；女人那里有能被理解的东西，谁在其卑贱的意义中下滑，定将被抛弃。

女人那里有可爱的东西，它渴望进入信念之中；女人那里有可恶的东西，它可能走向离经叛道的行列。

女人那里有可口的东西，食而不饱；女人那里有苦涩的东西，不食即饱！……

李唯中译

思　念

穆斯塔法·萨迪格·拉斐仪

　　我手中握着笔，坐在这里，书写着思念之情。尽管你我相距遥远，但思念使你近在咫尺，仿佛能感觉到你，甚至触摸到你。你的一切尽在我心。

　　这是你那总透露着探询目光的眼睛。在眼睛的深处，隐匿着一颗执着而忧郁的心，一颗永不满足、充满迷惑和神秘的心，一颗朦胧暧昧、无法解读的心。

　　这是你的眼睛，远远投来探询的目光，将我周围的一切变成待解的疑问——只有你的到来和你的出现方能解答的疑问。我心中不断涌起对你的思念，这思念绵绵不断，没有片刻的宁息与安静。你的离去夺走了我的理智，也夺去了我的心。

　　啊，爱情的折磨正是那撩起悲伤的孤寂，胸中的每一次悸动都仿佛是热切的思念在撞击着心房！

　　思念，它不是别的，它是爱情的闪电激发的光芒。看啊，血的云团在不安地涌动，沸腾着相互冲撞，心中的雷鸣在回荡：啊，啊……

　　现在，你迷人的眼睛又一次投来探询的目光。目光中荡漾着轻柔的眷恋与渴望，于是，我感到自己的灵魂如同缀满花朵的绿枝，那些花朵开始绽放，借轻风捎去那乐园独有的芬芳，也捎去给你的问候！

我感到手中的笔，似乎感受到这字字句句的分量——它一笔一画地书写着，一字一句地斟酌着；我还感到面前的纸，竟也知道它将满载我的思念和我心中的秘密，它不再是写满字的一页纸，而是倾诉着叹息的一片心。

再一次从你那探询的目光中，感受到你真切的温柔眷顾着我，在我的胸中震颤，为我可怜的心带来思念的痛苦。

是的，亲爱的，你给这颗心送来了光明，但这光明却是燃烧的火炬。爱你的心为着他的思念在燃烧，为着美而展示爱的世界。而正是他的燃烧照亮了他自己，正是他自我的消亡光耀着他自己。每一份光明来自许多份的燃烧。

战争中伟大的英雄便是如此：刀剑吞噬他的血肉，枪弹击穿他的骨头，但撕裂他的并非死亡，而是他的荣誉……

想着远方的你，我感到时间不是在分分秒秒地逝去，而是我和我的生命在逝去。想着远方的你，我正在消融，正在化为乌有。在思念中消融，在坚忍中消逝，生命在一分一秒地消亡。

在生活中，当我们为责任与机遇而奋斗时，时间也在消逝。我们有时为生活而操劳，有时又享受生活的闲适，仿佛蹉跎而逝的不是我们自己，而是我们的工作。于是，我们承受着时间的流逝，感受不到我们正一天天地走向死亡，反而觉得生活在一次次地重新开始。然而在爱情中，当爱人拒绝我，或离我而去，或分居两地的情况下，我们的现在成了过去，今日无异于昨天，因为我们现在拥有的无非是对过去的追忆。于是，时间成为我们心灵的重负，摆弄和压迫着我们的心灵。时间对于我们，只是死亡以犯禁生活的形式出现。因此，对拒绝我爱，或离我而去，或身居异地他乡的爱人的思念，不是别的，只是一种眷恋，如同沉疴久病之人对生命的眷恋一样。他已行将就木，只是一息尚存，他感觉到死亡已经开始，死亡仍在继续……

啊，是什么样的悲思前来寻觅我的泪水？
是什么样的激情奔涌在我血液中？
心中的雷鸣又是怎样不停地呼唤着：啊，啊？……

杜明皓译

音乐短章（节选）

纪伯伦·哈利勒·纪伯伦

纪伯伦·哈利勒·纪伯伦（1883—1931），黎巴嫩旅美派作家、诗人和画家。1895 年随亲人旅居美国波士顿，1898 年回国学习阿拉伯语。1908 年去巴黎留学，师从艺术家罗丹。1910 年返波士顿，1912 年寄居纽约，潜心诗文绘画创作。1920 年与努埃曼·艾布·马迪组建"笔会"，任会长，成为旅美派文学领袖。深受尼采和威廉·布莱克影响，作品有浓郁的浪漫主义和象征主义色彩。作品甚丰，分阿语作品及英语作品。英语散文集《先知》(1923) 使之闻名于世，20 世纪 30 年代由冰心介绍至中国。《音乐短章》及《纪伯伦致梅娅》选自《纪伯伦全集》（上、下）。

我坐在我心灵的爱恋者身旁，听着她的诉说。我默然无语，静静地倾听着。我感到在她的声音里有一股令我心灵为之震颤的力量。那电击般的震颤，将我与自己分离，于是我的心飞向无垠的太空，在那里畅游。它看到世界是梦，而躯体是狭窄的囚室。

一种奇异的魔力，汇入我爱人的声音之中，它随心所欲地支配我的情感。因着那让我满足于无言的魔力，我竟疏淡了她的语言。

人们啊，她就是音乐！我听到了她——当我的爱人在某些情词之后叹息时，或在某些情词之中微笑时；我听到了她——当她有时用断断续续的语言，有时用流畅连贯的语言，有时又用留一半于唇间的语言讲述时。

我用我心灵之眼，看到了我爱人那颗心的影响。她让我全神贯注于她通过音乐——心灵之声——张扬的感情的瑰宝，而顾不上品尝她语言的珍馐。

是的，音乐是心灵的语言，曲调是撩拨感情之弦的阵阵和风。她又是叩击感觉门扉的纤纤素手。她唤醒记忆，这记忆便将曾对其发生过影响的种种往事追寻、再现。

音乐是呼唤着的温柔曲调。如果她是凄切的，她就唤回痛苦和忧伤时光的回忆；如果她是欢快的，她就唤回舒朗和欢乐时光的回忆。她将唤回的一切置于想象的册页上。

音乐是令人忧愁的声音的汇聚。你听到她，她便让你驻足，使你的心中充满痛苦焦灼，像幽灵幻影为你描绘不幸。

她又是令人欢快的旋律的汇编。你感受她，她便攫住了你的整个身心，于是她在你的胸肋间欢快地跳舞。

她是琴弦发出的铮铮之声，带着以太之波飘入你的耳际。她可能化作一滴热泪，从你的眼里流出，这眼泪是因情人远离的痛苦或时光之齿噬咬的伤口的痛楚引起。她也许化作一个微笑，从你的双唇间绽出，那微笑实际上是幸福和安乐的表征。

她是临终者的躯体：它有灵魂，来自愿望；它有理智，来自心。

人出现了，于是音乐启发了他，作为来自上苍的一种语言。和其他语言不同，她讲述的是心灵的隐蕴，在一颗心对另一颗心之间，因此她是心灵的私语。她像爱，其影响遍及人寰。于是沙漠里的荒蛮歌唱吟咏了，宫殿中国王们的前后左右震动了。丧子的母亲把她和自己的哀恸哭号交织在一起，这时她便令铁石心肠者心碎；欢天喜地的人将她与自己的快乐一起传播，这时她便是鼓舞被灾难击倒者的一曲颂歌。她又像太阳，用阳光照活了田野上的所有花卉。

音乐好似明灯，驱赶着心中的黑暗，照亮了心房，使心底隐藏的一切呈现出来。乐曲在我看来，是真正自我的倩影，或是活生生的感觉的幻象。心灵如同明镜，立于世上各种事件和各个行为者面前，反映出那些倩影和那些幻象的画面。

心灵是品评之风面前的一枝柔嫩的花朵，晨风吹拂着它，朝露压弯了它的纤茎。它又是小鸟的啼啭，把人从蒙眬中唤醒。于是人去倾听，去感受，同它一起歌颂智慧——小鸟甜美啼啭和自己细微感情的创造者。那啼啭激发了他的思维力，于是他问自己，问周围，这微不足道的小鸟的歌声，究竟道出了何种秘密，竟能拨动他感情的琴弦，向他启示前人书法中包含的意义？他探究、询问：小鸟是在呼唤田野上的花朵，还是在效学树冠上的柔枝？是在模仿流泉淙淙，还是在同整个大自然畅述友情？但是他未能找到答案。

人听不懂枝头小鸟说的是什么，也听不懂鹅卵石上轻轻流淌的泉水叮咚和缓缓推向岸边的阵阵涛声。他不解雨水不住地滴落在树叶上讲述的故事，不懂其用轻柔的指尖敲击玻璃窗时讲述的故事。他也不懂微风对田野上的花朵诉说的是何种情愫。不过他感到他的心知晓并理解所有这些声音的意义，因此才时而因高兴为之震颤，时而又因忧愁和烦恼为之悸动。一些声音用一种隐幽的语言呼唤他，智慧将之置于他的自然天性面前，于是他的心同自然频频交流，而他自己却默默无言，犹豫惶惑，伫立一旁。或许眼泪替代了他的语言，因为眼泪是言语最好的传递者。

时间陪伴着我。哦，神志清明的人啊！快登上那回忆的舞台，以便看清音乐在时光掩去的那些民族中占有何种地位。来呀！让我们思考，音乐在亚当之手①各个发展阶段留下过什么影响。

迦勒底人②和埃及人把音乐当成伟大的神灵来崇拜，向它跪拜，对

---

① 指人类。
② 指古代两河流域的民族。

它赞美。波斯人和印度人相信音乐是人间的上帝灵魂。一位波斯人曾这样说:"音乐原是天上众神的一位仙女,她钟情于人类,从高天降到地上,去找她心爱的人。天神得知,大发雷霆,派一股狂风紧随其后。仙女在空中把这股狂风打散,结果狂风散布到世界各个角落。仙女本人并没有死,绝对没有!她活着,栖居在人类的耳朵里。"

一位印度哲人也说过:"甜美的旋律巩固了我对美好永恒存在的希望。"

音乐在希腊人和罗马人那里,是一尊神。他们为他建起了巍峨的神庙,至今仍向我们谈论着他们宏伟的祭坛,并献上最美好的祭品和最芬芳的熏香。这位神,他们称为阿波罗。他们以全部的完美描绘他,使他卓然而立,就像河流将树木浮上水面。阿波罗左手操琴,右手拨弦,气宇轩昂,他的眼睛注视着远方,好像看到了万物的深邃底蕴。

人们说,阿波罗琴弦的铮铮声是大自然的回声,是他从鸟儿的啼啭、流水的淙淙、微风的吹拂和树枝的摇曳中移译的自然的声音。

在他们的神话中有这样的说法:奥尔甫斯[①]琴弦上的乐声,打动了动物的心,以致凶猛的野兽都跟随着他。植物也是这样:花儿向他伸颈探望,树枝向他偏斜摇曳,连没有生命的物体也动了起来。

他们说,罪恶的女儿们杀死了奥尔甫斯,她们把他的头颅和六弦琴抛入大海。头颅和琴漂在海面上,最后漂到一个岛屿,希腊人称那个岛为"歌岛"。

他们说,载着奥尔甫斯头颅和六弦琴的波涛,自那时起,就用它的声音编出了令人感动的挽歌和令人悲愁的曲调,这歌声曲调传遍了太空,海员们都能听得见。

这些话,在那个民族的光荣已逝之后,我们称之为来自幻想的奇谈,是想象力创造出来的梦幻。但是,这些话都证明了音乐在希腊人心中的影响有多么深,多么大。他们叙说这些,是出于一种健康的信仰。假如把这些话称作来自细腻的感情和对美的热爱,是这方面诗意的夸张,又

---

① 希腊神话中的乐神。

于我们何损呢？按诗人们惯常的说法，这就是诗。

亚述的遗址给我们留下了一些画，它们描绘国王的队伍在前进，乐器做先导。他们的历史学家跟我们谈论音乐，他们说音乐在庆典上是光荣的标志，在节目里是幸福的象征。是的，因为幸福若没有音乐，就是一个被割断舌头的姑娘。音乐是大地上各个民族之舌。他们用颂歌金曲赞美他们所崇拜的女神。唱颂歌在当时——现在亦然——是一种义务，就像他们在神庙中所做的祈祷一样，也像他们对被崇拜力量所做的燔祭一样。神圣的燔祭起始于内心的感情。祈祷也是受到心灵的指点和感情震颤所造成的那些结果的匡正。不为言辞所亲近而为言辞所炫耀的自由风格，则是由大卫王的懊悔所引起的。于是他的颂歌充满了巴勒斯坦的大地，他的愁绪创造出来自忏悔的激情和内心悲哀的动人旋律。他的芦笛作为自己与上帝之间的中介出现了，为他要求对自己疏忽的宽恕。他的弦琴的铮铮声是从他深沉的心田迸发出来的，随着他的血脉通向自己的指尖，因此这些指头的工作对上帝和对人来说是伟大的。他说："你们为主而欢呼吧！用号声赞美主吧！用笛子和弦琴赞美他吧！用皮鼓和铃鼓赞美他吧！用竖琴和风琴赞美他吧！用铙钹的声音赞美他吧！用欢快的铙钹赞美他吧！让每一个人都赞美主吧！"《圣经》中说：一位天使在时间的终结时刻到来时，在世界各地吹着喇叭，于是灵魂们应声而起，给他们的肉体穿上衣裳，在那位债主面前复活。这一节经文的作者高度赞扬了音乐，他给音乐以上帝派往人类灵魂的一位使者的地位。这位作者说出的只是他感情的图画，只是按一种符合他同时代人信仰的某种说话方式。

相传，在人子①的悲剧开始时，弟子们在出发去他们老师被捕的橄榄园之前，曾唱过赞美诗。我现在似乎仍听得到这从悲苦者心底发出的赞美诗，他们看到某种不幸降临到和平使者的头上，于是唱出代替告别辞的动人曲调。

音乐在大军的前面前进着，走向战争。她更新着他们炽热的决心，

---

① 指耶稣基督。

鼓舞着他征战的斗志，像万有引力收聚着他们的散兵游勇，把他们组成不可分开的队伍。诗人没有行进在大队的前面，走向战场，走向那死亡之所，没有，演说家也没有。笔和书不陪伴他们，而是音乐走在他们的前面，像一位伟大的统帅，给他们衰弱的身体以一种难以形容的力量，在他们心中激发出对胜利的热爱之情，从而战胜他们的饥渴和行军的疲劳，全力以赴地去战斗。他们跟随在音乐的后面，欢欣鼓舞，跟随着死亡来到仇敌的土地上。就这样，人类的子嗣利用世界上最神圣的事物，去普及世界之恶。

音乐是牧羊人孤独时的伴侣。牧羊人坐在一块岩石上，坐在他的羊群中间，以他的芦笛吹奏出他的羊儿听得懂的曲调，于是羊儿乖乖地吃草。对牧人来说芦笛就像一个从不分离的朋友，一个可爱的伙伴，用熙攘的牧场代替了山谷可怕的寂静，用感人的音乐曲调，驱赶了孤独，使空间充满甜蜜与温馨。

音乐引导着旅者的驼轿，减轻旅途的劳顿，缩短漫长道路的距离。于是良驼不再在沙漠荒野中行走，除非听到驱赶它们的歌声；驼队不再接受沉重的负载，除非在骆驼脖子上系上驼铃。聪明人在我们这个时代用各种乐曲驯养猛兽，用甜美的歌声驯服它们，这些并不算创举。

音乐陪伴着我们的灵魂，和我们一起越过生活的各个阶段，和我们同悲共欢，同甘共苦。音乐，在我们快乐的日子里像一位天使，在我们艰难困苦的日子里，又像一位怜恤的亲人。

婴儿从隐秘世界来到我们的世界，接生婆和亲人们用欢乐的歌声迎接了他的出生。欢乐的歌，表示对婴儿来到世上的欢迎。当婴儿见到光明时，用啼哭问候他们，他们则以欢呼来回应他。他们好像以音乐和时间比赛，看谁先告诉他神性的智慧。

婴儿啼哭时，他的母亲走近他，带着自己充满温爱的歌声。他停止了啼哭，因体现了母亲疼爱的曲调而高兴，于是惬意而睡。在母亲的悠扬的曲调中，有一种力量，一种催眠的力量，让她的孩子垂下眼皮。她在那些轻柔的曲调中糅进了宁静，于是使曲调更加甜美；抹去了曲调中的畏惧，使之充满慈母气息，直到婴儿克服了不眠，睡着，他的心飞向灵魂的世界。倘若母亲用西塞罗①之舌说话或读伊本·法利德②，孩子是不会入睡的。

一个男子，精心选择了他生活的伴侣，他们的两颗心因婚姻的纽带而合一。他们听从了智慧从一开始就写在他们心上的忠告，于是亲人们和密友们聚在一起，当新婚夫妇在婚礼上缔结良缘时，他们唱起了颂歌和流行曲，让音乐成为证婚人。在聚拢安息之日，我仿佛就是她——一个混杂着甘甜的可怕的声音，一个在上帝创造物中歌颂上帝的声音，一个唤醒沉睡的生命，让它前进，传遍和充满大地的声音。

当死亡来到时，音乐表现出生命故事的另一番场景，我们听到哀伤的声音，我们仿佛看到她用悲痛的阴影充满空间。在那痛苦的时刻，当心灵向这美丽世界的海岸告别并飞向那永恒的大海，将她的物质骨架抛于歌唱者和哭丧者的手中时，他们以哀婉的调子大放悲声，他们给那个物质实体覆盖上湿土，让他在墓中安眠，用带着压抑意味的声调和表示忧伤焦灼的歌声——只要黄土在黄土之上，他们就不断重复着那些曲调，为他送殡。一旦它们变得陈旧，只要心念着已逝者，它们的回声就依然长留在人们的细胞里。

我和一位上帝专门给了他一副好嗓子的人坐在一起，上帝一并赠给他谱歌作曲的哲学领悟力。我看到听众围在他的身边，倾听着，感到自己的渺小。他们屏住呼吸，一动不动，像对启示他们许多奇异秘密的有效力量甘拜下风的诗人们那样，凝视着他。当歌者唱毕，他们长时间地叹息——"啊！——啊！"这是从那些被曲子掀起深藏的感情波澜的心中发出的叹息！而这叹息对这些心来说，又是多么甘甜！"啊！"是被回忆激动起来的干渴的心发出的感叹；"啊！"是一个小小的词儿，但是它是长长的话语；"啊！"不是听见歌者说话或看见歌者面孔的人发出的声音，

---

① 西塞罗（前143—前106），古罗马雄辩家、政治家、哲学家。
② 伊本·法利德（1181—1235），阿拉伯古代诗人，苏菲主义者，以记录精神生活的诗篇著称。

而是那向由断断续续的声息编出的一支曲子伸出耳朵的人发出的叹息。那活的气息向他展示了他过去的生活故事中的一章，或袒露了他心中隐藏的一个秘密。

我是怎样地审视一位敏感的听者的面孔啊！我看到他的面部表情，一会儿紧皱双眉，一会儿面容舒展，随着曲调的翻转变化而变化。我从他的动作看出他的性格，通过他的外表看出他的内心。

音乐好似诗歌绘画，表达人的不同状态，描绘心中的掠影，阐述灵性的幻象，把意念中巡游的东西铸造成形，对肉体最美好的愿望加以说明。

……

伊　宏译

纪伯伦致梅娅[①]

第22封信

（1923年12月1—3日）

纪伯伦·哈利勒·纪伯伦

梅娅：

你的信在我心中是多么甜蜜，又是多么甘美！

五天前我去了一个杳无人迹的地方。我抛下我喜爱的秋天在那里度过了五个日日夜夜。两小时前我才回到这个"山谷"。我回来时冻得像个冰人，因为我跋涉了比从拿撒勒到贝什里还要远的路程，而汽车还没有顶篷！不过……不过我回来后发现了你的信！是在一个信堆上发现的。你知道，当我拿起我亲爱的小女孩儿的信时，其他的来信都从我眼前消失了。我赶快坐下来读它，靠它来取暖。然后我换了衣服，再次读它。而后是第三次，接着我又读了一遍。别的什么我都不读，只读它。我，马

[①] 这封信是两张明信片，上有两个希腊神像，一个是阿芙洛狄特头像，一个是海德头像。

利亚①，我不愿别的饮料和你送来的这圣饮相混。

此时此刻你同我在一起，同我在一起，梅娅！你在我这里，在我这里，我正在与你谈话。我们是说了许多许多，比这些话更多，我正用比这语言更伟大的语言和你纯洁的心灵交谈。我知道你在听，我知道我们以清楚和明确的方式相互沟通。我知道我们今宵比我们过去任何时候都更接近上帝的御座。

我赞美上帝！感谢上帝！赞美他！感谢他！陌路人已回到了他的故乡，旅游者返回了他父母的家园。

此时此刻在我心中掠过一个奇想，崇高极了。听我说，我的甜蜜的小乖乖：如果我们今后必须争论的话，我们不应像过去战斗后每每要分离，我们应该留下来，尽可能争论下去，留在一个屋顶下，直到我们厌倦了争论而露出笑容，或者是争论厌倦了我们，摇头离我们而去。

你对这个意见怎么看？

让我们想怎么争论就怎么争论吧！因为你来自伊赫登，我来自贝什里，对我来说问题是遗传性的！不过在我们未来的日子里不论发生什么事，我们都应该停下来望着对方的脸，直到乌云散去。如果隐藏你的秘密的人来了，隐藏我的秘密的人来了——他俩始终是我们争论的原因——我们应该和蔼地，但是尽快地——把他俩赶出我们的家。

你是最接近我灵魂的人，你是最接近我的心的人。我们从来没有用我们的灵魂或我们的心来进行争论。我们也没有用不是思想的东西来争论。思想是一件争取到的事物，是我们从大海里，从可见的事物中，从岁月的印记里借来的，灵魂和心则曾是我们进行思考之前就存在于我们自身的两个崇高本质。

思想的职能是安排事物有序，对我们的社会来说是很必要的职能。但在我们精神和心灵生活中却没有它的位置。"高尚的"思想可以说"如果我们将来争论，我们应该不分离"，思想可以这么说，尽管它本身就是

① 用圣母马利亚之名称呼梅娅。

一切争论的原因，不过，对于爱，思想不能说出任何一个字，它不能用其言辞的标准去衡量灵魂，不能用其逻辑的天平去衡量心。

我爱我的小姑娘！但靠我的理智我不能了解我为什么爱她，我也不想用理智去分析。我爱她，这就够了。我以我的灵魂和心爱她，这就够了。我把我的头靠在她的肩上忧郁、陌生、孤独、快乐、惊奇、被吸引，这就够了。我在她的身边，朝着山巅，不时对她说："你是我的同伴，你是我的同伴！"这就够了。

人们对我说，梅娅，说我是一个爱人的人，他们中的一部分责备我，因为我爱所有的人。是的，我爱所有的人，我爱他们，不去挑选，不去过筛，我把他们当作一个集体去爱。我爱他们是因为他们来自上帝的精神。不过每一颗心都有一个特殊的性向，每颗心都有一个独自奔向自己的方向。每一颗心都有另一颗心渴望与它相联系，渴望与它享受生活中的幸福、安全，或是忘却生活中的痛苦。

我多年来感到我已发现我的心的方向，我的感觉是真实的，是单纯明确的，是美好的。因此，当圣人图玛带着怀疑和审视来到时，我造了他的反。我还要造圣人图玛的反，靠着圣人图玛的帮助，直到他把我们送上高天的幽静之所，投向我们的崇高信仰。

啊，夜将尽，我们才说了一小点儿我们想说的话。我们最好默默地交谈到天亮。黎明时分我可爱的小女孩将站在我的身边，站在我的许许多多作品面前。在此之后，在过完白天，了却一天的事情之后，我们将回到这里，坐在这个壁炉前交谈。

现在，你让你的额头靠近一点儿吧，就这样——上帝给你幸福，上帝保佑你。

纪伯伦

伊　宏译

生活是美好的

艾哈迈德·哈桑·齐亚德

艾哈迈德·哈桑·齐亚德(1885—1968),埃及著名作家、评论家、学者。早年就读于爱资哈尔大学,后获法国法律学士。曾在巴格达大学和开罗美国大学执教,并担任多个杂志的主编和刊物的专栏作家。主要著作有《阿拉伯文学史》(1927)、《文学基础》(1935—1945)、《使命的启示》(1940)。参加编纂《沃希特辞典》。以其文笔简练、典雅著称。《生活是美好的》选自《世界散文精华》(澳非卷)。

生活是美好的,只有被称为人的这类动物歪曲生活之美。因为人类并未像其他万物生灵那样循着天定正途、大自然的引导和安拉的启示生活,而是按其自定法则生活,这些法则乃是其依据唯我主义、狂妄自大和个人好恶所随意制定的。所以,他常对同类行恶,与异类为敌。

或许兽类会为食色而相互残杀,鸟类会为食色而相互撕咬,但那种残杀和撕咬只是短暂的行为,既无预谋,亦无后仇,更没有伴随其后的罪恶。而人类则与之不同,他是平安之中的混浊,生活之中的灰尘。他有记忆力，所以对往事念念不忘，将仇怨牢记在心；他有洞察力，所以常为自己制造布满恐惧的未来。他的现在是永无休止、永不消歇的激烈厮杀，他要么为记忆中昨天的旧恨复仇；要么为预见中今天的食物而不择手段地攫取；要么为想象中明天的恐惧而小心防范。

　　生活是美好的，比之更美好的是生灵，是能够感受、品尝、体会到这种美好并以其点缀自身的万物生灵。鸟儿美于花园，因为它懂得怎样将花园中的五颜六色装点到自己的羽毛上，将花园中的乐曲集于自己的啭鸣；狮子美于森林，因为它能够使森林的威严活生生地体现在它的威严之中，将森林的雍容和庄重体现在它的雍容和庄重之中；骆驼美于沙漠，因为它将自己融于大漠之间，使大漠中的山丘化为它的形体，将大漠的黄沙描绘在它的肤色之中；鲸鱼美于大海，因为大海是它生命的一部分，平静的海水、汹涌的波涛和湍急的水流便是构成它这部分生命的内涵。

　　仿佛大千世界之中的万物生灵都在追随着大自然，受其影响，与其同步共进，只有人类例外。因为他们偏离了主在创造他们时为他们确定的正途，主便只好专为他们派遣先知和使者，为他们开办学校提供经书，但光明怎能照进盲人之眼，雷声又焉能震动聋子之耳！

　　生活是美好的，它的美并不局限于某个民族而不惠予另一个民族，亦不局限于某个阶层而不惠予另一个阶层。它的美是主在乐园与火狱散播的艺术灵光。让我们全身心地去追寻，尽情地去享受吧！凡有听觉、视觉和感觉的人，都会在每一个景致中发现美，都会在每一个地方感受到美。那些对生活之美熟视无睹的人，生活的自然之花在他们身上已然枯萎，他们的感官已然麻木，所以，存在于他们和世间万物之间的真实和正确的思维纽带已然断裂。

　　美是大自然保护生活、保存生命本质的手段，它以美使散离的东西重新聚合，使离散的生灵重新汇聚。同时，美是内心的愉悦，是心灵的光环，是精神的慰藉。谁的感觉和意识中充满了美，那他便青春永驻、处处是春天！

生活是美好的，美的感受，其表现是欢乐与幸福。你会看到：哪儿笼罩着暮气与忧伤，哪儿的生活便是被疲惫所困扰，被丑恶所蚀化，被邪恶所败坏。那里生灵的悟性便会死亡，或者美丑被倒置，善恶被颠倒。大自然之美须由心灵之美去感应，生活的清纯须由心灵的清纯与之对应。对于那些感觉阴暗、暮气沉沉的人来说，生活的醇美他们是永远品尝不到的。

要成为心灵美的人，方能视万物皆美，包括原本丑的东西。何时你意识中充满了美的感觉、美的感受，世界便会在你心中显得无比美好，苦味在你口中便会变得如饴之甘，苦酿便会在你口中变成玉液琼浆，你会情不自禁地向往去尼罗河、花园岛和乡村一游，同鸟儿一道鸣唱，同蝴蝶一道飞舞，同鱼儿一道戏水。你可同富翁们比富有，同他们赛欢乐。你可以自豪地对他们说：美好产生出来的幸福远远超过金钱产生出来的幸福，金钱属于你们，你们只能自己享用，而美好则属于主，可把它施与众人！

生活是美好的，生活之子啊，你是这美好的继承者，你为何将头扭向别处，对它视而不见，将忌妒和仇视的目光投向那些生活奢侈的人？他们终日沉湎于享乐，或上山行猎，或雪地溜冰，或水中浮游。君不见，开罗市区和郊外，有着不可胜数的天然美景，向生灵散播着无限的享受，这些美景和享受足以遏止你对富有的忌恨，足以平缓你对生活的愤怒。这美丽的尼罗河在它神奇的两岸之间奔涌向前，为两岸平添了许多娇美。有谁能阻止平民百姓在尼罗河中泛舟荡桨，有谁能阻止他们乘舟劈浪戏水，又有谁能阻止在尼罗河两岸举行各种比赛盛会和娱乐集会？你可以任意在早晚哪个时分在尼罗河岸边徜徉，都会感到在笼罩着岸边和水中的无边静谧之中，尼罗河仿佛在人烟罕至的旷野上奔流。倘若没有横跨两岸之间的座座大桥，没有这些车马行人自东岸到西岸的必由之路，开罗人定会像赞颂穆盖塔木山[①]那样赞颂它！

---

① 开罗城附近名山。

我们生活中的懒惰、软弱、气馁以及沮丧等诸般不快的阴影统统抛到了尼罗河中和花园岛上,从而使尼罗河像沼泽一般停止流动,使得花园岛像墓地一般静寂。所以,你看到人们默默垂首徜徉于尼罗河岸边或花园岛的花丛间,仿佛是在默默地注视或静静地反思!

杨言洪译

这就是春天

梅娅·齐亚黛

梅娅·齐亚黛(1886—1941),黎巴嫩女作家。出身黎巴嫩名门世家,1908年随父母迁居开罗。她通晓法文、英文、德文,用法语、阿拉伯语写作。1919年至1931年她举办的文艺沙龙,在阿拉伯文学界享有盛誉,被称为"民主主义沙龙",对阿拉伯文学发展产生重大影响。其作品形式多样,内容广泛,如法语诗集《梦之花》(1911),散文集《姑娘的良机》(1922),政论集《黑暗与光明》《平等》(1923),妇女领袖及作家传记《芭布荷·芭迪娅》等三种,演讲集《生活之林》等。《这就是春天》译自《文学巨人》(1974),《梅娅致纪伯伦》选自《纪伯伦全集》(下)。

春天,春天,这就是春天!
春在鸡鸣时,春在鸟语里;
春在花香内,春在黄昏中。

新的春天，这就是春天。

春天居于幸福的心田：

因为藏在心田的那张可爱的面孔开始绽露出来，光照宇宙万物。看上去，苍穹那顶巨大帐篷就像壁龛，美神的光华在那里信步徜徉，希望的欢乐在那里闪闪放光。那就是春的声音！那就是春的芳香！那就是春的色彩！那就是春的形状！那就是春的实体，正在传送着赞美主的信息。因为它的密码取自于那张可爱的面庞，于是以华美与俏丽喷洒出流畅的线条。刹那之间，永恒的欢悦凝滞在幸福的心田之间，心中的意念便化成一支恋歌：

春天啊，
我已为自己的迷恋找到了舞台！
春天，
我那微醉的春天！

春天居于花园苗圃：

知心朋友，心心相通。他们聚集在青春韶华、绸缎和雕塑博物馆里，观看春的明媚、舒展和光泽。树木戴上华丽桂冠，枝条点头哈腰，毕恭毕敬，仿佛站在主的面前，或像在准备听取什么重要消息。宇宙万物啊，莫非你已经得到你想得到的一切，万物就此终了完结？我并不认为你已沐浴在欢乐与胜利的海洋之中。仿佛分布在一切空间的歌手正集聚在你的怀里高唱：

春天啊，
一切零散之物已化为一体！
春天，
我们将按照你的美容，同你一道展示我们的英姿！

春天居于被遗弃的泉源：

银色的流水在淡淡的树荫下歌唱，春天已给它带来了生机和充溢的力量，流水的鸣唱中包含着思恋的诱惑、慰藉的温情、清醒的呼声与诚直的信任；银色的流水急匆匆奔洒在大地上，炎日下的流浪者不能在其树荫下歇凉，而它也不把自己那多皱的镜面转向感恩戴德的饱饮者的面孔；银色的流水中夹带着忧伤，夜下梦境中出现的是被洪流冲得远远的人，他们干渴着走向荒原，而那些水却白白流淌。暮霭中，树枝弯向水的源头，和水一道流出的是叹息与号哭：

悲伤的春天，

这就是春天！

被疏远的春天，

如何承受疏远？！

春天居于干旱大漠之上：

默不作声、忍气吞声的沙漠，过去如此，将来的生活会丰富多彩吗？生活中有出生与死亡吗？生活中有转变与交换吗？生活中有肥沃与生长吗？不要用这样的空话谈论沙漠了！

这里是聋、哑与盲的王国，这里是无声的厌恶与杀人的干渴的王国。那里的水是蜃景！那里的阴凉是泥土！那里的道路是呼喊！那里生活的感触是灼热的风！那里的路标是荒原旷野和重重恐惧！那里的全部就是黄沙与干旱！一个可怕借口造成的不公，竟使无辜受到剥夺，无缘而遭禁止，用荒原可以购买沃野。这里处于永恒的静默与矜持的深沉之中，做了孤独与隐退的俘虏，成了每日吞食黄沙的囚犯。仿佛沙漠在遥远的地方说道：

我没有春天！

黄沙之春，

火焰之春，

我何须这样的春天？！

春天就是这样，这就是春天！
在宇宙天际，它诱人羡慕；
在花圃田园，它引人入胜；
在彩色世界，它令人欢悦；
在薄明天地，它剔透玲珑；
在愉快心田，它欢呼雀跃。
春天就是这样，这就是春天。
在受苦人心中，它悲伤忧虑；
在不幸者心中，它冷酷无情。
它拥有同情心，一半是残忍；
它带来的怜情，一半是暴力；
它暗示的希望，一半是失望；
它降生的肥沃，一半是荒芜；
它激起的青春，一半是老年；
它更新的生活，一半是不幸。
春天啊，春天！
崭新的春天，
这就是春天！
逝去的春天，
这就是春天！

李唯中译

梅娅致纪伯伦

1924年1月15日

梅娅·齐亚黛

穆斯塔法!① 邮局怎么了? 以往信在三周或比三周还少些时间内就可寄到,可这次,你的信过了四十天才收到! 随信寄来的还有装在特别封套里的两张明信片,那上面有两个希腊人的头像,协调而有韵味。信走得多慢哪! 你是否认为,信从世界最远的地方,从美洲寄来,在路上的确需要花费这么多天时间?

耶稣圣诞,新年元旦,耶稣浸礼日,以及纪伯伦的生日,都在同一天②。你是否想象过这些时节里有多么空虚、多么寂寞,特别是当一批面孔,又一批面孔,再一批面孔从我们面前走过,就是没有我们想念的那张面孔时,特别是当听到一些声音,又一些声音,再一些声音,而唯独没有我

---

① 梅娅似用《先知》主人公的名字称呼纪伯伦。《先知》是1923年,即写此信前不久发表的。在梅娅的信中还有数处采用这一称呼。
② 梅娅此处可能使用东正教的历法。按该历法圣诞节12月25日相当于公历1月6日或7日。纪伯伦的生日是1月6日。

们要求、呼唤和响应的那个声音时！健忘者，你甚至忘了向我致节日的祝贺了！与此同时，我的一些朋友却利用这个机会向我表示祝愿，或者至少慷慨地给我些客套话，如"梅娅，你的节日只有一天，而你，是时间的节日"等等。

一月六日，你是我思想主题中的主人公。你以一个孩子的形象出现在我面前，"努努！努努！"他的两只小手在空中挥舞着，做出一个寻找工具的动作。我很容易就想到"努努"这个婴儿，因为我曾患轻微的感冒，我从你的信中得知，它是从你那儿传来的。"为什么会这样？"你询问原因吗？这是因为，你一夜就跨越了——如你所说——漫长的距离，乘着一辆敞篷汽车，你让自己受了风寒，最后这风寒表现在我的身上。明白吗？今后你可要让我少患些伤风感冒传染病之类吧！别让自己受风寒了！要抵御一切给你造成危害的事物！明白吗？穆斯塔法，同意这一建议吗？

你好像在责备我，因为我正问到你的健康！我能不问吗？你在这封信中没有提到你的健康问题，你欠了我的债！你要谈谈它。在你过去许多信中，每当你提到你病了时，我都感到刺痛，在这之后，你应使我感到幸福。代替感谢你这种好消息的是，我发现我被驱向责备，因为在我心中有对你的很大一部分责备正在露头呢！

你为什么没有在今天之前，在我问你之前，在我们重新通信之前，告诉我你已病愈的消息？为什么没有在病愈时就告诉我你已痊愈了？我并不迷恋听油壶的故事，只是在某种程度上。可你怎么能够疏忽给我一些安慰呢？你本来知道除了你，没有谁能给我安慰。你怎能在这么多月里一次也不考虑呢？

"这是独立的标志"，你可能这样说，"遗忘是自由的某些形式"，也许如此。而且也许证明另外一件事情，在某种情况下。

"假如今后我们发生争论，那我们不应分离，正如我们过去所做的那样，而且，我们应停留在一个屋顶下，直至我们厌倦了争吵"，等等。

"遵命!"艾赫登①的人回答。不过,希望我的主人先生记住,争吵必须有良方,从而给贝什里人应有的明智忠告——他们的邻人和竞争者发出的忠告。希望他提醒他们,他的种种忠告、建议,要比他的过分之举珍贵。他的过分之举,正像他们之所为:那一天他们忘记了美好的金柜,曾经有助于行事和解决问题的金柜。愿上帝将你从贝什里人的愤怒中拯救出来!——我们那些邻人难道能忘记这个必须存在的金柜吗?

至于我这方面,则有许多重要问题,让我有时远离一切争斗和喧嚣。我在专心致志地研究这件奇事:我熟悉的那个额头鬓发变白的奇事。啊,甜美的裁剪!诱人的甜美!真值得让它的过分稀疏(优雅)和浑然天成的胡子混在一起。

在提到胡子的斗嘴时,你不要以为我要和你争斗一番,为了那你用来威胁我的美髯。相反,我带着全部明智和平静,荣幸地告诉我们的主人,让他知道事情与他无关。我们主人的胡子是一件与我们主人无关的事物。因此请他不要责备——适可而止。

我说完了明达的官方语言。如果你想让我为你翻译成我的乡土语言,那我就说:我不希望你留胡子。如果你不情愿,还想留,那我就要承担烧掉它的任务。哈!

"这个丫头,"我们的主人发怒了,"这个丫头竟如此大胆,不,如此厚颜,居然威胁要烧掉我决意留长的胡子!"

……

我们的主人,事情一如您自便。我将笑着烧掉您的胡须,就像我现在这样笑着:我不需要比我送你的一支香烟和一根火柴更多的东西,就能干好这件事。我将"温和亲切"地点燃它。我喜欢那样。胡子要是按照自然的意志生长,那它就会在"僵滞和复仇"的高原之间加上一幅充满各种意义的狭谷和缩小的图画,一幅你在上面做了标志的那朵花儿倾斜的图画。

---

① 梅娅的家乡。

至于你在考虑过后答应完成的条件,那不过是我这样说:这些话适于那个说它们的人。如此,请你明白,这条件的第一款,是被战胜者自动走上正路。其他条款,将随之而来。给我们看看你的罕有的智慧的新样板!特别要注意,小心在理解这一条款时犯错误,以免用你的见识,你的真诚的目光,搅扰了我的美好揣测!

穆斯塔法!在我的心目中,你的信是多么甜蜜啊!你那介于无聊和晦涩之间的话语是多么甜蜜啊!你的词汇,你那一行行的字迹,就如同光和露的小溪,闪光、热烈、温柔、吟唱的小溪!尽管如此,关于你的内容太少了。你一点儿也没有谈及《向着上帝》那本书①,没有谈及那些油画,也没有谈及你现在忙于写什么,画什么,想什么。关于峡谷连一半消息也没有!每当我想到你谈论而我看不到的那些画时,我就感到遗憾,这不是真情吗?作为补偿,我去看你发表在书上的那些画,而每一次我都能发现新东西。它们,特别是你的第一批艺术,是充盈丰富的,蕴含着许多奥秘的意义。它们超脱于任何定义之外,嘲笑一切规范和束缚。

纪伯伦!我笑着写下这好多页,是为了避开说出"你是我所爱的人"这句话,为了避开"爱情"这个字眼。那些不用爱的表象和诉求在各种晚会、舞会和会晤中做交易的人,爱情是在他们内心深处有力地生长的,他们可能羡慕那些在表面闪闪发亮的事物中分送他们的感情的人,因为那些人感受不到那尚未爆发的风暴的压力。但是,他们羡慕另外一些人,羡慕他们的闲适快活,却不期望这些东西属于自己。他们更喜欢自己的孤独,更喜欢沉寂,更喜欢让他们的心迷失在它们的寄托物之中,缱绻于与一般的心灵和感情无关的事物中。他们宁愿任何一种寂寞,任何一种不幸,在不孤独的心之外有不幸和寂寞吗?而不愿满足于那些吝啬的目光。

我写的这些是什么意思?我不知道自己在指什么,但是我知道你是我所爱的人,我害怕爱情。我等待爱情已经很久了,我害怕它不带着我的全部期待而来。我说这些话时完全明白,很少的爱已经是很多了,但少

---

① 纪伯伦的绘画作品集,后来没有以《向着上帝》为书名。

量的爱不能使我满足。干旱不雨，一无所有，胜于零零星星，点点滴滴。

我怎么这样大胆，向你吐露了这些! 我怎么如此放肆! 我不知道。感谢上帝，我是在纸上写出，而不是用嘴说出这些! 假如你现在就在我身旁，说出此话后我会羞得赶快逃走，去找个地方长时间地躲起来，不让你再看到我，除非在你忘记这些之后。甚至写我也常常责备自己，因为我在这上面是这样自由。你记得东方古人所言吗? ——"对姑娘来说，最好是不读不写。"哈，他们的忧虑在我身上是正确的了! 他们的猜疑是对了! 请不要说圣徒多玛①出现在此地了。我这里表露的一切，并不仅仅是遗传的影响，而是比遗传更遥远的一件事物，它是什么呢?

请你告诉我，它是什么? 请你告诉我，我是步入迷途，还是走在正道上? 因为我相信你，从直觉上就认为你说的一切都对。不管我是错了，还是没有错，反正我的心正在向你走去，我心中最美好的一切，将永远围绕着你，守护着你，寄托于你。

太阳已坠落于地平线下。在奇形怪状和五颜六色的云霞间一颗明亮的星在闪烁。那是长庚星，是爱之神。你认为它也像我们的地球一样，有人居住，他们爱着，思念着吗? 也许在那里有一位像我一样的姑娘，她有一个纪伯伦，一个遥远又遥远的甜蜜，他又很近很近。晚霞布满天空，此时此刻她正在给他写信。她知道，黑暗将随晚霞而至，光明又紧随着黑暗，黑夜将孕育白昼，白昼又追踪着黑夜。在她看到自己所爱的人之前，昼夜更替会有好多好多次。薄暮的寥寂，夜晚的孤独，都将渗入她的身心，她将把手中的笔搁置一旁，以便避开孤独，躲入一个名字——纪伯伦——之中!

曼 丽

伊 宏译

---

① 圣徒多玛,耶稣十二使徒之一。据《约翰福音》载,他不相信耶稣复活,耶稣显现,让他抚摩伤口后始相信。传说曾赴波斯、印度等地传教,后被人刺死。

复兴之始（节译）

萨拉哈·莱百奇

　　萨拉哈·莱百奇（1886—1955），黎巴嫩诗人、报人、律师。生于巴西。1930年开始任律师，并给报刊撰文，1954年主持了阿拉伯文学家第一次会议。作品有诗集《岁月的秋千》(1938)、《约会》(1944)、《陌生人》、《烦倦》(1948)，散文集《思念》(1957)，小说《大山深处》，论著《诗人的黎巴嫩》和《黎巴嫩现代文学流派》等。《复兴之始》译自《莱百奇全集》(1982)。

　　在黎巴嫩，阿拉伯语诗歌一开始就伴同着文学的复兴。
　　当时文人大凡撰文，其言必及诗歌；随便翻开一页书，也可以读到关于其渊源、流派、代表、发展的论述。
　　而诗歌在黎巴嫩又并非仅得益于阿拉伯语。追溯到一百五十年以前，就会知道黎巴嫩历来是位诗仙，遨游在怀念与思想、感觉与情愫、旋律与画面、幽深与奥秘、高峰与峰外之峰、有名与不可名之名之中，遨游在人寰世间。

黎巴嫩用她的和全世界的语言，对着自己和世界歌唱。她的帆船和商队不仅为远方带去了红色大理石、紫荆、陶器、木偶剧，也带去了思想和哲学，更带去了音乐、诗歌、图画、色彩与光线。这帆船与商队在沁人心脾的湿润空气里缓缓而过，于是，黎巴嫩拨动了多少心弦，激起了多少思慕，将多少曲调从灵魂的角落唤起，促其抒发情怀，并示以优美有力的表达方式。

　　我无须在史料中停留良久，历数古代以各种语言创作的黎巴嫩诗人。

　　我不必谈论西顿的安推巴特尔，他在公元前1世纪独裁者塞拉当政时期曾用希腊文作诗（他的部分诙谐诗保存在《希腊诗选》中）；不必谈论西顿的杜拉特，他出生于公元前1世纪初，创作了有关天体奇观与奥秘的史诗；不必谈论公元5世纪的著名诗人贝鲁特的希马尤斯；也不必历数具有黎巴嫩血统的诗人、哲学家与学者。

　　黎巴嫩和叙利亚的很多作家与诗人用希腊文和拉丁文创作，他们在西方也因为这两种语言扬名。除了那些研究人员外，再无人知道他们是我们的祖先；只有在希腊和拉丁文的著作中，或在翻译他们的作品到其他文字时，才提及他们。

　　此外，还有一些人用源自阿拉伯文和古叙利亚文的民间语言创作——至今在叙利亚的一些农村，如在马鲁拉，仍有人用这种民间语言创作。

　　如此，黎巴嫩的空中常有诗人展翅起飞，他们遨游各地，为他们日后使用的不同语言增添了光彩。

奥秘何在？

　　为什么诗人常常从我们的高山、平原、海滨出现，犹如玫瑰吐芳，香草茁壮，又如春风骀荡，华光普照呢？

　　黎巴嫩的大自然中，蕴含着令人神往的和谐与调匀之美。自远古起，黎巴嫩人民就和他们的大自然结下了深情厚谊。这里风调雨顺，阳光充沛，繁花似锦，山川锦绣。这里有凌云的高山，坦荡的平原，万丈的崖谷；

这里有海涛拍岸，或汹涌咆哮、摧垣断壁，或温言款语、柔情万种，海潮达到暴怒的顶峰时可在山谷、平原、沙滩得到发泄、缓释……这里的山山水水似乎都在向观者展示画卷、织锦与绣品。浅影与浓墨、庄重与绚烂、华丽与明快比邻而在，相得益彰。

面对风和日丽、山川如画的大自然，这里的人民在此栖止，他们对自然抒发心怀，寄托希冀，对其顶礼膜拜。他们的心声发为歌乐，表达了对自然界奥秘及因果的探寻。

我们在进入黎巴嫩现代阿拉伯语诗歌状况这一主题前，有必要论及再生与复兴两个时期前的一些历史因素。在此，"再生"指的是阿拉伯语昔日荣华的恢复，"复兴"指的是思想发展运动。

当时，有两个主要事件影响了整个阿拉伯东方的思想生活进程，诗歌乃是这种思想生活的一方面。

第一个事件，是1584年建立的罗马马龙学校的学生回到黎巴嫩。

第二个事件，是拿破仑来到东方。

第一个事件表明黎巴嫩对西方产生兴趣，并将西方事物带回东方。类似事件后来再度发生：法赫鲁丁·马尼艾米尔①曾远访托斯卡纳，在当时的西方文化之都佛罗伦萨见识了西方的生活方式、艺术和宫殿，他回国时萌生了模仿这伟大文明的愿望。

第二个事件表明西方回头来对东方产生兴趣。

西方对黎巴嫩感兴趣并不是坏事。黎巴嫩从未闭关自守，她理解的民族性，也恰是对世界开放，与之建立思想与文化联系。最能说明这种理解的，莫过于赛义德·阿戈勒②笔下的欧·古德莫斯吟诵的诗句了：

> 黎巴嫩不是雪杉、群峰、流水，
> 我的祖国是友爱，爱中无怨无恨，

---

① 法赫鲁丁·马尼艾米尔，当时黎巴嫩的君主。
② 赛义德·阿戈勒（1912— ），黎巴嫩诗人、学者、阿拉伯象征主义诗歌的代表人物。此诗引自其著名诗剧《古德莫斯》。

是照亮迷途的光明，

是勤劳，是创造美的双手、大脑。

不要高喊着"我的民族"向世界挑战，

我们是全世界的亲朋和友邻。

这两个重要事件对东方思想的复兴发展产生了影响，点燃了黎巴嫩和埃及的思想火炬。

火炬在黎巴嫩点燃起来，黎巴嫩人开始兴建学校，建立印刷厂，出版书籍，兴办报刊。

我们不会忘记艾因·沃尔盖学校在17世纪及18世纪初教授六种外语，不会忘记哈里勒·胡里创办的《消息报》是阿拉伯东方的第一份新闻类报纸，不会忘记古兹希亚修道院印刷厂用古叙利亚字母印刷阿拉伯文书籍，不会忘记阿卜杜拉·扎希尔印刷厂在150年前用阿拉伯语字母印出了黎巴嫩第一本阿文书，不会忘记黎巴嫩率先将西方思想译介到东方，又将阿拉伯思想译介到西方，哈基里、桑阿尼、哈斯鲁尼等人曾将一些阿拉伯哲学家的作品译为拉丁文。

伊拉克、土耳其、波斯曾为阿维森纳①的归属而争论不休：伊拉克称他为伊拉克人，因为他用阿文著述；波斯称他为波斯人，因为他生于波斯；土耳其称他为土耳其人，因为他有蒙古血统。而与此同时，黎巴嫩人穆特朗·艾比·卡尔木却将《眼科》译为拉丁文，向西方介绍了阿维森纳。

我们还知道，穆特朗·保罗·阿瓦德曾将《阿奎那驳阿威罗伊书②》译为阿文，苏莱曼·布斯塔尼译了《伊利亚特》，阿布德·艾巴·拉希德译了《神曲》。翻译运动仍然方兴未艾。

在埃及，穆罕默德·阿里③的王宫继承了拿破仑带来的文化与军事遗

---

① 阿维森纳（980—1037），阿拉伯文名为伊本·西那，中世纪杰出的学者、科学家，在医学、哲学、神学等领域有过重大影响，代表作有《医典》《治疗论》。
② 阿威罗伊（1126—1198），阿拉伯文名为伊本·路世德，中世纪最重要的伊斯兰哲学家之一。
③ 穆罕默德·阿里（1769—1849），现代埃及的建立者。

产，文化火炬在埃及的闪耀，并不比在黎巴嫩逊色。

埃及继承了法国人为教育自己的子女而开办的两所学校，还继承了印刷厂、阅览馆以及阿拉伯名人的画像，也继承了工厂、车间。这些新生事物无疑产生了影响，促人思考如何能达到这一文明水准。由于埃及享有自由的环境，不久便变为自由人士的云集之地，也成了黎巴嫩人的第二故乡。他们前往埃及，又从埃及走向世界，他们和埃及人一起同商振兴大业，共担复兴重任。

我们在此关心的，则是现代阿拉伯语诗歌这一话题。在黎巴嫩，有非现代的阿拉伯语诗歌吗？据我们所知，在一个半世纪以前，黎巴嫩没有阿拉伯语诗歌。

此前，黎巴嫩人的语言是古叙利亚语，当穆阿维叶①攻入黎巴嫩时，他未能深入崎岖的山区，而只占领了平原。

后来，黎巴嫩沿海地区与伍麦叶的大马士革建立了密切联系，为阿语进入山区铺平了道路。除这一个因素外，阿语与古叙利亚语较为近似也是一个因素。然而，阿语的传播一直较为缓慢，直到奥斯曼入侵后，马尼人、谢哈比人相继恢复统治后才有所改观。

尽管大法赫鲁丁·马尼艾米尔掀起了学术运动，并给予了慷慨的支持，他的同期人中仍没有一位黎巴嫩诗人用阿语作诗。

然而在大白希尔艾米尔时期，第一批诗人出现。珠宝匠胡里·尼古拉、布特鲁斯·卡拉米、尼古拉·图尔基、伊利亚斯·阿达、纳西夫·亚兹基等诗人躬逢19世纪阿拉伯复兴的开端，似乎这场复兴恰恰始于黎巴嫩，而纳西夫·亚兹基长老尤其功不可没。

……

薛庆国译

---

① 穆阿维叶（约602—680），早期伊斯兰教领袖，伍麦叶王朝的缔造者。

论　美

艾哈迈德·爱敏

艾哈迈德·爱敏（1887—1954），埃及文化名人，曾任埃及大学（现开罗大学）校长。最初研究哲学，后转向伊斯兰文化。积40年之心血，写出《阿拉伯—伊斯兰文化史》（八卷，1929—1953）而闻名于世。其著作丰厚，涉及哲学基础、伦理、现代哲学、伊斯兰哲人著述、伊斯兰的游吟诗人及头人以及文学评论、阿拉伯文学史等。此外还有散文集《思绪纷纷》（十卷，1938—1947）及自传《我的一生》（1950）。《论美》译自《阿拉伯散文选》（1980），《太阳》选自《世界散文精华》（澳非卷），《我的家》选自《外国散文名篇赏析》。

我曾提到爱资哈尔学者雷法阿·塔赫塔维在他的航船停泊在拿波里时曾经写诗赞美钟声，人们对此深表惊奇。当我的朋友某博士第一次听我赞美过去的女教师眉目清秀时，也感到诧异。有些弟兄们批评我，因为我说起这些事情的时候，正是某些荒淫之徒大谈特谈美和美的形象，以至青年人耽于享乐、放荡无度的时候。他们说：我们的责任是扼制青年人中的这股潮流，而不是随波逐流。绝不能在我们嘴里谈到美，因为青年人一旦追逐美，就没有限度，这股浊流就会将他们席卷而去。他们认为绝不应该打开这扇大门。在他们看来，具有美德的人应像石头一样冷漠无情，既不爱美的事物，也不憎恶丑的事物，似乎谁爱美，谁就犯了见不得人的罪过。而我却认为：世上一切罪恶都来自对美的错误评价，而非正确评价。有些人之所以放荡不羁，正是因为他们对美的观察过于短视，而缺乏广阔的视野；对美的理解充满低级趣味，而缺乏崇高的心境。把美当作生活的装饰品是错误的，因为它是生活的必需品；把美当作闲散时的享受也是错误的，因为它必须充溢于全部生活；把美局限于种种装饰、形式和外表更是近视的表现，因为美的领域不可限量。美比表面上的含义更深刻，比生活中的喜乐更珍贵。

世界失去美，人们失去美感，还叫什么世界？！这样的世界不值得一刻留恋！只有把世上的一切为了美的目的加以组合才能改造世界，使它具有生存的价值。"你们把牲畜赶回家或放出去吃草的时候，牲畜对于你们都有光彩。牲畜把你们的货物驮运到你们须经困难才能到达的地方去。你们的主确是至仁的，确是至慈的。他创造马、骡、驴，以供你们骑乘，以作你们的装饰。他还创造你们所不知道的东西。"[①]

没有美和美感，山洞土窑将仍是现代人类的居室，如同它曾是古代人类的居室一样。这些山洞土窑原本具备抵御风寒暑热、满足人类需要的功能，若不是为了美化居室的目的，不至有如此精妙的发展。由于美的追求，产生了建筑艺术、建筑工程和城市。没有美，人类的居室将仍是杂乱无章的乱石堆。最伟大的城市和最简陋的农舍，其差别仅仅在于美、美感和对美的追求。

没有美，就没有花园和苗圃；就没有对树木花草之爱；就没有汽油的气味和茉莉花香味的区别，因为区分二者的仅仅是美感；就没有蝗虫

[①] 见马坚译《古兰经》蜜蜂章：6—8节，中国社会科学出版社1981年版。——译者

和箭猪以及凤凰和蝴蝶各自色彩的不同，而色彩的王国（包括装饰性和创造性的色彩）将化为乌有。

没有美，一切艺术不复存在，没有文学，没有摄影，没有雕刻，没有音乐；所有艺术家的名字都将消失，没有艾布·努瓦斯和穆太奈比，没有贾希兹和哈利里，没有莎士比亚和莫里哀，没有伊斯哈格和摩绥里，没有贝多芬和拉法伊尔，只有一些死的名字；没有美，铜器作坊的噪声将变成最著名的音乐家的旋律，而猫头鹰和乌鸦的聒噪也成了百灵鸟和麻鹬的鸣啭；没有美，书库里将只剩下商业和生活应用书，人类也将变成一架鄙俗的机器，像纺织机和印刷机一样，只会劳动、生产和消费，它所生产的产品将不留下任何装饰和美的痕迹。

没有美感，我们周围的一切自然风光都将失去美；太阳的升落、群星的闪烁、大海和海浪、天空和蓝色，这一切在失去美感者的眼中都是没有价值的，就像在盲人眼中一样。

仔细审视你的食物、饮料、衣着和住宅，你会发现这一切对美的钟情远远超过对利的倾心。如若不然，人类将以圣饼和任何质地、颜色和款式能够抗热御寒的衣着为满足。

当你由感性世界步入精神世界时，你将感受到高尚的美和超凡的美。公正是美，牺牲是美，勇敢也是美。如果仅仅以利益的尺码去衡量，其大部分价值将失去，而你的所作所为就像以花木和果实的市价去衡量牡丹和树木之美的价值一样。

人类在文化、文明、宗教、科学、发明、创造方面的进步得益于美感远胜过任何其他东西。如若没有美感，人类不可能摆脱大自然的桎梏。当美感在他心中萌动时，人类开始用一种惊奇和欣赏的眼光观察周围的世界。美感开启了人类研究之门、科学之门，打碎了大自然对人类的桎梏和社会制度强加于他的专横、暴虐的种种枷锁，获取解放。当人类的美感逐渐苏醒时，他发现暴虐是丑恶的，便规避之；奴役是可耻的，便唾弃之；而公正、自由、富裕、平等是美好的，便不惜牺牲自己，去为之奋斗。如若没有这种美感，人类和动物便没有区别。形形色色的政权经常制造枷锁，而美感则不断地努力解开这些枷锁。

高尚的民族和卑贱的民族之不同在于美感。美感使前者纯洁和文明；美感规划它的城市，提高它的智力；美感实现公正，改善人与人之间以及个人与政府之间的关系。你如赐我美感，等于赐我一切；你如禁我享受美感，等于禁我享有一切。教育工作者声称他们拟订的教学计划充满了智育的内容，但如果他们是公平的，则应将美育纳入整个教育计划。安拉赦宥我的英国女教师，她最看重的是用美丽的鲜花和精美的图片装饰她的居室。随着生活状况的变化，她的口味也不断变化。当我走进她的卧室，如果没有注意到这种变化，没有发表评论，她便会冲我嚷嚷道："你真该有一双艺术的眼睛和一对音乐的耳朵。"

有些宗教人士败坏了宗教，他们压迫学者，迫害哲学家，建立宗教法庭，挑起十字军战争，大搞可耻的宗派活动。只有美感能够解救人类：美感摒弃宗派主义，赞美宽容，使宗教脱离鄙俗。

宗教建立在人的美感之上。气魄雄大、精美绝伦的教堂，教堂的建筑艺术、雕刻、图画、音乐，包括诗歌和艺术在内的宗教经典，都是宗教感召力的重要因素。而伊斯兰教——尽管它回避和排斥绘画和雕塑——也从另外一个角度重视美感的作用。伊斯兰教引导人们欣赏自然美景，以其为安拉的能力、伟大和壮美的证明。"难道他们不观察吗？骆驼是怎样被造成的，天是怎样被升高的，山峦是怎样被竖起的，大地是怎样被展开的。"① "以太阳及其光辉发誓，以追随太阳时的月亮发誓，以揭示太阳时的白昼发誓，以笼罩太阳时的黑夜发誓，以苍穹及其建筑者发誓，以大地及其铺展者发誓，以灵魂及使它均衡……"② "天地的创造，昼夜的轮流，利人航海的船舶，安拉从云中降下雨水，借它而使已死的大地复生，并在大地上散布各种动物，与风向的改变，天地间受制的云，

---

① 见马坚译《古兰经》大灾章：17—21节，中国社会科学出版社1981年版。——译者
② 见马坚译《古兰经》太阳章：1—7节，中国社会科学出版社1981年版。——译者

对于能了解的人看来，此中确有许多迹象。"①

伊斯兰教最大的奇迹有赖于美感,而这正是《古兰经》的风格,是《古兰经》实现自身目的、完美地描述自身意义的艺术。其目的是追求单纯的美，而单纯是多么美啊！

当穆斯林在文明方面有所进步时，在宗教方面也充实了自己的美感——他们装饰清真寺，普及音乐，使《古兰经》诵读充满乐感。

各种宗教的苏菲派都把在爱中弃世作为最崇高的目的。但是，难道除去对美的爱之外，还有别的爱吗？一个民族的美感如果得到升华，它便会在物质和精神方面摒弃一切丑恶的东西，只满足于让美充满一切——它的心灵、居室、法律、政府制度，以及周围的一切。

当一个人的美感得到升华时，他就会认识到美德就是德行之美，而非其他。美是和谐，丑是乖戾。文学作品的美在于文字和内容的协调，在于文字和内容与作者和读者之间的协调。音乐之美在于和声，以及声音与心灵的协调。精当的美感认为美德就是德行之美，其美来自德行与社会的和谐，以及德行与社会的共同升华。

美德可能来自习俗，和一切习俗一样，美德可能产生错误和腐败。美德可能来自理智，理智能够判断善与恶、乐与苦、利与害，和一切或松或严的理智的规范一样，美德也会遭受能够证明事物正反两面的逻辑的玩弄。美德的真正价值在于它来自爱恋，但没有美感，爱恋从何而来。就像那些为了信仰、德行和自由而牺牲自己的金钱和生命的人一样，没有爱，就不会有牺牲，而没有美，便没有爱。

我的兄弟，在讲完这一切之后，难道你还否认我的美感，还劝我将它遮掩起来吗？！

朱　凯译

---

① 见马坚译《古兰经》黄牛章：164节，中国社会科学出版社1981年版。——译者

太　阳

艾哈迈德·爱敏

我打开窗，霎时，耀眼的金色的阳光泻满房间，与他结伴而来的，是勃勃的生机和旺盛的活力。我，也因此感到浑身暖洋洋的。太阳造访之前，我的生活昏暗而冷清，死气沉沉，没有任何意义。

在冬季，还有什么比太阳或谈论太阳更叫人惬意的呢？近乎残酷的寒冷把我们冻得牙齿打颤，皮肤皱起，身体瑟缩，以至于当我们看见火时，恨不能一下子投入烈焰的怀抱。

大自然的一切妙不可言，但独领风骚的是太阳。他一年四季都美，夏天也不例外，不过最富魅力的时候还是在冬日。

夏天，他的美体现在威加四海的力量和始终如一的袒露。我们崇拜他，敬畏他，甚至躲避他，但心中终抹不去那一丝隽永的留恋。他有时是酷虐的，然而酷虐中却隐隐含蓄着恩惠。他俨然一位睿智的教导者——宽猛相济，恩威并用。他喷吐炎炎丹焰灼烧我们的肌肤，烘烤我们的面颊。可当他同我们告别时，却派来自己的使者——和蔼柔媚的月亮——前来抚慰芸芸众生，以期减杀他的暴烈，和缓他的严酷，修正他的偏颇。

冬日，太阳换了另一副面孔，让我们领略他的和顺与沉静，体味他的温柔与宽宏，以至于我们每每念及他的温暖和体恤，切切的思念便油然生于心底。

七色斑斓、变幻莫测的太阳，忽而白，忽而黄，忽而又红……令人眼花缭乱，不禁陷入非非之遐想。我们无法评判究竟哪种颜色最为绮丽，最为华美。

啊，太阳！是你脱下迷人的霓裳，让花儿披盖，令多少赏花人若醉若迷，流连忘返。花朵靠你的光彩才变得妩媚动人，因你的辉映方显得绚烂多姿……碧蓝翠绿，无一不是你慷慨的写照；姹紫嫣红，无一不是你博施的印证。

我们脉络里的血亦是因你才流动，因为血来自营养，营养则源于你的热能。你是世间万物的主宰——有了你，大地五谷丰登，果实累累；有了你，大地花木繁茂，草儿青青……

太阳，你是何等的伟大啊！

然而，你的创造者又岂是伟大所能形容！

葛铁鹰译

我的家

艾哈迈德·爱敏

一生中接受最初教育的学校是家。

父亲经济宽裕后,在他和叔父移居的那条街上建造了一幢三层楼房。底层是会客室,上面两层各有三间住房和其他设施。

我家的特点是简朴、洁净。多数房间铺着地毯。卧室里没有床,屋角堆放着被褥枕头,白天卷起,夜里铺开。厨房用具也很简单。假若搬家的话,一辆大车即可装走全部家具。家中最多、最值钱的东西是书。会客室里几个书橱里装满了书,父亲房间里堆放着书,底层也有藏书。

父亲嗜书如命。他喜欢收藏各式各样的书籍。宗教学、阐释学、圣训、语言学、历史、文学、语法、修辞学等应有尽有。如果哪本书有官方和私人两种版本,他一定要弄到官方的版本才肯罢休。他在官方印书馆任校对,这使他很容易收集到本馆的图书。我为家庭图书馆的珍藏而自豪。在那里读书是我最大的享受。我背记了珍藏中的精华,获益匪浅。时至今日,每天仍要在那里待上几个小时。

1886年10月1日凌晨5时,我降生在这幢房子里。十月这个月份,预示着我将成为一名教师,因为10月1日是学校开学的日子。安拉的意愿如此。我后来果然成了一名教师。先教小学,而后在中学和大学任教。

我的学生男女老幼都有。在家里我排行第四。姐姐的惨死令父亲十分伤心。所以他不喜欢子女太多，责任过重。

父亲是一家之主，主宰一切。母亲要经他允许方可外出。天黑以后，孩子们不得离家，否则要挨打。家庭经济大权掌握在父亲手中。一切花销他说了算。连吃什么不吃什么也由他决定。父亲对儿女的教育十分上心，他亲自教我们，检查我们的功课，对男孩女孩一视同仁。教育子女耗费了他不少精力。即使生病，他也坚持给我们上课。他不关心我们的娱乐，不与我们聊天。他认为那不是他的责任。他爱我们，不过他绝不把爱表露出来，总向我们摆出一副严厉的面孔。只有我们生病时，他才显得慈爱可亲。他不当着我们的面表扬某一个。他一个人住楼上，独自吃饭、祈祷，只有在讲书时才唤我们上楼。我们只跟母亲聊天、玩耍和说笑。

外祖母心肠好，是虔诚的教徒。她的精神时好时坏，和我们住在一起时，孩子们都喜欢和她待在一起，与她谈话。她知道许多故事，讲也讲不完。我们围坐在她身边，听着听着就睡着了。她的故事有悲伤的、有恐怖的。她讲命运的不可违抗、女人的诡诈；还讲魔鬼、精灵、国王和伟人，他们也有遭厄运的时候。她的故事、民间谚语、含义精深的佳句常在我们头脑中盘旋。哥哥有时给我们读《一千零一夜》。碰到拗口的句子，他磕磕巴巴读不上来，脸憋得通红，直想绕过去。有时读走了嘴，引起哄堂大笑。妈妈和外祖母有些过意不去，哥哥慌忙逃走，朗读只得停止。

总之，我的家严肃有余，活泼不足。大家不苟言笑，近乎古板。这与父亲的严厉、孤僻很有关系。

我们家没有现代化的设备，特别是我们住的一层。家中没有自来水，要靠水夫送水。水夫肩上背着水囊，沿街叫卖："水呀，水！"他把水灌进各家的水缸和水罐，供洗家什用。他背了一囊又一囊。收账很不容易。他一周收一次钱或在门上画道记账。有些心术不正的人偷偷抹去一道或两道的，水夫后来只得改变收费办法。他给各家发20根签子，用一囊水收一根签子，用完20根，算一次账。

到我长成少年时，街上挖了沟，铺上水泥管子，把水引向各家各户。水，唾手可得，方便极了。水夫的吆喝声从此绝耳。安拉帮助我们免去画道和分水签的麻烦。

慢慢地，家里又通上了电。石油灯变成了电灯。我们也像别的区一样过上贵族式的生活。

做饭原先烧劈柴，以后改用焦煤，最后进步到用煤气。

家务统统由母亲来做，没有用人帮忙。孩子们上街采购，大姐在家帮助母亲打杂。

父亲是爱资哈尔大学的教师，同时在沙斐仪清真寺任教，兼任教长。每月有12个金镑的进项。那时，我们不用纸币。我记得在小学时，市面上流行纸币。人们不相信纸币，不敢要。老人们一旦拿到纸币，立即去兑换所换成金币。报上还取笑过这种现象。12个金镑足够家庭开销，并有节余可供不时之需。12个金镑合现在54镑。当时，10个鸡蛋一毛钱，一公斤肉三四毛钱，一公斤油差不多也是这个价。我们的生活水准不高，属中等水平。父亲从家里去学校，再去清真寺，然后回来，从不去咖啡馆，也不抽烟。衣着干净朴素。我家的伙食不好不坏。我们不看戏，也不看电影。偶尔街口来了皮影戏，一毛钱看一次。一年里，只能碰上一两回。

家里笼罩着浓重的宗教气氛。父亲按时礼拜，早晚诵读几次《古兰经》。他黎明即起，做晨礼，诵读《古兰经》和圣训。他常常谈起死，看轻现世的意义和世间的浮华。先知的功德、对安拉的崇拜总挂在他嘴上。他勤于伊斯兰的天课——施舍，因而也影响了亲戚们。他参加过朝觐，母亲跟他一起去的。父亲对儿女进行宗教教育。清晨唤醒我们一起晨礼，母亲有时也一起做。斋月里，全家一起封斋。总而言之，你如果走进我家，就会嗅到一种纯净的宗教气味。一天，街上一家人举行婚礼，为部分来宾备下饮料。我兄弟眼馋，大模大样坐在摆饮料的桌旁。父亲看见后，把他打得死去活来。一次，我用袋里仅有的5毛钱买了烟，被大哥撞见，他像法官一样审问我，生怕我买烟抽。家里没人抽烟，也没人谈论它。

光阴荏苒，多少事如过眼烟云一晃而过。我活到了父权衰落的时期。取而代之的是母权和儿女之权。家庭变成了小议会,一个没有纪律、不公正的议会,从不投票,少数也不服从多数。一个互相专政的议会,忽而母亲,忽而女儿或儿子专权,父亲专政是极为罕见的。家庭的财权不再掌握在家长手中。消费者各自为政。每个人的要求都不低。不时需要调整预算,以保持收支平衡。大家你争我吵,互不相让。结果破坏了家庭的幸福和安宁。

现代文明进入家庭。电灯、收音机、电视、暖气、冷气、各式各样的家具应有尽有。这些玩意儿真的给家庭带来幸福了吗?

女人不戴面罩了。过去母亲和姐姐出门总要戴上面罩,不能被人瞧见脸面和肢体。真是天翻地覆的变化。如果爷爷还活在世上,一定会气疯的。我们倒不以为然。变化是逐步的,我们也逐步适应。陌生渐渐变得习以为常。

李　琛译

我的生活哲学

阿拔斯·马哈茂德·阿卡德

阿拔斯·马哈茂德·阿卡德（1889—1964），埃及文学家、诗人、学者。自幼精通英语，博览群书。1921年与诗人马兹尼合写的《笛旺集》表达文学革新主张，形成浪漫主义诗派——笛旺派，推动阿拉伯诗歌的发展。其文学活动领域宽广，作品丰厚。有诗集七部，小说《萨拉》（1937）一部，此外还有各种有关政治、社会、哲学、宗教、历史、文艺批评、人物传记等作品，达六十多部。其文风严谨、思想深刻、知识渊博，被认为是阿拉伯近现代文坛巨匠。1960年获国家奖。《我的生活哲学》译自《文学巨人》（1924）。

生活哲学，其中一部分是从先天遗传中获得的；
另一部分，则是从世事和他人的经验中获得的；
还有一部分，是从学习和阅览中获得的。
我坚信，如此排列顺序是正确的，是有说服力的。既然人们的遗传天性各异，即使学习、阅览或生活经验完全相同，他们的生活哲学也会各不相同。

我的生活哲学的最重要的方面，是从遗传天性中获取的，其余则来自经验或阅览。

我的意思是说，我很少留心物质上的收获。

使我大惑不解的是人们争相购置庄园、公馆，拼命地积聚金银财宝。

也许我的这种不解会把我引向更加令人感到不解的历史人物和征战英雄身上。在我看来，热心于征战扩张的那些人比那些拼命聚攒财富的人更加难以让人理解。我指的是希特勒、拿破仑和亚历山大。这便是这种信仰或这种情感留下来的一种痕迹。

也许有的读者认为这是"理论哲学"，或想法、观点的一种趋势。

据我所知道的事实，那便是先天气质胜过后天濡染。

我并不认为一个人因为有钱就值得敬重、赞颂，也不觉得一个人因为没有钱就不值得崇敬、称赞。

我不觉得自己站在一个富翁身旁就自感矮三分；恰恰相反，我深感他们矮小，只配得到蔑视。

我常想：在巴斯德①身边，拿破仑不过是个小丑；在阿基米德②面前，亚历山大大帝只不过是个滑稽演员罢了。为保卫真理和信仰而战的英雄，要比发动战争，说什么要打败某某民族、征服某某国家的"英雄"高尚得多。

正因为如此，我很少留心物质上的收获。因为在我看来，物质并不能使拥有物质的人伟大；而我缺少那些物质，并不会使我变得低贱渺小。

至于待人接物的生活哲学，则经验与教训的影响要胜过遗传天性的影响。

我与他们打交道感到精疲力竭。后来，当我了解到我对他们的期盼时，便使自己从疲惫中解脱出来。

---

① 巴斯德（1822—1895），法国化学家、微生物学家，被认为是医学史上最重要的杰出人物。
② 阿基米德（前287—前212），古代最伟大的数学家。

对他们，我选用的座右铭是：

切莫对他们期盼太多，不要贪图从他们那里得到什么。若公平让他们吃亏了或与他们的喜好相抵触，期盼公平对他们来说就太过分了。

如果平等不使他们付出什么代价，不与他们的喜好相矛盾，他们是能够平等待人的。

基于这一事实，我乐意与他们交往；但这样的人，万中难找一个。

人们中间有平等待人者，虽则得不到公平对待。但是，我已习惯于疏远平等待人，致使我几乎感到有些"失望"，即使我与一个平等待人者签了协定。

他们是好人吗？

莫非他们是坏人？

就让乐意研究他们事情的人去慢慢地研究吧！但愿研究者能和他们一道休息：如果他们是好人，研究者无意从他们那里得到任何好处；如果他们是坏人，研究者也不想受到他们的伤害。

我的工作哲学可概括成以下三点：

工作的价值在于工作自身；

工作的价值在于动机，而不在于效果；

工作基础全部建在法规之上。

如果你做了一件有价值的工作，请相信那价值将"被保存"下来；贬低之言，不减其分量；褒奖之语，不增其光辉。假若你的信心没有达到这种程度，那么，只能有两种设想，没有第三种，只能二者择其一：要么，工作的价值系于工作自身，你不必为之伤心；要么，工作的价值系于这个人或那个人的意愿，你就更不值得为之伤心。

人们已经习惯于看工作的效果，甚至几乎不看或忽视工作的动机。

事实上，效果在工作之后，而动机则在工作之前。

动机的不同必导致效果不同。人们在求功名上各有不同动机：有的追求权势，有的追求知识，有的追求财富，有的追求信仰。

他们必然因动机不同而效果各异。这个人想干的事，那个人不想干；

一部分人弃绝的事,另一部分人却争着去干。

在衡量工作效果之前,首先衡量一下工作动机。因为你舍弃了正确的动机,就很容易失去所期望的效果。你知道了应该知道的道理,你的工作才会经受住时间和命运的考验。

最困难的工作,只要晓得了规律,就变得轻而易举。

许多工作,只要适时而为之,就可能完成。因为在这种情况下,多种工作的法则与一种工作法则是相同的,只要在同一时间里没有另外一种工作插入。

面对规律,我的座右铭可概括为两个字:"莫慌!"

慌张往往会打破你的规律,使你不得不改变它。

没有必要,切不要改变规律。

必要之时,要毫不迟疑地改变规律;在不容推迟的时间里,牢牢抓住那个最重要的任务。

这种办法的正确性毋庸置疑,它使一切成为可能。依靠它,你可以完成工作;如果犹豫不决,必将一事无成。

我的生活哲学可概括为下面几行字:

你的财富在你的心灵;你的价值在你的工作中;你的工作动机比你的工作效果更值得关心;莫对他人寄予多大希望;做成一事后再夸口不迟。

李唯中译

富人的重负

塔哈·侯赛因

塔哈·侯赛因(1889—1973),埃及作家、文学评论家、学者、思想家,被誉为"阿拉伯文学之柱"。幼年双目失明,顽强攻读,1914年成为埃及大学第一位博士。1918年获巴黎大学博士学位。先后任文学院院长、大学校长、教育部部长和作协主席。作品丰厚,有《塔哈·侯赛因全集》十八卷。其中以自传体小说《日子》三卷(1929—1962)最负盛名。文论《论贾希利叶时代诗歌》引起文学界一场新与旧的争论。其主张思想自由,反对囿于前人定见,重理性分析的倾向对阿拉伯文学发展影响深远。《富人的重负》译自《文学巨人》(1974)。

蒙昧时代,阿卜杜·拉赫曼·本·奥夫家财万贯,伊斯兰教刚开始传播,他便同许多人一道归信了伊斯兰教。富裕并未使他忘恩负义,财产并没有使他忽视行善。他不像古莱什族的富豪那样害怕伊斯兰教所主张的贫富平等、强弱平等、自由人与奴隶平等的原则。安拉开拓了他的心胸,使他笃信伊斯兰教。

阿卜杜·拉赫曼·本·奥夫珍爱伊斯兰教。为了伊斯兰教，他不惜牺牲自己的钱财和功名，准备与伙伴们一道度过灾荒。

在灾难日益深重的岁月里，他与同伴们毫不迟疑地带着宗教逃往能够坚持见解、维护信仰、崇敬安拉的地方，丢下万贯家财、崇高地位，告别家人乡亲，迁往埃塞俄比亚，然后转迁麦地那城，穆罕默德已将那城作为伊斯兰教的家园。

阿卜杜·拉赫曼到达麦地那时，一无所有，只有他那颗聪颖的心、纯洁的灵魂、高贵的尊严和充满自信、深信的信仰。

穆罕默德与阿卜杜·拉赫曼·本·奥夫及辅士中的一位富豪结为兄弟；这位富豪就是赛尔德·本·鲁巴伊·海兹拉吉。赛尔德对阿卜杜·拉赫曼说："请把我的钱拿走一半吧！我有两位妻子，你喜欢哪一个，领去当你的妻子吧！"阿卜杜·拉赫曼说："安拉为你祝福。明天，请带我到市场去吧！"

第二天，阿卜杜·拉赫曼在市场上待了大半天，连买带卖，获益若干。之后，他穿着新衣服，佩戴着合时的装饰，来到先知穆罕默德面前，告诉先知说，他从麦地那的妇女中挑选了一个女人，用椰枣核大小的一块金子作为彩礼。先知当即吩咐他邀请伙伴赴婚宴，他照办了。

没过几年，阿卜杜·拉赫曼·本·奥夫成了麦地那的一位富豪。新财产替代了旧财产，新钱库取代了旧钱库。他娶妻成家，给了妻子三万元的彩礼。他说："只有我认为石头下有黄金白银时，我才把石头移开。"

如果说回返麦加前，阿卜杜·拉赫曼是巨富之一，那么，回麦加之后，他是财上添财，富上加富了。后来，他很好地利用这些钱生财，就像古莱什族那样善于利用金钱。

某年某月某日，阿卜杜·拉赫曼成了整个阿拉伯的巨富之一。也许他是首富，只有哈里发奥斯曼·本·阿凡堪与之平起平坐；也许可以说，阿卜杜·拉赫曼·本·奥夫比先知在世时穆斯林所有的财产还多。那时金库里没有什么积蓄，国家没有什么像样的税收，只有些在征战中缴获的牛羊，除了分给征战者，五分之一还要用于公共福利、社会慈善事业；救济品要从富人那里征收，旋即分发给穷人，仅有一小部分带回麦地那；而入金库的那一部分，就按《古兰经》上所规定的条例，分发给有关方面，因此，金库很穷。最能说明金库空虚的例子，莫过于先知要求富豪出钱帮助他进行征战，而富人有时慷慨解囊，有时不得已而为之。

先知最厌恶积攒金钱，最怜悯积累财富的人。有一天，先知望着阿卜杜·拉赫曼说："你是一位富翁，只能爬着进入乐园。向安拉捐献钱财吧，以求安拉放开你的双脚。"阿卜杜·拉赫曼说："安拉的使者，我向安拉捐献什么呢？""捐献你所有的钱财。""我捐献出自己所积存的全部钱财吗？""正是！"阿卜杜·拉赫曼·本·奥夫走出来，决计按先知要求行事。安拉的使者穆罕默德修书给阿卜杜·拉赫曼，信中说："天使吉卜利勒①说：阿卜杜·拉赫曼通过考试了，让他去招待宾客，请穷人吃饭，向求乞的人施舍，养活家人吧！倘若他那样做了，那么，他的心灵可以得到纯洁。"

首先，我希望读者和我一起，了解这个故事的意义。

安拉的使者怜惜阿卜杜·拉赫曼的巨财，把那巨大财富描绘成富人肩上的重担。这种重担压得富人难以行路，难以行动，仿佛戴上了脚镣手铐，使之不能与修行人一道奔向乐园。先知并不是指令他甩掉肩上的重担，而是要他不要白白丢掉这些钱，要他很好地利用这些钱，其办法就是捐献给安拉。这些钱是不会白白捐出的，等到清算日来临，捐者会得到加倍的报偿。阿卜杜·拉赫曼问如何向安拉捐献钱财，回答是："捐出你昨天积攒下来的钱吧！"意思是说，施舍你积攒下来的所有钱财。要知道，那样做，并非要求超越你开始做的事情，而是要你在日后积攒钱财的过程中，经受往日所经受的同样考验。

这考验，对于阿卜杜·拉赫曼来说颇有些严厉。他问先知穆罕默德："捐出我积攒的全部钱财吗？""正是。"先知回答道。阿卜杜·拉赫曼决计执行安拉和安拉使者的命令。

阿卜杜·拉赫曼很喜欢他的钱财。为了积攒钱财，不知耗去了多少

---

① 吉卜利勒，即《圣经》中所述的伽百利，是向隐修中的穆罕默德传达神谕的天使。

时间和精力；为了利用那些钱，不知承受了多少困难与艰苦。他喜爱钱财无妨，然而问题在于他的这种贪恋妨碍着他拿出钱财救济孤儿、穷人、亲戚和流浪汉。安拉不是向穆斯林讲明了吗：救济的方向不是东，也不是西，而是心向安拉，坚信不移，将钱用于安拉之所好，救济那些迫切需要的人。

阿卜杜·拉赫曼决心执行安拉及安拉使者的指令。经受考验之后，安拉及其使者同情、怜悯他，让他招待宾客，给可怜的穷苦人饭吃，给求乞者施舍，供养妻儿老小。倘若他照之行事，那么，他的心和钱财就被净化了。

在考验中，阿卜杜·拉赫曼从容镇静，表现出了真正的决心。无论要求多么高，他言听计从；无论环境多么困难，他决心付出牺牲；无论条件多么艰苦，他勇敢挺身承受。一旦他表现出决心和真诚，安拉及其使者便移开了他肩上的一部分负担。

安拉选择穆罕默德做邻居，天上的音信断了，穆斯林们失去了朝夕听闻的安拉的启示。一天清早，一阵喧闹声回荡在麦地那城的角角落落，信士之母阿伊莎问其原因，人们答道：阿卜杜·拉赫曼的商队来了。阿伊莎说："我曾听安拉的使者说：'我猜想阿卜杜·拉赫曼·本·奥夫行在乐园与火狱之间狭窄的小路上，时偏时正，尚未劳倦。'"

阿伊莎的话传到阿卜杜·拉赫曼的耳里，他指着刚从沙姆回来的满载珍宝的五百峰骆驼，说："这些骆驼及货物都是施舍物！"他不仅运来了这些东西，而且将之全部作为施舍物。若安拉的使者还活着，能够继续传达启示，天上的信息便可传到地上，那么，定接受阿卜杜·拉赫曼拿出一部分钱财作为施舍，而将另一部分留给他自己。阿伊莎仅仅道出她从安拉的使者那里听到的话，阿卜杜·拉赫曼便努力防止自己走偏路，期待一番辛苦后抵达乐园。然而阿卜杜·拉赫曼期望道路笔直，没有曲折，以便不费气力、不费周折、不付辛苦地到达乐园。

阿卜杜·拉赫曼是施舍最多、最慷慨、最富有同情心、最怜悯人的穆斯林。他一生博济广施，但并未减少钱财，反而钱财增多若干倍。仿佛安拉不是到后世才报偿他,也不是到了乐园才嘉奖他,而是同时将今世与后世的报酬都赐予他。

　　这是一段老话。我们今天的生活使这段老话有了新的含义。我们要把这段话向富人去宣传。虽然阿卜杜·拉赫曼是古人,尽管他尽力用自己的诚心与钱财效力于安拉的使者,尽管他每天都在施舍,但我想使当今的像阿卜杜·拉赫曼一样富或更富的人知道,钱财是阿卜杜·拉赫曼的沉重负担。尽管安拉的使者已保证阿卜杜·拉赫曼最早进乐园,但我想让当今富人明白,钱财对于他们说是更沉重的负担,因为他们没有加入伊斯兰教,没有以自己的身心和钱财献身安拉的事业。先知担心阿卜杜·拉赫曼爬着进入乐园,担心他付出千辛万苦之后才能走上正道;而我,我担心当今的富翁即使爬着也进不了乐园,纵然千辛万苦也走不上正道。

　　让我们的富翁睁开眼睛看一看周围的贫困、不幸、瘟疫与死亡吧!请他们想一想:钱财是必须归还的寄存物;向安拉捐赠善款者,世界末日来临时必将得到加倍的报偿;积攒金钱而不捐给安拉,是在播种痛苦与折磨的种子,终有一天会落入火狱,烈火会燎烤他们的面孔、腰与后背。人们会对他们说:"这就是你们为自己积攒下来的灾祸,请你们自食其果吧!"

李唯中译

春天来了

米哈依尔·努埃曼

米哈依尔·努埃曼(1889—1988),黎巴嫩旅美派作家、诗人、文学评论家。1906年在俄国乌克兰神学院学习,1911年去美国攻读神学、法律和文学。1926年与纪伯伦组建《笔会》。1932年4月回国定居。其作品涉及中短篇小说、剧本、诗歌、散文、传记、文学评论和译著。1970年出版了他的著作全集。晚年获黎巴嫩最高奖励——"黎巴嫩杉树勋章"。《春天来了》译自散文集《在风口》(1972,第5版),《人生之秋》译自《文学巨人》。

春天来了!

昨天,我的一个邻居以这句话向我打着招呼。多好的一声招呼啊!今年的冬天,将我们包围得那么漫长,那么严酷,耗尽了我们一切御寒的燃料。连人们见面时,也不询问家小平安,而是打听柴火煤炭:"你们家还有柴吗?""你们家用新柴还是陈柴?"……所有人都已厌烦了煤灰和烟雾的味道,甚至讨厌了木炭欢快地燃烧的响声。他们的筋骨渴望运动和劳作；他们的目光已倦于盯着墙壁和天花板；他们怨恨起雨啊、雪啊、腻烦那从狂怒的空中袭来的寒风，连明媚的太阳、皎洁的月亮、闪烁的星辰，都不能缓和这天空的怒气。

终于，太阳从绥尼山①的上空照射着我们，亲自率领起那该受祝福的进军——春天之师的进军。于是寒冷，便成了第一个牺牲者；接下来是坚冰，这寒冷最执拗的盟友：它的意志正在削弱，它的阵营有了裂隙，它胸间的伤口正在扩大，它的心开始融化，化为激流，由高处向下推进。在这向着下游、向着大海的奔流中，你能听到美妙的乐曲，仿佛这从前线溃退的冰水，视它的溃退为一种壮举，而演奏出你乐此不疲、百听不厌的乐调。

随着冰雪的大军一步步溃败，我们周围群山的真面目，也随着每一刻、每一日的逝去而崭露；覆盖着群山的银袍，出现了再不会得到补缀的窟窿，而且越来越大；这银袍不断抽缩，只几个月便消失得不剩一丝一线。

随着寒冷和坚冰的溃退，大地开始了呼吸，原先光秃秃的地面披上一层嫩嫩的绿绒。不久，这层绿绒就会染上彩虹的七色，因为花儿从地里探出头来，开在河流的两旁，开在田间、果园和花园，开在路边，甚至岩缝里。你没有见过樱草花睡眼惺忪地从岩缝里向你探望吗？

我们的大地在呼吸，那些钟爱大地的人们，正荷着锄头、铁锹、钉耙、犁铧，来到地头劳动，以此表达对大地的思念和恋情。只有爱恋着土地的人们，才能领会他们这番感情的深意。看着人们挥动强壮的臂膀翻地，闻着清风携来新鲜泥土的气息——这气息饱含着慈祥大地的芳香、柔情与豁达——你不由得陶醉了。你看那男女老少，在新翻的地里埋头播种，播下他们对下个时节希望的种子：荚豆、山芋、番茄、豌豆等菜蔬或粮食的种子。太阳在高空为他们祝福，赋予他们光明、温暖与元气。

说起土地，还有那些钟爱土地、在山里迎候初春的人，可真是个有趣而道不完的话题。在阳光灿烂的日子里，你总可以看到成群或独行的

---

① 绥尼山，位于黎巴嫩中部，山高3628公尺。

农夫，迎着朝阳，来到召唤他们的田头，直到夕阳西下或落山后才赶路回家。那些在原先荒芜的地方开垦出农田、花圃、果园的人，更是天未亮就肩扛锄头、手执小镰出了门。那些犁地的农人，肩头荷犁，前面赶着耕牛，他们耳听河水流向大海的欢声，眼露积聚已久得以释放的活力，嗅着从寒冬的梦魇醒来的大地的芬芳；他们像蜜蜂一样，白天忙碌不停，夜间才稍事休息。他们中有的翻土，有的犁地，有的播种，有的整枝，有的插秧，还有的去石场采石；除了老弱病残，绝没有闲人。那些正值学龄的少年，你要是看到他们去上学的神态，会觉得他们把学校视为牢房，简直比牢房更要难受。那山峦、那河谷正在召唤他们呢！这甜美的召唤，哪是学校里可恶的"当当当"的钟声可比？

真的，在这种日子里，大山的召唤是无法抗拒的。今天，我也不得不顺从了它。不知是什么力量，把我拉出了书本和稿纸，牵引我向东，向山上，朝着绥尼山走去。

走了几分钟，我在路边的一棵野生的梨树前停下。只见有几枝折断的树丫，断口渗出了绿宝石一般的树液；在这上方，结着些嫩白色的花苞，日后将会开放出洁白的、有着圣洁芳香的梨花。从寒冬的闺阁里探头而出的春之绿，是多么妩媚！谁能够描述那如茵的绿草、那大大小小的树木——白杨、梧桐、杨柳、橡树、菩提树、无花果树、樱桃树、桃树、苹果树——枝头的绿叶呢？

你好，野梨树！愿上帝原谅那些折断你枝丫的调皮鬼、冒失鬼。每年我都过来看你，当别的枝头还没有绿意，还没有花苞的时候，我从你这里先得到春天的喜讯，这喜讯足够让我心旷神怡了！

在山谷的斜坡上，我又止住了脚步，尽情饱览着眼前的景致：对面的大山凌空而起，壁立千仞，山表已披上了柔嫩的绿衣。看完这巍然高耸、身披美不可言的春之华袍的山岩，我意犹未尽，我将贪恋的目光移开群山，继续向高处登攀。

这里流淌的是我钟爱的小溪，它以前曾对我允诺，今天还在允诺：在个把月以后——四月初的时候，将为我准备一餐无与伦比的盛宴，让我饱尝菩提树、长寿花、金雀花的芳香。小溪对它的允诺是从不失信的。而这片草地，不久也将为我铺上一块由延寿菊、白头翁拼成的绿茵。眼下的草地似乎还在休眠，可我知道，既然春天来了，它就不再休眠，就在此刻，它正以阳光为机杼，以大地为作坊，神奇般地编织它的绿茵呢！

妙哉，妙哉！这是燕子在迅捷地扑动翅膀，在我的上空飞翔呢。它们的飞行姿态是那么伶俐、轻盈、俊逸、活泼，令我也恨不得生出同样的翅膀！这燕子还在歌唱呢！这几个月以前就最先光临我们山区的小鸟，它在歌唱什么呢？它肯定唱道：春天来了！它还带来了这样的佳音：大群的歌鸟正从南方飞来，一起演出一年四季回荡在山中的合唱。合唱队中，有金翅雀、啄木鸟、知更鸟，还有那天才的歌手：若不是它有一副比夜莺更嘹亮、甜美的歌喉，你会把它当成蝴蝶——而不是鸟儿，因为它的身子是那么纤小！说起它的名字，我真是有点儿害羞：我们山里话叫它"杜未嘎"。

妙哉，妙哉！瞧那鸢鸟和它的伙伴在那边空中盘旋，就在那块巨石的上方。它俩将要在这唯有风能吹到，唯有它们能飞临的地方筑起自己的巢。它们也是春之大军的先锋。它们的飞临向我们证明：春天前进的脚步绝不会停止，更不会倒退了。

妙哉，妙哉，妙哉！还有那支被春天从沉睡中唤醒的合唱队，在用自己喧闹震耳的呱呱声表示对春天的感激。但今天这噪声并不让我生厌，因为这也是春天的旋律之一。连这蛙声也变得让人心悦、让人顺耳了，因为它们带来了逃脱出冬之囹圄的喜讯。

就这么走着走着，我的幻想已经超越了现实。我仿佛见到春天的大军行进着，行进着，一直到达山顶，而时光已是六月末尾；那时候，漫山遍野，果园苗圃，都要染上绿色、红色、黄色、白色、紫色、橙色，染上其他各种令人眼花缭乱、百看不厌的颜色。至于弥漫的芬芳，回旋的歌唱，则令空气也要陶醉，更令那些用心灵嗅闻、用灵魂听声的人们痴迷。到了那时，我们的春天便达到鼎盛，她胜利的进军便登峰造极，然后她把大权拱手让给夏天，自己戴起桂冠安眠，直到地球又转过新的一圈。

　　太阳已经迫近海面，我由原路折回，心中还渴望着更多初春的欢乐。可我告诉自己：你要知道，春天不是让人大饱其欢的；你可以满足了，只要有一曲歌调，一股芳香，一次拥抱，一段回忆；你可以满足了，只要你和人们互相道声："春天来了！"

薛庆国译

人生之秋

米哈依尔·努埃曼

一年四季,各有各的意思、光华与欢乐,致使关于四季的比较,就像是某种诡辩或毫无价值的争论。因为任何一个季节都不能替代其他季节,而其完成也有待于其余季节的完成。

春季,是被封锁起来的大自然对周围一切的躁动;封锁已使大自然感到厌烦,于是起来挣脱桎梏与锁链,毫不犹豫或毫不留情地将之打个粉碎。蓓蕾渐次胀大,开出花朵,生出叶子和枝条;种子萌发生芽,裂开包衣,冲出黑暗大地,沐浴灿烂阳光,成为挺拔滴露的香草;根须挣脱枷锁的束缚,钻出泥土,昂首空中,伸向四面八方;昆虫、蛇蚁、牲畜嗡鸣、舞蹈、啼唱,成双结对,兴高采烈,欢欣鼓舞,沉浸在万物更新、奔腾向前的陶醉之中。大地沸腾,动中祝福,形态种种,五彩纷呈。苍穹起舞,送来热力、光明、欢歌和妙曲,都是对胜利暴动的庆贺。

如果说春天是大自然对封锁所采取的暴烈行动,那么,夏天就是那场暴动本身,且可言登峰造极。如愿以偿,愤怒随之消逝。反抗行动变得温和,一切都从微醉中苏醒过来,开始安排自己的事,清点战利品,保卫自身的安全,注意自己的生长,以便日后最大限度地享受自己创造的美味。

秋季到来，大自然的暴动带来了果实，带来的是成熟的、光彩夺目的可口果实；华美、鲜味与健康自在其中。

大地开始享用暴动带来的果实，动手采摘，饱吃一顿，然后将剩余的果实储藏起来。肚饱之后，体倦身乏，眼皮发沉，正好入睡，以便消化吃下去的食物，除却怀孕、分娩、生产污物。

冬令，则是大自然的休眠期，那是生命强加于她的，意在怜惜她的体力过度消耗，肠胃担负太重，唯恐其陷于紊乱之中。生命自有其生活哲学，宁愿带着自己的子女缓步走上完全解脱的道路，而不肯一下将他们推到那条道路上去。那是因为自由是一种补药，只能一口一口地吞服，凭以进行自疗，一口足保一生或一个周期。

或许我们会用隐喻方法谈及人生四季，能道出事实的精要。世界上的一切都像地球上的四季变化规律一样，服从于严格规律。每种事物必在一定时候开始，又在一定时间结束，先经过革命暴动，继而经历一个时期的力量集聚与调整，然后进入采摘收获时节，接着便是新的封锁或休眠兴许长达一个月，也许久至一个时期。那时，我们就像谈论地球上的春、夏、秋、冬一样，完全有权利谈论太阳或宇宙任何星球的春天、人类的夏天、城市的秋天、学说的冬天。

我一点儿也不怀疑，人的生命仍然分为四季，有展开之时，有卷起之日，带着人到达最大自由境地，直至从四季的桎梏和岁月的权势下得到永久的解脱。

然而，无论我们怎样坚持将一年四季与人生四季之间进行比较，无论此与彼之间的相似之处如何吸引我们，我也不应该对不会开口说话的自然界与有理性的人类之间的巨大差距视而不见。依照我们的躯体所遵从的规律而论，我们或多或少地无异于草木、昆虫和牲畜。因为我们像它们一样，要经历四个阶段——开花、成长、采果、衰败。但是，我们具有草木、昆虫、牲畜所不具有的开花和成长要素……我们有思想，有想象力，有意志……所有这些，如果说受某种规律约束的话，那么，它不是四季那种规律，而是一种我们至今仍不明其目的与深度的规律，我们又如何为之划界定限呢？

也许我们当中某人年迈，于是神经衰萎，耳不聪，目不明，多数器官出现故障，失去正常功能；虽然如此，他却仍富有想象力，意志坚强，思想与心脏还很年轻。而另有一个人，虽正当华年，思想却在摇篮里，想象力仅在袖口，意志已入老年。在人们当中，没有两个生命季节的意义完全相同的人，即使二者的年龄与外貌毫无差异。因此，谈人生的季节是很困难的，办法只有一个，即从总体上去谈论；也许这个办法不适合于所有的人，但在大多数情况下是适合于多数人的。

在人生的秋天，阴影不但多而且长。我们所进行的任何一种活动，或每一项爱好，或每一个想法，都会在我们的生活中留下阴影或痕迹；不论我们处于行、止状态，还是醒、睡之时，它都会与我们形影相随。这些阴影就像吉他上的琴弦一样，不停地震动，依照琴手的手指动作方向，时而这根弦被按下，时而那根弦弹起。弹琴者也许受控于突如其来的一种情感，也许受控于某种一闪即逝的思想，或者受控于不可抗拒的某一事件。琴弦的震动一波一波传入我们的耳际，有欢乐之波，有悲伤之波，有赞美、歌颂之波，有斥责、非难之波，有胜利、舒展之波，有挫折、萎靡之波，直至登上人类情感阶梯的最后一个台阶。真正幸福者是那种已经进入人生秋天的人；白打春天一直绷紧到秋天的琴弦，成了金声玉振、音色动人、曲调清纯的琴弦；他将在自己的人生之秋摘到最甜美的果子。

在人生的秋天，人们常常回顾往日，很少向前展望。每当我们接近必然结局时，我们便竭力回想过去，从往日里寻觅符合于那种必然结局的食粮。那些昔日路途上布满圈套、荆棘、黑影的人是多么不幸！正是他们在自己的手脚上绑上重物，然而却说：“走，我们爬山去吧！”当他们无力负重时，便失望地后退，竟诅咒起山来，说那山令神鬼见愁。正是他们，人生之秋使他们病入膏肓，他们真希望生命永远是春天，而全然不知那是不可能的。他们终于懒于前进，因为他们看到眼前只有一个狭小、黑暗而又寒冷的泥坑。至于那些阴影淡薄的人，他们则乐于在人生之秋展望未来，眼前的一切蒙不住他们的眼睛。冬天只能伤害那些无家可归，以及那些家无隔夜粮的人。那些已为冬季来临备足粮食的人，即使在严冬里，也会得到最美好的思想与情感。

　　在人生的秋天，血和肉的活力极大限度地松弛下来，胸间没有炽燃的火焰，没有抽击心与脑的长鞭，没有缠绕枕席的梦幻，没有耸入云霄的宫殿，没有幸福之光照耀下的双眼。然而此时此刻，人却有难以估量的幸福临门；因为他永远地摆脱了欲望的引诱和唆使，而且那种诱惑是不可救药的。

　　在人生的秋天，人最喜欢沉思，自我清算。人度过了自己生命的春天和夏天，迎来了无可逃避的秋天，无论其思维与想象力多么贫乏，他一定会问自己：自打看到人间光明时在他体内沉睡着的力量从何而来？又是谁将之从昏睡中唤醒，然后进行组织、训练，继而组成大军，在一千个前线进行一千次战斗，或胜或败，或强或弱，或饥或饱，然而绝不投降，一直战斗下去；或进或退，或攻或守，战斗的意义究竟何在呢？有其向往的远大目标吗？目标究竟是什么？再则，我们为什么有时竟相信那种天赋和力量，而后又情愿地退了回去呢？难道因为我们不大理解它？或者我们没有用好它？谁晓得我们当中谁善于使用、谁又不善于使用它呢？这些与我们永不分离的影子，莫非仅仅是某种记忆？我们何必欢迎其中某些影子，而又躲避另一些影子呢？为什么这个影子亲近我们，使我们高兴，而那个影子又疏远我们，抛弃我们，好像我们的心灵在哭号呢？难道直觉本身就足以使我们向善拒恶，还是人心中有比直觉更忠实可靠的向导呢？在永恒的斗争中，善与恶又算什么呢？究竟是善与恶在进行搏斗，还是我们自己和自己，我们和自然，在茫然与昏沉的状态下进行搏斗，以至于我们所看到的是我们同其他宇宙的搏斗？

　　也许人从自己生命的秋天采摘到的最佳果实是平静、安然的心情：感到有许多颗心脏在自己的胸中跳动，友谊、兄弟情谊、爱慕自在其中；感到自己的根已经延伸到很远的地方，在生活的土壤里茁壮成长；感到自己落在大地上的阴影是那样浓密柔和，足以让辛勤的劳动者和无家可归的流浪汉在那里歇荫乘凉。人可以用这样的情感展望人生的冬天，足以使冬之严寒变为温暖，令凄凉变成温馨，使荒芜化为肥沃。人若能把坚定的信仰与生命的哲理、美和公正联系在一起，那么，他便能够面对死如同面对生，面对坟墓如同面对摇篮。

李唯中译

假若生活没有爱情

易卜拉欣·马兹尼

易卜拉欣·马兹尼（1890—1949），埃及小说家、诗人。1909年毕业于师范学校，精通英语。从教多年，后转入新闻界和文学界。国学修养深厚，并深受西方文学影响。大学开始创作，与阿卡德、舒可里形成埃及浪漫诗派——笛旺派。后期作品多为小说、散文和文论，笔调诙谐、幽默、生动、细腻。代表作为长篇小说《作家易卜拉欣》（1931）。散文集有《割草集》（1924）、《西洋镜》（1929）、《蛛网集》（1935）等。《假若生活没有爱情》译自《文学巨人》（1974）。

生活中为什么没有爱情呢？

我认为自己是正确的——至少没有大错——我要说，老百姓和乡下人并不像被我们称为"文化人"的人那样，喋喋不休地谈论爱情；其原因，并非因为百姓们缺少文化修养和磨炼，而是因为他们更接近于天性或自然生活。他们的生活既没有枷锁框框，也没有什么矫揉造作，因而也就没有由此而引起的压抑与遏制。他们有自己的传统与习惯，他们自己非常珍视，最大限度地坚持、遵守之，期望其他阶层也来执行它。虽然如此，但他们对两性关系，却有着一种真朴的、不转弯抹角、不夹带任何复杂成分的看法。而有知识的及其类似的人，他们的生活面临着种种苦楚，却遭到诗人们的非难。诗人是一伙神志不清的人；他们迷失了方向，又要使别人迷失方向。他们想象出若干异常情景或夸大了的情况，然后回过头来感召人们，对人们大肆粉饰那些东西，让人们以为那就是众所熟悉的，或众望所归的正常生活，为自己能编造一些话语和玩意儿而兴高采烈，就像那些耍蛇的人那样，咒语不离口，玩意儿不离手。这个"功劳"应归于诗人；毫无疑问，其中包含着一种流行的歇斯底里。

什么是爱情？

爱情不过是一种饥饿，倒不是那种想吃食物的饥饿。普通的饥饿，只要吃下食物以及能够保持自身活力的东西，也就够了。被我们称为"爱情"的这种饥饿，却是一种情感，即女性吸引男性，或男性吸引女性的一种情感。男人或女人，并不是这种情感所寻求的目的，不只是为了使男女结合在一起，而是达到生育，即传宗接代、保存人种的目的。如此，爱情只是一种达到某种目的的手段。然而，神经错乱的人把这件大事给弄颠倒了，他们把工具当成了目的，他们要求的只是爱情自身——如同为艺术而艺术的口号——他们忘记或佯装忘记了爱情的目的，为自己编造了许多幻梦，进而胡言乱语，尽吐一些连他们自己都不明白正确与否的字眼，或者说他们自己也把意思理解错了。比如"忠诚"，你可见过不佯装忠诚的情人，或不反复念叨这个词儿的诗人吗？究竟因为不幸，还是万幸，谁又知道呢？……忠诚并非存在于天性之中，而是来自于败落和无能。我希望每位读者都自问一下，且回答时要忠实心诚：你的眼睛是不是总盯着那并非所爱的人？是不是因为看见另外的人，才心旷神怡、心跳加速？你不感到自己企盼的是另外一个人吗？你也许会选择你爱的人——至少照惯例如此——然而你的选择并不意味着你渴望的能力已经耗尽，或者不能分辨美的含义，或弄不清你所企盼的非爱的意义，除非你心神闭塞、眼界极窄。

爱情，在经过你的筛选、淘汰、过滤，除却附着、混杂在其表面和内里的幻想、谎言、迷雾之后，爱情只不过是一种纯粹的欲望而已。欲望是没有边界的。也许你会说，你有一间个人独处幽居的茅舍，胜过一座非你私有的宫殿。但是，这种无能为力、无可奈何者的话，却不能掩饰你想成为宫殿主人的愿望。当你建成自己的茅屋之时，你是多么高兴；而现在，你却已厌恶了你的茅屋。

这并非是我今天才发表的一种新见解，而是许久之前的老看法。我成年之前，一向不去弄诗。有那么一天，我作了一首长诗，题目是《爱情誓约》，倒没有什么太大的意思，但有这样几句：

> 我的手掌按着"背"约，
> 而不是不存在的践言。
> 世界充满欺骗与背叛，
> 心地诚挚实属最难最难。
> 我的手掌按着厌恶字眼，
> 爱情之火全被灰烬遮掩。
> 若能知道愚蠢幻象为何，
> 应当说已经受益匪浅。

我的思想走得比这更远。我要说，诗人为之头晕目眩的爱情是一种无能的表现，简直可以说是一种衰老现象。我之所以这样说，只不过是出于对头脑里装满了废话的那些读者的怜悯，或者说因为同情那些自己无力剔除那些废话而准备接受真理的读者们。我们首先应该拨开这些包围着爱情的环晕，确信我已经说过的那句话：爱情是一种纯粹的欲望；欲望多种多样，情况不同，相互各异；欲望并不妨碍你今天想这个，明天又思别的，甚至同时可想两种东西。假如你是一位男子，爱上了一位女子，你爱上她，意思就是你想她，觉得她与你很般配，比别的女子都更配得上你，致使你陶醉在这种情感之中，忘记了在这个世界上——你自己的那个世界——还有其他人，忘记了这种陶醉瞬间便会消逝，你的心神将再度苏醒，你的眼睛又将左顾右盼——即使你的眼睛最初没有转动——欺骗你的心神认不清这种种现实。这种认识并不证明你已把握住了自己的头脑，或者保持住了自己意识的健全。当你爱的时候，你则正处于软弱或无能状态下。其实，爱情仅存在于自我反抗能力软弱之时，正像体格虚弱时，便被病菌征服那样。

  此外，爱情是达到某种目的的一种手段，那就是传宗接代，保留物种。你爱，意思就是说，生命能够为自身的目的而戏弄你，那目的就是保留物种。这本身并不意味着轻视你的能力，也非小看你的价值。因为我们只能服从于生命的规律，这是我们赖以生存的根本。然而在放眼生活现实的爱与闭眼不见生活现实的爱之间有着明显的差别。在前种情况下，你可以保持着意识健全；意识健全，就能保持平衡，即具有自控能力，有敏锐的眼光，能透过现象看本质。那时，你就能弄明你所爱的女人的真情实况，她不过是你选定了的一个女人，或者说是你喜欢的女人，入了你的心的一个女人；此时此刻，你已处在某种心理状态之下。你会明白：说这种美是你所期望的那种美是不明智的，不定什么时候，你会爱上另一种美。你会对自己坦白，爱那个女人并不妨碍你对别的女人产生好感或思恋。你会厌倦她，就像她会厌倦你一样。总之，你只是生命为达其目的而被戏弄的一种工具。在后一种情况下，你就是一架盲目、愚笨的机器，一无所知，一无所能，不晓得谁是制造者，弄不清你与人造机器有何差别。

  如果你们愿意，那么，就爱吧！我不会限制你们。但愿主我心灵的只有命运之神。但求安拉保佑我们免遭头晕之苦。但愿关于爱情的胡言乱语不要把我们搅得心儿疼痛。

李唯中译

富有创造力的美

马哈茂德·台木尔

马哈茂德·台木尔(1894—1973),埃及小说家,有"阿拉伯现代短篇小说大师"的称号。曾在高等农学校学习。父亲是位学者,兄长是埃及现代小说、戏剧艺术的先驱。此人受埃及文化启蒙运动和改良思潮影响以及欧洲批判现实主义的熏陶,作品多反映埃及城乡各阶层人民的生活,抨击社会黑暗。一生创作了七十多部作品,包括二十多部短篇集、十余部长篇和近二十个剧本、两部文论及游记等。《富有创造力的美》《尼亚加拉瀑布》选自《世界散文精华》(澳非卷)。

美,形形色色,纵然实质是一个!
有形象、外表美,有思想、内容美,亦有情感、心灵美……
美不拘一格:有伟大、傲岸之美,亦有平凡、谦恭之美!
有的美是丽质天生、秀色天成,无须搽脂抹粉、不必修饰装点;有的美则是浓妆重彩、珠光宝气,精雕细刻、巧夺天工!
令我们难忘的还有那种粗犷、质朴的美:似浑金璞玉,不曾加工,尚未雕琢！

美，何其五花八门，千姿百态！

这种种的美，其形式、其尺度、其分量，是何等千差万别，大相径庭！

然而，种种的美全都同出一源，而流向四方：有的奔泻于平川、原野，将荒地变为果香四溢的良田；有的则蜿蜒于高原、丘陵，撒下一路春色！

美，无边无际，无拘无束！

美，无确定的质，无限定的量！

美，无规律制约，无模式局限！

美就是美。它随心所欲、孤行己见地创造规则，制定章法，并毫无顾忌地将它们强加于人，不料，这些规则、章法尽管显得相互矛盾、相互抵触，而并非协调一致，人们却心悦诚服，欣然接受！

美是一种魅力，与其说我们可以通过耳闻目睹去认识其特征，了解其作用，倒不如说我们是凭着感觉对它心领神会的。这种魅力如同无形的宇宙射线，其奥秘亿万年来不为人知，直至最后，才被现代化的仪表捕捉到并被揭示出其某些效用！

这些仪表与人的心灵何其相似！心灵正是能捕捉辐射在生活的天地间美的微波并反映出其影响的仪表。

如果说人们对美的评价有所不同，对美的形态亦有厚此薄彼的偏爱，那么无疑，这种不同和偏爱的原因正在于人的心灵这种仪表及其特性、功力的差异。

无论美的法则、美的性质一般说来是多么一致，实际上，美却是相对的；它首先取决于欣赏美的人，因为正是他，对一切形象的和抽象的事物都赋予了其个人的色彩，按照他自己的理想和愿望对这些事物加以阐释。

美是一种创造力，其产物就是爱。没有美的促使，便不可能有爱，美是爱的主宰。爱的宏旨在于行善、造福，因此，我们无法想象会有一种旨在不幸与苦难的美。如果我们能欣赏到美，感受到爱，那么幸福也就在握了。

这种幸福蕴藏在心灵深处,人在身外是寻求不到的。因此,你对美领略得越充分,对爱感受得越强烈,你就越幸福;相反,你对美领略得越不足,对爱感受得越微弱,你就越难免不幸!

你若是对幸福的生活心驰神往,就必须培养自己的审美力。那时,你将会发现自己的心中充满了爱,你将会看到幸福的新娘服侍在你的身旁,给你欢乐,予你温馨!

仲跻昆译

尼亚加拉瀑布

马哈茂德·台木尔

人们常寻游览之地,借以摆脱工作桎梏,舒身散心,以求活力再生。或赴圣地探访,以求心清神怡;或去知识源苑,探索思想与文明。

站在尼亚加拉大瀑布前,我感触到了那一切:在那里,我找到了体育的馥郁、知识的食粮和灵魂的药饵;在那里,我发现了一个绝美之地,置身其中,顿感头脑清醒,精神愉快,身体健壮。

我虔诚地站在这些瀑布前,便感触到了安拉的灵魂。安拉的光芒使我欣慰异常,有如一柄火炬,照亮了一切,造物主之伟大、万物之迷误清晰可见。

放眼望去,但见激流汹涌,波涛澎湃。那喧腾的咆哮声,似向苍穹叙说着居住在大瀑布附近地域的世代印第安人的历史。

一幅自然奇妙景观映入我的眼帘。

在这里,为什么大地那样谦恭,听凭巨流穿凿,留下若干岛屿、沙滩和沟壑?

那是一次壮游。我们在美国常常谈起尼亚加拉瀑布,颇想一游。

清晨自纽约出发。我们乘坐的火车像是在探测大地的厚度,只觉它穿凿地腹,专在狭窄之处寻觅出口。火车终于开到地面。继之驶向北方。前面出现一片灯光,列车已行驶在伸着双臂怀抱阔野的城市;继续前进,安抵大瀑布城时,天色已经暗下来。

那是一个雅致、恬静的地方,高楼鳞次栉比,或上摩天宇,或下沉深渊。那是个游客之乡,店铺、餐馆俱乐部及各种生活设施,无不打着旅游特色的烙印。

放眼四周,目光所到之处,尽是宽敞花园、广阔森林,一个个岛屿由一座座桥梁串联着,宛如一位高明画师精心选色绘成的一幅油画。

假若你在城市的马路上站一会儿,就会听到一种经久萦绕的回声,不知其源,似远方天际间有人互问互答,莫名其妙,令你不禁心惊。但是,你只要留心细听,尚可辨清那隐隐约约的呼喊声:"谁呀?……怎么样……"似有一种无名动力唤起你对那呼唤声的留恋与向往,使你情不自禁地迈开双脚向前走去,很快便来到岛上的一座公园,眼前展现出一片望不到尽头的水毯。

那是一片景况奇异的水面:时而恬恬流动,平静缓慢;时而波涛汹涌,如搏似斗。

穿行花园、森林,大自然的奇丽金秋壮景令人大饱眼福。

最使人敬佩叹服者恐怕是覆盖大地的茫茫叶海;海浅莫怕淹没,双脚踏上去,沙沙涛声可闻,仿佛在悄悄倾吐肺腑之语。

无论把目光转向何方,大自然都会盛装欢迎你。有的树木依然葱郁青翠,有的色呈红黄,有的叶子已经落完;落叶在微风中聚集蜷缩,像是在逃避观者的目光。

继续前行,你会自感双脚正将你送往既定的目的地。每走一程,咆哮声愈大,轰鸣声愈强,突然间,你的心跳加速,步子自然加快,迅速穿过园林。当你的脚步放慢时,巨大的咆哮声却催促你急行,一直到达目的地。

当你站在一块高地上,放眼前方时,只见那里横卧着一道深沟,左右两侧汪洋倾泻,排射出队队雄兵,此起彼伏,你争我斗;又见远处大河当中，卷起重重浪波，似乎都在想纵身一跃而制伏对手。

转眼凝视那飞身直下的队队雄兵，但见白色云雾横飞，太阳取之裁衣，绘上七彩虹霓，色泽鲜艳夺目，令人眼花缭乱，不禁叹为观止。你必定会留心观看那些勇敢搏斗的士兵，直到入河之处，才能打开脱逃之路。

那么，你应该准备进行一次小小的安全冒险，仅需穿上防水甲胄。因为你站的地方接近河流怀抱，那里正是溃兵逃遁的必经路口。

只要像敢冒海险的渔夫，穿上一件从头包到脚的橡皮衣裤也就够了。

你站在那里，会将一切淡忘，不是打盹儿，而是微醉，直到夜晚微风轻轻吹拂之时，你方如梦初醒，重返现世，披上衣衫，返回住所。你像是远行归来，长途跋涉给你的精神生活留下了不可磨灭的印象。

李唯中译

萨拉哈·莱百奇全集序言

布特鲁斯·布斯塔尼

> 布特鲁斯·布斯塔尼（1898—1969），黎巴嫩作家、学者。20世纪20年代主办《明辨》报，后在中学、大学教授阿拉伯语言和伊斯兰哲学。主要作品有《阿拉伯文学家》（三卷，1931—1937）、《阿拉伯东西方的争斗》（1944）、《阿拉伯在安达卢西亚的争斗》（1944）、《骑士诗人》《阿拉伯文学探幽》（1948），并校定了古籍四种。《序言》译自《萨拉哈·莱百奇全集》（1982）。

人多么需要了解人类的神话，以认识自身的内心世界，发现自己生活中的信条与幻想的根源！这些信条与幻想在暗中支配着人，使人下意识地为此戒彼，或对某事乐观，欣然从之，而对另一事悲观，避之不及。在此过程中，人并不明白到底是什么驱使他分辨善恶，进而择善避恶；人所知的只是这些信条从家庭、社会传授给他，并在他心中扎根，直至与他的宗教信仰产生联系，构成他信仰的全部。人借助于幻想获得满足，也借助于宗教得到满足；人借助于宗教克服自己恐惧的事物，也借助幻想克服之，于是求诸符咒驱邪。人在沉醉于这些幻想时，也许并非不知他的所为有背宗教，触犯了教徒的戒律，但他在这些幻想面前依然奉命唯谨，无法抗拒这些历代相传而来的幻想中主宰的影响。其中特有的充满传说色彩的活力、经过历代锤炼并由不同想象力结晶而成的警语，都令人降心相从。构成想象的各种空间，或可以溯源到多神或拜物教时代，或追溯到一神教兴起的时代。随着一神教的兴起，许多归附到圣贤。天使或妖魔鬼怪名下的神话也应运而生。来源不同的各种神话都值得保存与注意，因为失却神话的民族，既不会理解自身的奥秘，也湮没了自己历史的一个重要方面，因为正如维克多·雨果所说，我们是在神话的门口听到历史的。而历史，对于今天了解各民族情况、发觉人类思想的根源，都起着重要作用。有些神话源自某一社会本身，神话反映了该社会的信条和思维；有些神话则随外来民族移入，或由商人、游客、战争归来的将士传入，随着时间推移，这些外来神话也扎下根来，染上本地自然与人文思想的色彩，以新的形式出现。在古代，据说希腊哲学是从希腊神话中获得根基，而其最早的策源地，乃是腓尼基、希伯来、埃及、雅利安、印度的农田。因此，神话可以具备哲学思想，引导对自然之外神性的探索；神话包含了尊奉自然之力为主宰的成分，能够引出对世界秩序的分析；神话崇尚智慧、正义、美等德性，还能引导对善与美的认识。斯多噶学派称他们在神话中发现了世界的原则；亚历山大人也赞同此说，他们从教授古埃及早期奥秘着手，阐述哲学的根本。柏拉图在《高尔吉亚》中认为，古代神话包含着伟大真理的因素。在《理想国》中，他主张先以神话教育年轻人，而这种神话应具有现实意义；年轻人天性偏爱这类幻想故事，他们的想象力可以从中得到满足，他们各种细微的情感也可以被激发。然而，柏拉图又不许将所有的神话都作传授，如荷马和赫西俄德的神话；因为这两位诗人赋予主人公一些可鄙的品质，如狡猾、背叛、纵欲等，从而有损于君王英雄的美，玷污了年轻人对神灵与伟人的信赖。与之不同，另一些神话则描写了神灵的善良、人类的幸福及英雄的崇高。

《大山深处》的作者似乎受到柏拉图教导的影响，他创作的神话总体上弘扬了善与美的思想。在这些神话中，黎巴嫩闪耀着光芒，为旧世界传去了文明、精神、友爱与和平。《流浪的曲调》便象征着充满黎巴嫩心怀的博爱，有了这种爱，万物茁壮，文明兴盛。在作者精心刻画的贝尔乌辛这个胸襟开阔的人物身上，人道主义得到了体现。每当"曲调"流浪，物质占了精神上风的时候，善就远离人们而去，恶、忌妒、毁灭便成了主宰。然而"曲调"只是流浪，而不会销匿，它肯定要回来，于是精神和物质重新较量。物质只有凭着精神的驱动，才可能由强力化为善行，由残缺变得完美，所以物质虽然与精神对立，却又离不开精神。在神话《诗人和魔鬼》中，我们看到物质需要精神，黑暗需要光明。流浪的"曲调"从异乡归来，在一位黎巴嫩诗人心中栖止，唱起了光明之歌，表示对魔鬼奢华的蔑视："这奢华有形有质，却没有精神。"在此，用象征主义、表现主义及立体造型的手法来反映魔鬼的行为，意在教育人们对其远远规避。仅仅建立在物质基础上的文明是空虚的文明："联系着永恒之光源的精神与友爱在此没有插足之地"，基督不就是活生生的精神、博爱与永恒之光的化身？人依着精神而非肉体而活着，人类的痛苦因精神而非物质得到减缓，迷途者凭着光明而非黑暗发现道路。黎巴嫩的使命是传播精神、友爱与光明。倘若物质为构造人体所必需，那么与肉体为一体，并赋予其生命的精神，则不会让肉体凌驾精神之上，或随其走向邪恶，或被其用来满足欲念。精神会与物欲做殊死搏斗，直至取胜，与肉体一起向着善与美德前进。《主神》中的黎巴嫩妇女取得的正是这样的胜利：她通过痛苦的斗争，制伏了骚动的物欲，她的斗争使我们想起圣徒与人生诱惑所做的斗争。这女子舞蹈起来，主神为她奏乐，并唱起"永恒的恋歌"，舞蹈使她升离浓密的物质之阴霾，变为"升凌星辰上空的一束光芒"。许多古老民族都相信舞蹈是神圣的，认为舞蹈带给大地生命，使庄稼滋长，收获丰硕。印度人更认为舞蹈对于新婚夫妇十分吉利。

如上所述，《大山深处》中的神话是以这种扬善的模式出现，讴歌了黎巴嫩的文化及其天空大地的美丽，神话与古人的故事及信条有着联系，同时又不乏作者的独创。萨拉哈·莱百奇在敷衍这些神话时，给了自己充分的自由，他的作品既是一种崭新的体裁，又具有古典的精美与庄重。这些神话或许兼收了来源不同的传闻与传奇，黎巴嫩本土的及外来的，作者将其糅合在一起，然后以不同于原有的方式叙述。《主神》的前面部分使我们联想起有关皮格马里翁①的神话：太阳神用凿子雕刻出黎巴嫩女神，又吹入生命，然后爱上并娶了她；皮格马里翁也用刻刀雕刻出一位美丽的姑娘，并对她产生了爱慕，最后在维纳斯赋予她生命后娶她为妻。不过萨拉哈的神话很快就显示出与希腊神话的区别来，呈现出基督教的而非偶像崇拜的色彩。同样，《流浪的曲调》也包括了艾杜尼斯②和阿什塔特③的传说，以及该隐与亚伯的故事。萨拉哈的神话既与这些传说有联系，同时又独辟蹊径，有所创新。我们从《旧约》知道，神接受了亚伯的祭品，而对该隐的祭品不屑一顾。该隐因神的拒绝而愤恨，遂在沙漠中杀害了其弟亚伯。泰伯里④对此做了详述，据他的传述，夏娃每次怀孕，必同胎生下一男一女，男性成人后可娶他的任何姐妹，唯独不可娶自己的同胎姐妹。亚伯因见该隐的同胎女美丽，欲娶为妻，而该隐却拒绝了弟弟的要求，想留下她自娶。亚当阻止该隐，但该隐未从。亚当便令该隐、亚伯分别向神敬献祭品，谁的祭品被神收下，就可得到该女。于是两人向神献祭。空中降下一团白火，吃掉亚伯的祭品以示接受，而未动该隐的祭品。该隐大怒，不愿让出胞妹，便杀了弟弟亚伯。而在《大山深处》中，作者对该隐对亚伯的攻击表现为恶与善的一场较量。亚伯的声音柔美而甜润，他吟唱着向神献祭时，"大地与天空都在聆听，飞禽与走兽从四面八方赶来"；而该隐的声音却刺耳可憎，当他念念有词向神献祭时，"天空阴沉，大地黯然，飞禽远逸，走兽逃遁"。该隐对亚伯妒火中烧，几乎气死，终于咬断亚伯的脖子，想从中吮吸他的"曲调"。亚伯窒

---

① 皮格马里翁，希腊神话中的雕刻家，据说他爱上了自己雕刻的象牙女郎，后由爱神赐予雕像生命，他们便得以结婚。
② 艾杜尼斯，腓尼基神话中的植物神，由巴比伦神话中的坦姆兹神衍化而来。
③ 阿什塔特，腓尼基神话中的生殖女神，由巴比伦神话中的伊什塔尔神衍化而来。
④ 泰伯里（839—923），著名阿拉伯史学家，其代表作《历代民族和帝王史》记载了自创世纪到当代的许多神话传说与史料。

息而死，但"曲调"却得以逃脱，流浪四处，最后停在艾杜尼斯的喉咙，为黎巴嫩带去博爱，创建了比布鲁斯、西顿及苏尔等城市。后来该隐死时，"神拒收他的灵魂，火狱也把他逐出门外，于是投身到一只黎巴嫩从未有过的怪猪体内。就在艾杜尼斯传播文明，以他的歌声团结人们友爱为善时，那头怪猪突然扑来，将他杀害。"亚伯的悲剧重演了，恶再次占了上风。"曲调"第二次脱逃，四处流浪，寻找归宿。每当恶战胜了善，这"曲调"就要流浪，然而却不会死亡。

出现在该隐和亚伯故事中的"曲调"值得我们注意。作者内心到底受了什么想法的启示，而一反《旧约》和史家的传述，把他的神话建立在"歌乐"的基础上？也许这个想法存在于我们每个人的心中，也许我们并未注意其真实含义时已经道出这一想法，或正试图找出这个想法的根源呢！如我们在听到刺耳的歌声时，常常会很自然地说出："简直是该隐的声音！"我们把这种声音比喻为该隐之声时，其实并不知做此比喻的原因。既然《旧约》和史家的传述中均无这种典故，我们的脑海中是如何产生这种联想的？它是否与某个已经失传的古代神话有关，传到我们的只是其中的片断？很可能《旧约》是这个神话的基础，因为它提及该隐与声音及歌唱的关系。据《旧约》记载，该隐是铁匠和歌手乐师的祖先，他的后代拉买之子犹八是弹琴吹笛人的祖师，犹八之弟土八该隐是第一位铸造各种铁器、铜器的工匠。现在，我们提到的这些与声音有关的行业，如铸铁、弹琴、演唱，都可追溯到该隐。此外，该隐这个名字本身也与这些行当有关①。

如此而言，构成这个古代神话的要素中，也许包括了神对该隐的诅咒、铁匠的打铁声及与之混杂一起的歌声，于是便有了该隐声音刺耳难听之说。以后随着岁月流逝，神话失传，只剩这关于刺耳声音的说法流传了下来。我们虽不知所以然，但也从前辈沿袭了这个说法。现在萨拉哈用神话为我们做了提示。历来的神话，诠释了各民族多少种习俗、信条与格言！

我们还发现，为亚伯赋予甜美的声音，还不光只为和其兄弟的刺

---

① 以上几句从词源学角度，介绍阿拉伯语中"该隐"一词有"铁器"与"演唱"之义；在阿拉伯语和希伯来语中，"亚伯"一词则有"死亡、丧子"的意义。译文略。

耳声音相对照，因为据《旧约》记载，亚伯是个牧羊人。多少个诗人曾经歌咏过山谷间牧羊人的牧歌与青春！黎巴嫩文学与牧羊歌手的关系尤为久远。很自然，这样的种子在《大山深处》的作者——一位黎巴嫩诗人——心中也成活着，他让亚伯的歌喉富有魅力。他应该称幸，因为他的种子不是播在荒谷里。

我们专门提及了三篇神话：《流浪的曲调》《诗人和魔鬼》《主神》，这并非因为只有这几篇堪称佳作，而是因为这几篇与本文主题一致。其他的篇章也同样精彩纷呈，引人入胜，其中同样有黎巴嫩的文明与自然，有柏拉图倡导的善与幸福的思想。

薛庆国译

致安德烈

陶菲格·哈基姆

陶菲格·哈基姆(1898—1987),埃及小说家、剧作家。1924年毕业于法律学校,后去法国进修,对文学戏剧更为专心。1928年回国,任律师多年,先后担任国家图书馆馆长、科教文组织代表、作协主席等职。一生创作有七十多部戏剧,分哲理剧和社会剧两类。《洞中人》(1933)为其成名作、代表作,此外还有小说、散文和文论共约50部。长篇小说《灵魂归来》(1933)、《乡村检察官手记》(1937)、《东方来的鸟》(1938)为其自传性作品系列。《致安德烈》译自《青春岁月》(贝鲁特,1975),《鸟与人》《思想的尊严》选自《世界散文精华》(澳非卷)。

亲爱的安德烈:

我现正醉心于阿拉伯文学……我要研究它的基础,还要重新审视阿拉伯语——我的语言,揭示其秘密,了解其优缺点……现在正是我能够进行观察、鉴别和判断的最好时机。近来,我已饱览世界各国文学,我的想法确已获得成功……我以新的眼光阅读历代阿拉伯文学作品,这眼光充满了形象和比较，并以一颗慈爱、公正和坚忍的心探寻种种现象和原因，经过深思熟虑，再做出判断。

首先，我想告诉你：那些在中小学教我们阿拉伯语的人不仅无视阿拉伯语的意义，而且根本无视语言的意义……你在埃及见到的每一个教师都会对你说：非常遗憾，阿拉伯语无法表达各门科学、哲学和高深的思想。有人还说什么阿拉伯语不是一种思维的语言，而是一种矫饰的语言。为什么？理由很简单：小时候作为阿拉伯语修辞典范教给我们的是一些苍白无力、矫揉造作的作品。如果今天有人写出这样的作品，一定会引起人们耻笑。是啊！他们在学校里教给我们的语言用在生活中定会成为笑料。

居伊①说过："舞蹈艺术的优美是毫不做作地完成各种困难的身体动作而不让人看出舞者付出的艰辛努力……这是一切艺术完美风格的第一个特点，就连优秀的魔术师也不让人察觉他的高超技巧，而在简单、单纯的气氛中创造出奇迹……"作为范例正确地向学生介绍过的唯一作家也许就是伊本·穆格法及其译著《卡里来和笛木乃》。这位作家也注意文字修饰，但很巧妙和老到；也注意语言的雕琢和加工，但很有品位、很优雅。他的作品从来没有刀砍斧凿的痕迹。

伊本·穆格法努力创造自己的风格却不露痕迹……就像那位高明的舞蹈家，善于掩盖艰难的舞蹈动作，我们看到的只是灵活而轻巧的摆动……无论如何，这位作家是写作技巧的一个优秀典范。如果你想从简朴无华和极富目的性的语言中了解阿拉伯语的伟大，就应该阅读阿拉伯哲学家和史学家的著作。只有他们才言出心中，不会在文字游戏和表面修饰中浪费他们自己和我们大家的时间。他们用一种简朴、直陈的语言谈论思想、社会、道德、宗教方面的事务，不做文字游戏，也不胡吹乱捧。

我深感诧异，为什么像"伊本·赫勒敦""泰伯里""伊本·路世德"和"安萨里"这样的大著作家在学校的阿拉伯文学教学中杳无踪影？！不读哲学家和史学家的著作，怎么能够掌握一种语言？难道我们不读"斯尼

---

① 居伊（1835—1918），俄国作曲家、音乐评论家，"强力集团"成员。

卡"①"马尔克·乌里尔"②"提吐斯·利夫斯"和"科林留斯·塔西特"③的著作，能够了解拉丁思想？那些杰出的阿拉伯哲学家和著名史学家的著作及其解释，哪怕只读一页，许多教育工作者对阿拉伯语表达最细腻、最高级、最深刻和最高贵的思想的能力的认识也会产生变化。难道伊本·路世德和伊本·西那不正是用这种语言将古希腊哲学家的思想移译到求知若渴的欧洲吗？而你们——法国人，不正是这样教授法国文学的吗？

没有一本教科书——无论是小册子，还是大部头——不讲授蒙田的哲学著作、卢梭的社会学著作、玻斯伟的神学著作、伏尔泰的史学著作，甚至莫里哀的喜剧作品……这是因为法国学校认识到语言教学应该讲授使用该语言的一切学科……如果语言教学只讲授空洞无物的词汇修辞的范例，则是对语言尊严的亵渎和对语言表达能力的贬低。

使用阿拉伯语写作的有一位多才多艺、嬉笑怒骂皆成文章的作家——贾希兹……这样一位作家，我们在学校连他写的一行字也没读过……每一位文风简约，在实际生活中有所裨益的阿拉伯作家均被贬为不善表达而遭排斥，而推荐给我们的却是在实际生活中无益，只是让人耻笑的"典型"。甚至作为阿拉伯语的骄傲的诗歌——这种首屈一指的艺术，本应从中体现我们开放的心灵……可他们为我们挑选了一些什么诗作呢？训诫诗和格言诗！

确实有一种训诫诗和格言诗，真正的诗人知道怎样为它穿上感觉和思维的外衣，将它提高到高级艺术的等级……如艾布·阿拉、穆太奈比和纳比额·祖卜雅尼的某些诗作。但对这类诗歌的鉴别和遴选则需要一种艺术感，而这正是目前从事此项工作的人所不具备的。

甚至学校课本中介绍的韵律诗和描写诗的典范，特别是布哈托利和伊本·鲁米的作品，也并不是他们俩的最佳之作。

并非凡能表达训诫之意、能够描写或吟唱的诗歌皆称佳作。真正的

---

① 斯尼卡（Seneca，公元650年卒），古罗马斯多噶学派哲学家。
② 提吐斯·利夫斯（Titus Livius，公元17年卒），古罗马历史学家。
③ 科林留斯·塔西特（Gornelius Tasitus，约公元120年卒），古罗马历史学家。

佳品应远离明显和直接的目的。看来，诗已经脱离高尚艺术的规范，一味地编造格言，描写风景，或发出乐音。真正的好诗或许也要利用这些手段来达到更加崇高的目的，即携同读者上临九天揽月，下临五洋探幽。真正的好诗透过简朴的词句和浅显的手法让人们看到在良知的范围内并不浅薄和漂浮不定的东西。简而言之，好诗就像魔术一样，能扩大人们的自我，让他们看到肉眼看不见的形象，听到耳朵听不见的声音，领悟到心灵领悟不到的更深刻的道理……这就是诗……这也就是以"诗"这个字来描述一切艺术的目的所在……没有诗，没有这种帮助人们以艺术感来理解感觉和直觉无法理解的东西的奇妙的材料，一切伟大的艺术都不存在。

　　安德烈，我喋喋不休地谈论这个与你关系不大的课题让你厌烦了吧！但除了你，我向谁倾吐我的思绪呢？请多包涵吧！

朱　凯译

鸟与人

陶菲格·哈基姆

小鸟问它父亲:"世上最高级的生灵是什么?是我们鸟类吗?"

老鸟答道:"不,是人类。"

小鸟又问:"人类是什么样的生灵?"

"人类……就是那些常向我们巢中投掷石块的生灵。"

小鸟恍然大悟:"啊,我知道啦!可是,人类优于我们吗?他们比我们生活得幸福吗?"

"他们或许优于我们,却远不如我们生活得幸福!"

"为什么他们不如我们幸福?"小鸟不解地问父亲。

老鸟答道:"因为在人类心中生长着一根刺,这根刺无时不在刺痛和折磨着他们,他们自己为这根刺起了个名字,管它叫作贪婪。"

小鸟又问:"贪婪?贪婪是什么意思?爸爸,您知道吗?"

"不错,因为我了解人类,也见识过他们内心那根贪婪之刺,你也想亲眼见识见识吗?"

"是的,爸爸,我想亲眼见识见识。"

"这很容易,若看见有人走过来,赶快告诉我,我让你见识一下人类内心那根贪婪之刺。"

少顷，小鸟便叫了起来：

"爸爸，有个人走过来啦！"

老鸟对小鸟说：

"听我说，孩子。待会儿我要自投罗网，主动落到他手中，你可以看到一场好戏。"

小鸟不由得十分担心，说：

"如果您受到什么伤害……"

老鸟安慰它说：

"莫担心，孩子，我了解人类的贪婪，我晓得怎样从他们手中逃脱。"

说罢，老鸟飞离小鸟，落在来人身边，那人伸手便抓住了它，乐不可支地叫道：

"我要把你宰掉，吃你的肉！"

老鸟说道："我的肉这么少，够填饱你的肚子吗？"

那人说："肉虽然少，却鲜美可口！"

老鸟说："我可以送你远比我的肉更有用的东西，那是三句至理名言，假如你学到手，便会发大财！"

那人急不可耐："快告诉我，这三句名言是什么？"

老鸟眼中闪过一丝狡黠的目光，款款说道：

"我可以告诉你，但是有条件：我在你手中先告诉你第一句名言；待你放开我，我便告诉你第二句名言；待我飞到树上之后，才会告诉你第三句名言。"

那人一心想尽快得到三句名言，好去发大财，便马上答道：

"我接受你的条件，快告诉我第一句名言吧！"

老鸟不疾不徐地说道：

"这第一句名言，便是：莫惋惜已经失去的东西！根据我们的条件，现在请你放开我。"于是那人便松手放开了它。老鸟落到离他不远的地面继续说道：

"这第二句名言便是:莫相信不可能存在的事情!"说罢,它边叫着边振翅飞上树梢:

"你真是个大傻瓜,如果刚才把我宰掉,你便会从我腹中取出一颗重达三十米斯卡勒①、价值连城的大宝石。"

那人闻听,懊悔不已,把嘴唇都咬出了血。他望着树上的鸟儿,仍惦记着他们方才谈妥的条件,便又说道:

"请你快把第三句名言告诉我!"

狡猾的老鸟讥笑他说:

"贪婪的人啊,你的贪婪之心遮住了你的双眼。既然你忘记了前两句名言,告诉你第三句又有何益?!难道我没告诉你:'莫惋惜已经失去的东西,莫相信不可能存在的事情'吗?你想想看,我浑身的骨肉羽翅加起来不足二十米斯卡勒,腹中怎会有一颗重量超过二十米斯卡勒的大宝石呢?!"

那人闻听此言,顿时目瞪口呆,好不尴尬,脸上的表情煞是可笑……

一只鸟儿就这样耍弄了一个人。老鸟回望着小鸟说:"孩子,你现在可亲眼见识过了?!"

小鸟答道:"是的,我真的见识过了,可这个人怎会相信在您腹中有一颗超过您体重的宝石,怎会相信这种根本不可能存在的事情呢?"

老鸟回答说:

"贪婪所致,孩子,这就是人类的贪婪本性!"

杨言洪译

---

① 一米斯卡勒等于4.68克。

思想的尊严

陶菲格·哈基姆

笔的真正力量在于,"想说能够说出其所想"。真正的男子汉气概是,为了尊严,一个人可以献出自己的鲜血和金钱,快乐和欢愉,舒适和安逸,能够献出自己的亲人和眷属,献出他喜欢和珍爱的一切。真正的尊严是,一个人将自己的最后一口气置于天平的一端,将自己的思想和见解置于天平的另一端,当环境要求衡量两个秤盘上放置物的重量时,他的思想和见解这一端会立即显示出优势来。历史上的所有伟大人物,都曾是这样。即使是今天缺少伟大人物的埃及,某一天也曾见到过这种类型的许多人物,他们为了一种思想,毫不犹豫地牺牲自己的一切,为了自己的主张,弃绝一切享受。这样的人物,在埃及精神生活和思想生活中出现过很多。当我说世界各民族是靠这些人的肩膀支撑起来的时候,我并没有言过其实。可怕的是,一个民族缺少这样的人物。是的,今天,有一件事困扰着我,令我不安。这就是:今天的律法是用脚践踏思想,法律跟在虚伪的人物和虚幻的金钱后面奔跑!

这些话我几年前就曾说过,今天还要说。我相信,在埃及有许多有头脑的人,他们很会思考问题,研究问题,提出有益于国家的见解。但是，他们把自己的意见藏在肚子里，或者低声悄语地谈及，不敢大胆地陈述或带着信心去宣传。他们怕遭到攻击，或者怕自己的利益受到想象中的损害。这种来自成熟者的退让回避，不参加对公共舆论的指导，存在于与集权统治或独裁统治相似状况下的舆论界。在这种状况下，一种思想控制人们的全部思想，一种意见横行于群众的全部思考，不加任何讨论地相信某种占统治地位的说法，无意识地与横扫一切的观点相协调。我们——事实上——是通过自己把集权统治强加到自己身上！不是我们的宪法，不是我们的统治制度——我们的民主制度并不阻碍我们的自由，但是，我们心甘情愿地放弃了它，因为我们不想去保卫它或推进它。我们常常更喜欢接受我们并不相信的别人的意见，而不愿为我们的意见付出某些辛劳或某些损失。世界上没有一种制度能保证这种人的自由——他们在表达自己的自由见解时，或害怕，或偷懒，或疏忽！

假如你们想要得到自由和人类的尊严，那你们就去检索你们头脑中的每一种意见，不要盲目地和不假思考地接受别人的意见，即使是你们最要好的朋友！

狗的勇敢行为是被轻视的，不是因为别的，只是因为它毫不困难地接受它的朋友们套在它脖子上的箍圈，即使那是金子做成的！

伊　宏译

在途中

穆罕默德·马赫迪·杰瓦希里

穆罕默德·马赫迪·杰瓦希里（1903—1997），伊拉克诗人，阿拉伯新古典主义最后一位大家。出身宗教学者世家，家学深厚，自称是诗人鲁萨费的学生。曾在王宫礼宾司任职，后转向教育界和新闻界。一生积极参与反对王朝统治和民族解放的斗争，多次流亡国外，客居叙利亚多年，直至病故。其诗作充满爱国主义激情，记录了伊拉克反帝爱国斗争的历程。已出版各类诗选多种。《在途中》是他为《杰瓦希里诗集》（四卷本，1961）写的序言，被认为是伊拉克散文的佳作。

我正走在要去的路途上，他来到我身边，对我说：

"你也像我一样赶路？"

"不！我到处流浪。"

"你现在去哪儿？"

"一直奔向太阳升起的地方。若夜的黑暗令我发狂，我便就地爬起身，向初露晨曦的地方出发。"

"自古，夜是夜，昼是昼，黑白分明，亘古不变。难道你不明白？"

"不，我以为……不过，你真的有所不知？"

"怎么会呢？"

"每当我朝向夜短日长的地方走去，我对时间和空间便有新的认识，时间和空间几乎在终点处发生对抗。"

30 年来，我和你一样对此一无所知。我彷徨歧途，在未开发的大地上，而不是在有人迹的土地上挣扎，因为我对时空一无所知。

"现在在哪？"

"现在，17 年了，我在太阳光的照射下前进，对此已有了基本的了解。"

"太阳落山了，怎么办？"

"我睁大双眼，以补偿阳光的不足，有时我会走弯路，偏离正道！根据偏离的远近，付出的辛苦也多寡不同。不过，不是每次总得付出很大力气才能矫正，或重新步入阳光之下，或从头开始。"

"付出辛苦还不够吗？"

"远远超出了辛苦。"

"首先是冻得发抖吧？"

"不，我早习惯了寒冷，现在连热也不怕了。"

"吃什么？"

"野兽肉。如果找不到，吃点儿自己的肉。"

"你的肉？！"

"是的，为什么不……我还吃我孩子的肉。"

"啊……你有孩子？！"

"有七个，都跟我走在路上。"

"他们怎么受得了这份苦？"

"他们受不了的，我来承担。我让大的照看小的。我吃他们的肉，也把自己的肉拿给他们充饥。哪个饿死了，累死了，我就把尸体扔给狗……"

"孩子不会冻坏？"

"会的。他们现在就冻得发抖。明天,他们会慢慢习惯,不再发抖。"

"你不能给他们穿厚点儿,从经过的城市或村庄的人们手里买些吃的给他们?"

"不能。"

"为什么?"

"他们要钱。"

"你想白拿?"

"我怎么会。"

"那又为什么?"

"我希望我和孩子们得到应有的一份工作,自食其力,有吃有穿。"

"他们怎么想?"

"他们要我们跳舞。"

"跳舞?!"

"是的,像猴子那样。"

"你为什么不跳?不会学猴子?!"

"因为我没有猴子的机灵劲儿和忍耐力。"

"你有兄弟吗?同志这类的!"(他说完,闭上嘴,眼睛盯着远处的天边)

"我有三个。"

"在哪?"

"一个和我一样被驱逐;一个仍在城里;一个被野兽吞食!"

"你有母亲吗?"

"怎么没有?!"

"你把她丢在哪了?"

"我把她丢在途中。她一手拿着书,一手拿着净手壶和香炉!"

"是些什么东西?"

"信仰用的器具。"

"她的信仰?!"

"是她的信仰。她要我亲吻圣书,她用右手托着,我亲吻了它。不过,我用左手从她手里接过了书。她高高地举起了水壶,用壶嘴流出的水喷洒我身边的土地。"

"香炉呢?"

"让我给摔碎了。母亲为此伤心悲泣。"

"伤心是自然的。不过,她为什么悲泣?"

"因为她认为,我打碎香炉,意味着我不会平安地返回。"

"你母亲在哪儿生下的你?"

"在途中。"

"难道,所有的事都在途中进行?!"

"是的。这是一种对'光明主宰''黑暗奴役'神话的崇拜。她惧怕黑暗,为此,她只能把怀着的孩子生在途中。"

"你父亲呢?"

"我不了解他,只知道他就会默默地承受痛苦,不会因痛苦而奋起或者亵渎神明!他曾歌唱过,喉咙干哑后就放弃歌唱,离开舞台。我对这些歌手的事不感兴趣。"

"你什么时候经过城市,见到城里人的?以后又怎么样了?"

"以后……城里人一直在跳舞,直到我和另一些人为了他们而惨遭驱逐。"

"你恨他们吗?"

"不,不恨!我只是恼怒。"

"你想见他们吗?"

"眸子里的愤怒之光妨碍我看见他们。"

少顷,我和过路人稍稍喘息后,过路人又对我说:

"我明白你所描绘的新奇事。瞧,我们身后有座森林,绿荫浓密,果实熟透,溪水汩汩。我带你去那儿休息,只需后退几步?"

"你不是从那儿来的吗?"(我满脸阴沉)

"不是。"

"那么,你是城里的幽灵?"

"自从离开那儿以后,我和城里人在一起的时候,统治者总让城里人像猴子似的跳舞,为此,我经常和统治者争吵。"

他惊讶不已,默不作声。我知道他并不是从城里来的,只是个过路人,经过那里,便对他说:

"不,不,怎么会哪……你想听我讲讲我在森林的事——我不想管你的事。过一会儿,咱们就要各奔东西,因为你谈起森林,我才对你不放心。"

"我从你眼神里看出了实实在在的痛苦。好,你说吧,我听着。"

"我曾经到过你刚说过的森林,那是在我多多少少偏离正道的时候。我并不知道已误入歧途。我发现道路两旁的幽灵,把他们当成是引路人,并庆幸自己跟随他们。在森林中间,浓密交错的枝干后面现出许多头颅欢迎我,那些头颅似魔鬼,声音嘶哑。我所惧怕的黑暗便把我吞没。"

我不否认:那时,我饿了,想要那诱人的果实充饥。

我渴了,想要干甜的溪水润喉。可是,黑暗令我心惊胆战,恐惧战胜了一切。

哦,过路的朋友!我凭直觉而不是理智,感到指路人站着的地方并不是一条正路。这条路,也不是你想去的地方。

我的朋友,我明白,那些散落在通向森林路上的鬼影就是城里的幽灵;所有冲我嗥叫的是城市的豺狼;窥探我的是城市的头目;刺破我双脚的是城市的毒刺;打在我头上的是城里的树干。所有的一切都是城市幽灵不可分割的部分,连林中游荡的温顺动物也是城市的一部分。

这些潜入森林的鬼影,与其内部的鬼影幽灵相互渗透,融合在一起,更像是互相嬉戏,而不是在厮杀。

这些鬼魂过去或现在像是要在这场战斗中打掉你的得意忘形和十足娇气!我坚信它们是森林鬼影的后代或同类!

我已甩掉了那些鬼魂和它们的随从。我已瞧见那个采摘无知鲜果的人。清凉甘甜的水是被黑暗吞没的最好报偿!

我曾以为那果实是应急的,是闪光的唇影。

他们嘲笑了我，我也笑话了他们！

这位过路人蛮有兴致地点着头，似乎想补充些什么。我接着对他说：

"很奇怪，我曾庆幸过！庆幸我初入森林就遇到了那些引路人。"

当时，我一直唱着阳光的赞歌，那些引路人摇头晃脑，装成很虔诚的样子。

过路的朋友，更奇怪的是，我逃离森林后，仍然热情不减地唱着最美好的阳光赞歌，批判黑暗的爱好者。

正是那些人而不是别人，依然摇头晃脑表示出对歌曲的欣赏。

在他们用遗憾的目光送别我的时候，一方面摇头晃脑地欣赏阳光之歌，一方面又大嚼森林的草木和果实，那是他们生活其中的黑暗之果。

然后，他们扔掉一些草木果实，或者把剩余的部分留给后来的被幽灵包围的人。

留给那些胳膊够不着森林枝干的人。

然后，我对他说：

"我说完了，过路的朋友，再见吧！"

"再见，流浪者！"

这就是他对我说的，我对他说的最后的话。

李　琛译

他乡客归时

马立克·本·纳比

马立克·本·纳比(1905—1973),阿尔及利亚作家。高中毕业后赴巴黎留学。回国任工程师多年,后弃工从文,用法语写作。作品有《〈古兰经〉观象》(1947)、《阿尔及利亚复兴的条件》(1948)、《在战场上》(1960)。《他乡客归时》选自《世界散文精华》。

在我们那些小村镇里,习以为常地总是由街上的孩子去向家人通报游子归来的消息。我一踏进堤毕赛使者广场,孩子们便丢下游戏,争先恐后地向我家跑去。边跑边喊道:

"西德基先生回来了,西德基先生回来了!"

孩子们挤在门口,为我的归来而欢庆。邻居们,包括哈西希·穆赫塔尔,也跑来祝贺。而我,一踏进家门,便看见母亲手挂拐杖,笑容满面,已站在台阶上守候。

母亲照例伸出她那温柔的手,让我亲吻。这一回,我吻着的已是一只抚摩过天房和麦地那使者墓的朝觐者的手了。

此时此刻的幸福，是难以估量的……

两个姐姐也都来跟我亲吻。

我凝视着母亲的面庞，只觉得那脸显得从未有过的端庄秀丽，越发透出温柔、慈祥。

父亲不在，我这时回家是一个意外。街上的孩子去向他通报这一消息，一会儿他就赶来了。

在孩子面前，父亲通常不露笑脸。他属于阿尔及利亚那种能把孩子们的冲动吓唬回去的父辈。但是，每次我从他乡归来，他总是喜形于色。也许，这是因为我的归来，总能让家里像过节似的缘故吧！

吃晚饭的时候，一直谈论着关于我身体和学习的情况。而我却十分渴望知道母亲去朝觐的感想。我等待着，等着照例能与她单独聊天的时刻到来。

父亲晚上总是要出去散心的，他回来之前，便是我和母亲聊天最幸福的时刻。这天晚上，父亲也还是出去了。和往常一样，母亲让我也出去，甚至是命令我出去，去和伙伴们玩一玩。地方首长、法官并未手持鲜花来欢迎，但只觉得，为了迎接我，那晚这城镇显得分外美丽。

我真的看见，伙伴们都在使者广场上等着呢！其中还有邻居哈西希·穆赫塔尔……

穆赫塔尔住着他父亲留下的一间破屋，那是这一带唯一免遭堤毕赛城法国财主侵占的一间房子。

打小，他既没上过私塾，也没进过学堂，像当时堤毕赛城的其他孩子一样，是在大自然的滋润和马路风气的熏陶中长大的。

经过马路教育，他开始和小伙伴们结帮，去闯围墙下面的那些园子，甚至是自己父亲的园子。随后，出道了，便参与孩子的团伙，去偷市场上那些能轻易得手的店铺。摊主们一见这群人，便知道自己摆在地上的西瓜、甜瓜之类的货物就要遭殃了！

在堤毕赛这个地方，这类违法行为是不会拿到少年法庭去审判的，只不过按习俗进行处理罢了。

随后，马路生活又教会穆赫塔尔通过某种赌博手段去巧妙地进行窃取。牺牲者往往是那些逢集进城的部落青年。穆赫塔尔之类守候着这些年轻人的到来，引诱他们押"红牌赢"的赌局，老练地进行诈骗。

后来，穆赫塔尔索性赌到欧式咖啡馆去了。于是渐显阔绰，衣着也讲究了。由于他更多地不是赌博，而是去跟洋人厮混，城里人终于对他厌恶起来。

马路对他的熏陶到此为止。

他父亲死了……

但是，阿尔及利亚，包括堤毕赛，开始进行改革。一场新的教育运动自然而然地开始了。一天，堤毕赛人突然惊讶地发现，穆赫塔尔向学校建设认捐委员会捐献了一万法郎。这笔数额，在当时是相当可观的。更重要的是，从那以后，市民们再也没见过他赌博、喝酒。

就这样，穆赫塔尔变成了改革运动中的一名战士！

连贝宁尼这个酒鬼，在那段时间里也不酗酒了，再也不是那个满嘴直冒酒气，每晚总要让警察安东尼抓去关押的那个可怜虫了。连贝宁尼也变了……

那天晚上，我非常渴望知道改革运动在这种良好气氛中的进展情况，以便尽可能地了解在这个地方到底发生了什么。于是，我们久久地谈论着这一阶段的改革。

在这个阶段里，人民把每块砖石都用来建设学校、清真寺和俱乐部，把每根木头都削成对付帝国主义的棍棒。在这方面，堤毕赛城保持了自本世纪初以来就一直具有的政治敏感。

就这样，我们畅谈着。夜空显得格外清澈美丽，星星把愉悦的光华注入了我的心田，使我感到一种说不出的快慰。

回到家时，只见父亲外出散心还没回来。母亲正等着，要跟我讲述她朝觐的故事。

"妈，您看到些什么，听到些什么，有什么感想，都跟我说说吧……"

等我坐到母亲床边,她便说:

"怎么跟你说呢,孩子……"

母亲的这句话,就说明千言万语已涌到她的嘴边。

我聆听着。

"唉,唉,真是另一番天地!"

屋里几乎是漆黑的。夏日的晚上,为了怕虫子进来,我们照例不点灯,只是在院子里挂了盏灯。但我还是怕母亲看到我的泪水,担心因此打断她的话题。

母亲说得那么感人,使人不时激动得难以自制。我装作口渴,向放着几个凉水罐的阳台走去。在那里,任泪水尽情地流淌……

无疑,母亲一直在注意着我脸上神情的变化,只是不愿流露而已……

杨孝柏译

在诺贝尔奖授予仪式上的讲话

纳吉布·马哈福兹

> 纳吉布·马哈福兹(1911—2006),埃及作家,有"阿拉伯小说之父"的美称。1930年毕业于开罗大学哲学系,先后在宗教基金部、文化部艺术局、电影公司任职,1971年退休,成为《金字塔报》专职作家、编委会成员,并为"观点"专栏撰稿。20世纪20年代开始哲学和文学写作。一生创作了五十部短篇集及中长篇小说。代表作《宫间街》三部曲(1956—1957)将阿拉伯现实主义推向顶峰而获国家奖。其创作随时代前进,代表了阿拉伯小说发展的历程。1988年获诺贝尔文学奖,促使世界各国掀起阿拉伯文学翻译热。

女士们、先生们:

首先,我谨向瑞典科学院及该院诺贝尔奖评审委员会对于我长期不懈的努力给予的尊重表示感谢。我希望你们敞开心胸地听我讲话,因为讲话的语言是你们中许多人所不熟悉的。但这种语言是真正的获奖者,它应该以优美的音调第一次在你们这块文明的绿洲上回荡。我非常希望这不是最后一次,也希望我国的文学家们完全有资格、荣幸地同你们世界性的作家——他们为我们这个充满忧愁的世界传播了欢乐和智慧——同聚一堂。

一家驻开罗的外国报纸的记者告诉我,当我的名字同诺贝尔奖连在一起的瞬间,全场鸦雀无声,许多人打听我是什么人。请允许我以人类天性所能允许的客观态度向你们做自我介绍。我是两种文明的儿子。在历史上的一个时期里,这两种文明结下了美满姻缘。第一种是已有七千年历史的法老文明;第二种是已有一千四百年历史的伊斯兰文明。各位都是文坛精英和饱学之士,我大概不需要向你们中任何人做介绍。不过,值此结识叙谈之际,简言几句亦无妨。

谈到法老文明,我将不提往昔的征战和历代帝国的建树。那些都是已经破败的光荣历史了,感谢安拉,现代良知已不乐于再提到它了。我也不谈它怎样在至高无上的安拉指引下揭开了人类良知的黎明。因为那是部漫长的历史,你们无不熟悉埃赫那顿王①的故事。我甚至不准备谈这种文明在艺术和文学领域中的成就和著名的奇迹:金字塔、狮身人面像和卡纳克神庙。因不走运而没能亲眼目睹那些古迹的人都读过有关材料或见过它们的照片。

让我用讲故事的方式来介绍它——法老文明,因为我个人的背景注定我是个说书人。请听历史上记载的这个事件:古埃及的纸草书上说,一位法老王得知后宫妃嫔同他的廷臣犯了私通罪。根据当时的做法,人们预料他会斩尽杀绝。但是他召见一批司法官员,要求调查他所听说的事情。他对他们说,他要的是事实,以便公正审讯⋯⋯在我看来,那种做法比创立一个帝国和修建金字塔更加伟大,更能证明那种文明比任何财富和光荣更加优越。帝国消失了,过去的事情也过去了。总有一天金字塔也会化为乌有。但是只要人类的理智在渴求,心脏在跳动,真理和正义将永存。

---

① 埃赫那顿王(前1369—前1353),古代埃及第十八王朝第十位法老,第一个提出安拉的一元性的观点。

关于伊斯兰文明，我不想同你们谈它号召在创始主的世界里，在自由、平等和宽容的基础上建立一个人类的联合体，也不谈它的使者穆罕默德的伟大，因为你们之中的思想家也尊他为人类历史上最伟大的人物；也不谈它建造了数以千计的伊斯兰尖塔，在从印度和中国的四周直到法国边界的广袤的土地上号召崇拜、奉献和行善；我也不去谈论人类过去不曾、今后也不会理解不同宗教之间和不同种族之间以容忍精神所达到的友爱合作。但我要介绍的是这种文明的戏剧性的——激动人心的——一幕，它概括了这种文明的一个最显著的特性：在一次击败拜占庭的战役后，它释放了战俘，换回若干古希腊哲学、医学和数学的典籍。这是人类渴求知识的精神价值的证明，尽管追求者信奉天启的宗教，所追求的是异教徒的文明结晶。

先生们，我命中注定出生在这两种文明的怀抱中，吮吸它们的乳汁，汲取它们文学和艺术的养料，畅饮你们迷人的文化美酒。所有这些汇聚而成的灵感——加上我个人的渴求——使文思有如泉涌。我的作品幸运地得到你们尊敬的科学院的赏识，我的努力赢得了著名的诺贝尔奖的桂冠。我谨以我个人的名义表示感谢，同时以业已逝世的两大文明的伟大的建设者的名义表示感谢。

先生们，你们会产生疑问：这个来自第三世界的人，怎么能心境安宁地创作小说呢？问得有道理。我来自在债务的重压下呻吟的世界，而偿还债务就要受到饥馑或类似饥馑的威胁。这个世界中的一部分人在亚洲死于洪水，在非洲则死于饥荒。在南非，成百万人被拒绝承认，而且在人权时代被剥夺了一切人权，似乎他们不能算作人。在约旦河西岸和加沙，一些人丧失了生命，尽管他们生活在自己的土地上。这是他们父辈、祖辈代代相传下来的土地。他们已经奋起要求原始人类就已获得的基本要求，也就是说，他们要拥有得到承认的合适的定居之地。对他们英勇崇高的行为——男人、妇女、少年儿童都投身其间的——回报却是他们被打骨折、遭枪杀，房屋被捣毁和在监狱、集中营里备受折磨。他们的周围是悲愤地关注着事态发展的一亿五千万阿拉伯人。如果希望公正而全面和平的人们不能以智慧去改变局势,这个地区将受到一场灾难的威胁。

是的,这个来自第三世界的人怎么能心境安宁地创作小说呢?但是,幸运的是,艺术慷慨大度而又富有同情心。同样,艺术既同幸福的人在一起,也不抛弃不幸的人。艺术以喜闻乐见的手段使两种人都能抒发胸怀。

在文明发展的这个决定性时刻,人类的痛苦将销声匿迹的说法既让人难以置信又不能接受。毫无疑问,人类至少已经成熟,而我们的时代又带来了超级大国达成和解的前景。人类思想已奋起制止各种破坏和毁灭的因素。正像科学家竭力清除环境中的工业污染……知识分子也应积极地消除人类的道德污染。我们有权利和有义务要求文明国家的伟大领导人,同时要求经济学家们真正行动起来而成为时代的中心。在古代,领导人只为本民族的福利而努力,并且认为其他人是仇敌或者受剥削的臣民。当时除了优越感和个人荣誉,从不考虑任何其他的价值。正因为这样,各种道德、思想和价值观念被弃置不用,许多不道德的手段合法化了,无数的人被处死。在过去,谎言、欺骗、背叛、残酷成为明智的标志和伟大的证据。今天,需要从根本上改变这种观点……今天,文明领导人的伟大,其衡量标准应该是具有全面的观点,他们应当对人类怀有责任感。发达国家和第三世界应是一个家庭。每个人对这个家庭所承担的责任取决于他拥有的知识、智慧和文明程度。如果我以第三世界的名义向他们宣告:不要只做我们悲惨境遇的旁观者,我并没有超越自己的责任范围。但是,你们应该发挥同你们地位相当的崇高作用。从你们的优越地位来说,你们有责任关心动物和植物所遇到的失调,更不用说全世界每个角落的人的境况了。我们对言辞已感到厌烦。行动的时刻到了。消除盗贼和高利贷者时代的时刻到了。我们所处的时代是领导人负责地球事务的时代。拯救非洲南部被奴役的人!拯救非洲挨饿的人!拯救遭受枪击和酷刑的巴勒斯坦人!还有,拯救伟大的精神遗产受到亵渎的以色列人!拯救那些不堪无情经济法律的负债人!请他们注意,他们对人类所负的责任应该受或许已被时代超越的科学定理的约束。

先生们,对不起……我觉得我略略干扰了你们心境的安宁。但是,对于一个来自第三世界的人,你们还能期待什么呢?难道不是容器里装有什么就渗出什么吗?

此外,除了你们这片由服务于科学、文学和崇高的人类价值观念的伟大奠基人培育起来的文明绿洲,还有什么地方能让人类的痛苦呻吟听到反响呢?如同他曾把财富奉献给福利事业,希望得到宽恕一样,我们——这些第三世界的儿女——要求那些精明能干的人,那些文明人士,都以他为楷模,学习他的高尚行为和远见卓识。

先生们,尽管我们周围发生了所有这一切,我将一直持乐观态度直到最终。我不会像康德那样说善良只会在另一个世界获胜。善良每日都在获得胜利。罪恶甚至比我们想象的要脆弱得多。在我们的面前有不容辩驳的证据:若不是胜利总是在善良一边,人类就不可能面对野兽、昆虫、自然灾害、瘟疫、走投无路的恐惧和自私;我说,若不是胜利总在善良一边,人类就不可能不断繁衍生息,没有能力组成国家,不可能有所发现,有所创造发明,征服外层空间,宣布人权。事情的结果是,罪恶是个胡搅蛮缠、大声喧哗的坏蛋,而人类往往记得受苦而不太记得欢乐。我们的伟大诗人艾布·阿拉·麦阿里十分确切地写道:

临终时的痛苦,
　　超过出生时的欢乐数倍。

先生们,我再次表示感谢并请你们原谅。

郁　葱译

断　想

穆斯塔法·艾敏

穆斯塔法·艾敏（1914—1997），埃及著名报人和作家。毕业于美国乔治敦大学政治学院，获硕士学位。20世纪30年代步入报界。1974年与胞弟阿里·艾敏创办《今日消息报》。其文笔犀利，得罪当权者，于1965—1974年入狱，写有大量政论、书简及六部小说。有埃及新闻界"精神之父"的美称。小说《初恋岁月》已译成中文。《断想》译自《埃及现代文学种种》（1979）。

每当黑暗变得深沉时，我就点燃蜡烛。这在黑暗中为我照亮道路的烛光，就是我的信仰。

我不知道倘若没有这一信仰，我的生活会是个什么样子。当我变得软弱时，它使我坚强；当我心灰意懒时，它让我振作；当我逡巡后退时，它推我向前。

日月在我的生命中流逝，我寻找过襄助者，但没有找到。我寻找过友人，但他未听到我的声音。我试图打开自己心灵的门扉时，发现了他。

安拉在我们每个人的心中，重要的是你要去寻找他。你总会找到他。你将看到，他是我们困难时的慰藉，失望时的希望，黑暗中的光明。当生活的噩梦包围我们时，他是一个美丽的梦！

我不记得自己走哪一条路而不摔跤，或实行哪一项计划而不面对令人揪心的困难。我刚一成功，就面对一个失败。在每日的初晨，我发现自己的信仰正给我指明道路，引我踏上获救之途。它常常教我忍耐，于是我忍耐着；教我坚强，于是我承受着；教我坚持，于是我坚持着。我不记得这一信仰在哪一天曾使我失望过。当我面前的灾难变得严重时，我心中的这一信仰也变得更为强大。

我认为，我的信仰就是我的支柱。靠着它，我能支撑住全部自己。我立得正，不倒下。假如我摔倒了，我会努力重新站起来。在种种打击面前，我顽强不屈，我会跨过各种障碍。我感到，在软弱时我是坚强的，在我无能时我是能行的，在渺小时我是强大的。当你看到暴虐者像个庞然大物时，不要在他面前显得渺小自卑。

到你的内心深处去寻找安拉吧！你将发现他比任何巨人都要高大，比任何暴虐者都要强有力量。

你应懂得，你的信仰正是你的盾牌，岁月之箭会射向你，却不会射中你；时光的匕首会刺向你的脊梁，却绝不会刺着你。

安拉与你同在！

去寻找他吧——到你的内心深处！

伊　宏译

埃及的民族性

拉沙德·鲁什迪

拉沙德·鲁什迪（1915——　），埃及作家、剧作家、学者。曾就读于开罗大学、牛津大学，获里兹大学英国文学博士学位。执教于开罗大学，历任戏剧学院院长、《戏剧》杂志主编、《新》杂志主编。作品有文学论著《论批评与文学》《美诗研究》《何为文学》《亚里士多德至今的戏剧理论》(1968)，剧作《蝴蝶》《爱的游戏》《皮影》《啊，我的家乡》《黑暗之光》《审判农民艾哈迈德大叔》等。另有英文著作及译著多种。《埃及的民族性》译自《埃及现代文学种种》(1979)。

"人不知道也不可能知道未来"——这种说法是不正确的。当你对你的某位朋友的个性及其所作所为已有所了解时，那你就可以知道——并非大约，而是肯定知道，这位朋友在明天、后天，或任何别的什么时候，面临某个问题或被生活置于某种状况时，他会如何行事。

不同的人，在面对同一个问题时，行为举止是不一样的，因为每个人都按自己的个性去行事。

埃及人民的个性是清晰鲜明的。这不仅因为她是最古老的民族，而且因为在其漫长的历史——实际上是全人类的历史——进程中，她曾面临任何其他一个民族都未曾遇到过的艰难困苦和考验。尽管如此，在每一个困难和每一次考验面前，她总是走在自她给人类文化以实际形态以来就一直走的那条路上。

这里并非分析埃及民族性的恰当场合，因为埃及民族性是一个需要详加研究的问题。不过在这一点上人们是没有分歧的：这个民族，比任何一个民族都能更多地给予。

当欧洲和其他任何地方的人还在以蛹为食、以穴为居时，埃及人已在从事艺术，揭示科学规律，为文明奠基了。在此之后，人类在这一文明的基础上建立起他们生命的大厦。

埃及人民就这样用给予开始了他们的生活历程。但这并不是一切，埃及人的天性还表现在并不是为了索取而给予。即使处在生命的最黑暗的日子里，即使统治者从他们身上夺去一切时，甚至夺去他们的自由时，埃及人仍然在给予，仍然在修建科学的殿堂，仍然在创造艺术，仍然在黑暗中传播光明。

这就是埃及人比任何其他民族更重视的事情：科学之光和美之光，精神意义而非物质意义上的丰富。他们不像重视精神和精神组成的事物那样重视行为和行为所组成的事物。

不爱物质，不愿因给予而索取，这就是埃及人——即使在他们最丰裕的生命时光——也没有让任何一个人把他们说成是商人民族的原因。拿破仑曾把英国人称作"商民"，腓尼基人和犹太人为人们所共知，埃及人则不同。他们是为给予而给予，其根本原因在于他们对创造文明和使人类在大地上的生活具有意义的价值，以及对善与美的价值的真诚信念。

由此，存在着一种为埃及人所独具的全面性观点，以及胸怀坦荡、无比宽容的情愫。

由此，又存在着埃及人对一切可能与人类文明纯粹价值相抵触的事物的疏远、嘲讽与拒绝。这种拒绝也许不采取某种积极的方式，即某种明确的、可界定的行为方式，但这并不意味着埃及人——像人们常说的那样——是消极的、意志委顿的人。

殷鉴教训并不是以人的行为去衡量的，而是以更深刻更准确的东西，即人的本身，他的感情和意志来衡量的。

尽管埃及人曾面对一切强制力量，但是没有哪一种力量能够强使他出卖自己或令他意志麻痹。他可能常常沉默不语，但这沉默并不意味着接受。持这种认识的人是错了。谁了解埃及人，谁就知道，他往往可能执行某位统治者的命令，从而给这个统治者以其所需要的东西：他的粮食，他的土地。但是，他绝不会把自己的心给别人。虽然统治者企图强化他的存在，但埃及人排斥这一存在，就像身体排斥一切异物一样。因为埃及人像任何一个活的有机体一样，是从其自身，从其所依赖的和建立其上的文明的价值，获得其本质的。他是从其悟性中获取这些价值的，但他是生命体，因此懂得，一切同善与美的价值相违背的东西都是与生命相违背的，因此必然会消逝泯灭，不管它会存在多久。它不过是一个带着鼓和笛，带着喧闹与辉煌的队伍，说到底只会是那些过去了、消逝了的许多队伍中的一支。它没有触摸到埃及个性的本质，因为这一个性的本质源于生命本身。

埃及人已经学得这样的知识：撒哈拉沙漠的黄沙尽管很多，但只要他不舍昼夜地防范、守护，黄沙就不可能把尼罗河掩住。埃及人自目睹时间诞生以来，就用他的辛劳，用他的汗水，保护着尼罗河，保护着那片丰腴富饶。埃及人以其发自内心深处的对生命的全部信仰，抵抗着干旱荒芜，因此他决不相信恶能战胜善。

由此，产生了埃及人所独具的第三个特征，即他不懂得也不承认失败。这并不仅仅是一种说法或一句流行口号，而是历史本身所证明和所肯定的一个事实。

比利时著名作家莫里斯·梅特林克在20世纪曾访问过埃及，他曾写过一本小书，其看法是：古埃及人更多的是庆祝死而不是生，因为他的生命——如作者所说——全都是为他的死而做的准备。为此，他建起了金字塔，创造了制作木乃伊的方法，找到了化学的秘密，制作出浮雕和塑像，吟唱出赞歌圣曲。

　　我有生以来还没见到过哪一种对埃及文明的看法会比这位比利时作家的看法更羸弱、更肤浅的。埃及人重视艺术与科学并不是为了死，而是为了生——埃及人拒绝承认任何可能战胜他的事物，即使这事物是死亡本身也罢！

　　他有他之所思，因此他实现了永恒。

伊　宏译

斋月打更人

努尔曼·阿述尔

努尔曼·阿述尔(1918—1987),埃及戏剧家,生于手艺人之家。1940年毕业于开罗大学英语系。在穆罕默德·曼杜尔和英语教授的指引下步入戏剧天地,并深受其导师社会主义思想的影响。一生写作近二十部剧作,打破了有产者垄断戏剧的局面,让普通劳动者登上舞台。代表作《底层人》(1956)上演成功,获国家奖。其作品揭露了埃及社会变革中的阶级关系,奠定了埃及新戏剧的基础,把埃及观众从外国戏剧吸引到本国戏剧中来。另有戏剧论著多种。《斋月打更人》《书的价值》译自散文集《故事与形象》(1987)。

不知为什么,斋月总令我回忆起童年,想起那些没有广播、电视、戏剧的幸福夜晚。我生长在乡间,不知道乡下斋月里除了马戏还能有什么其他的娱乐。童年的斋月总在冬季。记得有几个晚上,我倚窗远望打更人从街那头走来。更夫走街串巷,有节奏地敲着鼓,用奇特的鼓点儿唤醒我们吃封斋饭。他是斋月留在我脑海里最美好的形象。

岁月无情，一晃许多年过去了。那时，我们还是孩子，最怕听到打更人的鼓声，使劲儿把头缩进被子里，不情愿早早起床。他渐渐走远了，喊声和鼓声也随之消失，我们开始吃封斋饭。儿时斋月打更人的形象至今记忆犹新。他是位身材高大的老人，夜间穿行在街巷，像是魔鬼的身影，又像哈姆·雷特的父王的鬼魂。他身着宽大的衣袍，头上缠着棕色的包头巾，厚厚的缠头下面，露出一张带有浓密蓬松白胡须的脸，那样子又有些像诺维尔神父。

吃过斋饭，我们在衣袍外面套上外套，妈妈执意给我们包上头以避风寒，然后，同大人一起去清真寺做晨礼，回家后，接着睡到下午上学的时分。更夫的喊声还在耳边萦绕时，我们已奔向学校，加入到小学生队列，玩起游戏。放学后，我们直奔集市广场，我们小孩管那儿叫星期四集市。每周四开市一次，其余时间广场空荡荡的，是孩子踢球的好地方。一个广场容纳四个球队，一队占据一个角落。玩起来谁也觉不出饥和渴。因为是冬天，偶尔我们也会在毛毛细雨中踢球。深深浅浅的土坑儿变成大大小小的水洼，那也挡不住我们玩。敲了早饭鼓后，我们才跑回家。清真寺的宣礼员已结束宣礼，大街上空无一人。

饭后又是玩乐的时间。有三位诵经人来我家诵读《古兰经》，我们和其他客人一起围坐在他们身旁，一边毕恭毕敬地听经，一边品尝肉桂茶。肉桂茶是斋月里唯一的也是最好的饮品。

马戏团把帐篷支在铁路后边的贮水池旁。音乐响起，能一直传进我们的耳鼓。马戏有时很好看，演员非常勇敢，技艺娴熟，驯虎驯象十分成功。偶尔，马戏也会不精彩，让人扫兴。我们穿着厚厚的御寒衣服，在那里待上几个小时，非常过瘾。半夜时分才跑回家，钻进温暖的被窝里。

儿时的生活经过风霜岁月，依然留在记忆之中，至今仍能感受到那份兴奋和欢乐。孩子的生活无忧无愁。

窗外更夫的呼喊将我从回忆中惊醒。我情不自禁地与他一起喊了起来。"睡着的人，醒醒，时辰到了！"更夫朝我笑了笑，笑得那样惬意坦然。他正值中年，胡子刮得干干净净，穿着一件普通的袍子。他不知疲倦地一步步走向街区的尽头，完成他斋月的使命。这个人，过去我很怕他。可是，他顺从安拉，自愿为众人服务，一夜踏遍大街小巷，走过每栋房屋。在这个为了小小的不值一提的服务便伸手要钱的年代，他不要任何人的回报和感谢。

李　琛译

书的价值

努尔曼·阿述尔

那位好人坐在杂货铺门前。他不俗的谈吐不时传到我的耳边。他不认识我,我也不认识他。可是,他却让老板把铺子里最好的东西拿给我,并且非常自信地对我说:你们为我们提供思想和精神的食粮,不比我们为你的肚子提供的东西少。然后,他便和我谈起作家的任务和使命。听过之后,我感到一阵阵晕眩,半夜回家时,脑袋像是要裂开似的。为此,我失眠了,在床上辗转反侧直至黎明,早晨起床后,便记下了这次谈话。

他认为写作是很了不起的职业。作家的任务非常艰巨,责任也非常重大。为什么?因为,作家在他眼里,接近于引导群众走向真理,朝向善良,指导他们追求真诚和公正的先知。

如此,作家就不单纯是一个耍笔杆子的人,而是价值的创造者、心灵的引导者、希望的实践家,所以他怀着崇敬的心情看待作家。在他那些形容词面前,作为从事这一行当的我感到无比惶恐。

也许,这位先生有些夸大其词。他的言谈流露出演讲者的激情。然而……难道这不正是我们的职业?难道,这不是我们对他、对其他人的责任?我搜肠刮肚,翻阅书本,目光落到了荷兰老剧作家辛·奥基兹的几句话上:

所有的价值观念发生混乱，所有的事都颠倒的时代，我们把作家或作家把自己，都应该放在一个正确的位置上。他不是先知，也不是圣人，或是什么类似的角色。作家是早晨送牛奶的小贩，挨家挨户送面包的工人。他是一个文字搬运工。这些文字在大众眼里，无论他们感觉得到还是感觉不到，都是每日为着午餐的补全。只有一个区别，不论价值观念多么混乱，那区别都是实质性的。作家像把犁头，播种价值和理想，他的头总是高高昂起，他的双脚深深踩进泥土之中。

李　琛译

童年的回忆

阿卜杜·麦吉德·本·加伦

阿卜杜·麦吉德·本·加伦（1918—1981），摩洛哥作家。生于卡萨布兰卡，毕业于开罗大学文学院，曾在摩洛哥外交部供职。著有《这就是摩洛哥》以及著名的短篇小说集《血谷》等。《童年的回忆》选自《世界散文精华》。

返回曼彻斯特时，母亲、妹妹、佩特·诺斯一家还有另外一些人已在家门口等着了。我看到因为我们的归来，母亲和妹妹的脸上都显得分外欢畅。

见大家都已在客厅里落座，并和我父母谈起话来，心中便产生了一种难以抑制的愿望。于是，悄悄溜出屋子，向我那辆小自行车飞奔而去。

车，靠墙放着，前轮歪向墙面，车身上满是尘土，显得很伤心的样子，仿佛正向墙角倾诉着这些天来被人遗忘的不幸。我走过去，掸掉车上的尘土。我太想念它了，真想一把搂进怀里，就像生日那天得到它时一样。我觉得，它的愁绪终于渐渐消散。于是便一跃而上，箭似的向街上驶去。

我心中有一种十分奇怪的感觉，一进家门，这感觉便油然而生。看看街上，一切依旧。门，还是那些门；窗，还是那些窗；人行道、电线杆，还都在老地方。可这是就局部而言，从总体看，却似乎已变了模样。

我每次离开一个地方，再返回时，总会产生这种感觉。也许，所有人都会有这种感觉，必须要经过一段相当长的时间，一切才会恢复其本来面目。莫非，地方和人一样，也具有灵感心肠？或者，人的目光只有反复对某些事物凝望，才能辨识它的真相？

这问题的答案，这儿就不去追究了。

我正为此感到诧异，却听到了一声尖利的口哨。回头一看，见朋友里奇站在他家门口，正向我挥手召唤。于是，我放慢速度，拐了过去，在他身边下了车。

他说，你什么时候回来的？很久没见了。

才交谈几句，他就明白了，我这次出门，可算是一件大事。于是，他凑近我说，咱明儿一早在后街碰头，谈谈你这次旅行及所见所闻。

我满口答应，随后就分手了。

口哨声从后街传来时，我们正围坐在餐桌旁吃早点。

我脸红了。因为，用口哨进行联络，是一件父母所不赞赏的事。他们知道，这样召唤去干的事，有可能不招人喜欢。

我看看父亲，又看看母亲，觉得，他们似乎并未听到哨声。再一看妹妹，便见她眼中露出了会意的目光。因为，我事先跟她说过，我们要在后街碰头，以便跟小朋友们侃侃我的所见所闻。

我挪动身子，准备离座。可这时，又响起了一声口哨。父亲盯了我一眼，对哨声和我离座的关系起了疑心。为摆脱困境，我干脆一跃下地，飞也似的跑了出去。

走出门外，便见到了一大群小朋友。是里奇主动用口哨把他们召来的，就为听我讲述我所去的那个遥远国家的故事。

孩子们围着我坐下，嚷着，问着，用不无惊奇和羡慕的目光盯着我。

里奇问："你回去的那个国家叫什么名字？"

我答："摩洛哥。"

他道："别耽搁了，快跟我们说说摩洛哥吧！"

我说："摩洛哥是一个阳光明媚、风景秀丽的国家。不过，新鲜事儿多着呢……"

一说这话，孩子们便都目光闪亮，脖子支着的一颗颗小脑袋伸了过来，直直地盯着我。

快说说这些新鲜事儿吧！快说说这些新鲜事儿吧！

我想了一下，徒劳无益地寻找着开场白。终于，一个孩子救了我。他问，在这个叫摩洛哥的国家里，孩子们上学吗？

啊，学校！是的，孩子们都上学。不过，你们知道是什么样的学校吗？那只是一间暗暗的屋子，地上铺着干草那样的东西。孩子们全都席地而坐，老师则坐在前面一块高起的地方，手里拿着一根长长的棍子来督促学生。你们知道他督促学生干什么？是让他们大声叫嚷！哪个学生若不使劲儿，就该倒霉了……

"他们学嚷嚷？"

我不知道，准是嚷嚷吧！大一点儿的学生总是口口声声地说，他们小时候就学过这门学问，上过许多十分有价值、有影响的课呢！

这事儿就别管它了。就说吧，要是哪个学生犯规该受罚了，你们以为老师会让他伸出手心来打吗？才不呢！学校里，通常都会有一个壮实些的学生，只要老师向他递过去一个眼色，叫嚷声就会立即停止下来。

一眨眼，那个壮实的学生就扑到了犯规生的身边，轻巧地一下把他掀倒在地，抓起他的两只脚掌，向老师递去。老师在手心里吐一口唾沫，从放在身旁的木棍里选一根最结实、打得最痛的。然后举着棍儿，挽起右胳膊，像车夫似的先在空中熟练地一悠，以确定棍儿是否称手，然后，就开打了。不断地狠揍着，小可怜便大叫起来……

这时，一个小孩儿忍不住说，"啊，啊，这太可怕了！"

我接着说，是这话，一个奇怪的国家，什么都挺新鲜的。孩子、妇女、男人、吃饭、住房……什么都新鲜。

你们知道那儿是怎么吃的吗？人们吃住都在同一间屋里。坐，在大垫子上；睡，也在大垫子上。睡觉的时候，屋子就变成了卧室。

吃早饭、中饭、晚饭的时候，仆人端来一张带四条腿的小矮桌，放在地上，四周放好坐垫。然后，一个小女仆一手端着个铜盆，一手提着把水壶，挨个儿地让入席的人洗手。咱们是跑水管那儿洗去的，他们是把水管拉到身边来洗的。人们围着桌子，在坐垫上坐好。桌上，只放有一个大盘子，盘子四周摆满面饼。然后，大家就用手在那个盘子里抓着吃起来……

一个孩子说，这会儿我可知道那是个什么国家了。我知道了，因为在电影里看见过。这是一个黑种人的国家。

我说，你是说黑人住的国家？不，这国家里的老百姓，虽说一切都不一样，但肤色是白的。跟咱们完全一样。咱们会干的，他们全会，只是方法有点儿新鲜罢了。

这下，孩子们开展起一场激烈的学术争论，对这个国家的看法发生了分歧。他们的知识都是从电影里得来的，所以众说纷纭。诸如吉卜赛人、印第安人、爱斯基摩人、黑人等，说什么的都有。谁都说自己在电影里看到过，谁都声称知道我跟他们提到的那个国家。

于是，我索性停下不讲了，只是望着他们，等他们争出个青红皂白来。回头一看，见妹妹正在一旁用那种我所讨厌的莫名其妙的眼神瞪着我。

可能是因为我对他们的争论有点儿厌烦了，孩子们一个个都盯着我，生怕我还没把看到的新鲜事儿都讲完便会离去。于是，我又坐了下来。

一个孩子说，讲讲打仗吧！他们是怎么打仗的？

我说，这个国家里没有战争，也没有格斗。我想，他们的老百姓是不厮打的。他们和睦相处，喜欢过平静、舒适的生活。这就足以说明，他们不是吉卜赛人，也不是爱斯基摩人、印第安人、黑种人……他们从不格斗，而是热爱欢乐、佳肴和一切华美的东西……

这时，传来一个拖得长长的喊声。

"里奇！里奇！"

这是他的母亲在呼唤。

里奇一下站了起来，说：

"我妈在叫我呢，我该走了。有件事儿她让我干来着，我给忘了……不过，你可别再讲了，我还想听呢！咱们明儿下午再碰头好吗？你们就说行吧，我也好走啊！"

一边飞快地说着，一边已越走越远。因此，我们也只能照办了。他非常热心呢！再说，这次聚会，就是他，而不是别的孩子召集的啊……

杨孝柏译

第十八天

阿迈德·阿卡歇

阿迈德·阿卡歇（1925—　），阿尔及利亚政治活动家。出生于一个农民家庭，家境贫苦。后当过脚夫、抄写员、小学教师。曾任阿尔及利亚共产党书记之一，《自由报》编辑。1960年被法国在阿尔及利亚的军事法庭判苦刑二十年。《第十八天》是阿卡歇的狱中随笔，选自《世界散文精华》（澳非卷）。

我们处在绝食斗争的第十八天，暗无天日的十八天，又艰苦又漫长。那些白天——尤其是那些黑夜——好像不会有个尽头。

开始的时候，胃疼得绞成一团，嘴巴发干，整个身体需要食物，嚷着痛苦，渴望活命。现在，抗议的阶段过去了。由于身体发软，最强壮的人也躺在草席上不能动弹。最虚弱的人已经被运进医院。每天傍晚救护车又将濒死的人载走。

青年伊本·阿迈德，患肺病，咯着血，走了。老头儿摩杭·布里基，阿克布的农民，阿尔及利亚民族解放军的中尉，走了。巴布—埃尔

——乌德的铸铅工让·法路加，维希时代①曾被流放到德梭的，也走了。

然而在监狱的百十来间牢房中，没有一个人泄气，没有一个人低头。在每间牢房里，单独禁闭的也罢，三人一组的也罢，难友们都忍受着饥饿，忍受着个别治疗的诱惑，忍受着难以消磨的时刻。墙，只有四堵墙在我们的周围，阴暗的天窗，又湿又闷的空气。饥饿，过度的饥饿，现实得令人难以相信，渗透到每一个概念，每一种思想里。虚弱……这永无止境的疲乏。要移动一下手都是那么困难。只觉得生命在一点一滴地消逝，宛如行将枯竭的源泉。

对于荣誉的信念，产生了奇迹。在法国的所有监狱里，无数个男男女女被同样的争取胜利的愿望联合在一起，一步步地进行着一场不寻常的战斗，一场手无寸铁的战斗。为了维护尊严，哪怕在铁窗里面，也要争取作为人的权利，争取学习的权利，争取生活的权利。

"但是他们什么都不缺少呀。"希诺②说。

他们什么都不缺少。既不缺少国家保安队逞凶作恶时挥舞的棍棒，也不缺少侮辱性的搜身，更不缺少吃不饱的伙食。

对于所有的阿尔及利亚难友来说，对于他们的被拘禁的五位部长③来说，这场斗争是一个政治行动，是对于反殖民主义的总的行动的一个贡献。从世界各地，从社会主义各国，从阿拉伯各国，从亚洲和欧洲的各个城市，升腾起一片强有力的抗议的浪潮，开展了一个在这个领域里史无前例的声援的运动。

我们处在第十八天。新的一夜又降临到监狱里。报告新闻的时刻到了。我们不清楚等待什么。但是和每天傍晚一样，在相同的时刻，一只苍白无力的手扭开了无线电。

这当儿意想不到的事情发生了。起先是一片模糊的喧哗、嘈杂的声

---

① 指第二次世界大战期间投靠希特勒的法国伪政权的时代。
② 希诺，法国卫生部长。
③ 即阿尔及利亚共和国临时政府副总理本·贝拉，国务部长艾哈迈德、布迪亚夫、赫德尔和拉什雷夫，他们是在1956年10月从摩洛哥乘飞机前往突尼斯途中被法国绑架的。

音。接着迸发出一阵声势浩大的齐喊,无数个声音一字一顿地呼出了清晰的口号:"给——阿——尔——及——利——亚——以——和——平!给——阿——尔——及——利——亚——以——和——平!"

用着同样的动作,每间牢房里的所有身体坐了起来,所有的耳朵竖了起来。令人惊异的和令人焦急的等待。谁能够在官方的无线电里宣称"给阿尔及利亚以和平呢"?难道不是戴高乐玩弄的新的欺诈吗?这究竟是怎么回事?

然而群众的声音越呼越高。于是,清清楚楚地,我们听见了下面的口号:"释——放——本——贝——拉!释——放——阿——尔——及——利——亚——人!……"现在不可能再怀疑了。这的确是次游行。所有这些声音都是为了我们呐喊。为了援助我们!

令人难忘的时刻!这时多少人钻出了被窝,挣扎着站起身子凑近播音器!请想一想这些阴暗的牢房,这些生锈的铁窗;就在灰色的和肮脏的围墙里面,巴黎人民的友爱的呼声波浪似的此起彼伏。因为正是人民,正是巴黎的青年在这样示威游行。

知道自己并不孤独,在最艰难的时刻,亲耳听见朋友们的呼声,心情是多么激动啊!能有什么比两个民族之间的团结更加美丽的场面呢?对于许多直接从阿尔及利亚递解来的人,对于从来只是通过殖民军官、警察或士兵认识法国的人,这是一个发现,一个动人心魄的发现。刹那间,法国劳动人民的形象历历可见地呈现出来。

播音器更换了呼声。我们听见散乱的口号:"青年……游行……左派……绝食……"随后是一阵愤怒的喧哗,好似群众的退却。我们明白国家保安队来"维持秩序"了。在播音中断前最后一次,少女们的声音好像挑战似的大声高呼:"释——放——本——贝——拉!"听见这些又清脆又温柔的声音,生来就是为了歌唱和欢笑的声音,拼读着这个阿尔及利亚名字的艰难的音节,是多么令人感动啊!

法国少女们,十一月十八日傍晚参加游行的不相识的姐妹们,国家保安队打在你们身上的棍棒,在我们的心中激起了痛苦的回声。可是那天傍晚在你们身边有无数个弟兄,他们虽然不认识你们,却爱着你们。而他们对于我们共同斗争的胜利前途有了更加坚定的信心。

志　平译

一颗枣核支撑大坛

艾尼斯·曼苏尔

艾尼斯·曼苏尔(1925—),埃及《金字塔报》专栏作家,《十月》杂志主编。著作颇丰。文学创作以散文、游记成就最高,曾两次获国家奖(1963、1988),及印度议会颁发的著述和创作奖(1983)。《一颗枣核支撑大坛》译自《埃及现代文学种种》(1979),《巧克力——骆驼眼》选自《世界散文精华》(澳非卷)。

小老鼠可以给狮子带来麻烦。

你鞋上的一颗小钉会搅得你心神不宁。你如果心神不宁,就可能要发怒。你如果发怒,就很难对自己和他人公正。人总会感到有像鞋上小钉那样的东西存在于你的衣服上、房间里,或工作中。因此,你总是在与这样的人们打交道,他们不时为一些小的东西,当然也有大的东西搅扰着、刺痛着。

也许,小的东西对人的刺痛更甚。

我们面临的问题是,怎么发现这些小东西?

人，由于心神的不宁，往往不去注视小的东西，而总是去寻找大的东西。这就更增加了他的烦恼。

也许，拿破仑的妻子是最聪明的女人，因为她发现她与丈夫不谐的原因是极微不足道的。她注意到，每次她向丈夫提出要求时，丈夫总是立即加以拒绝。她开始怀疑她的丈夫，疑心他有了别的女人。最后她终于找到了那影响夫妻和美的小事情。她发现，每次她跟他谈话时，他是站着的，而她则坐着。于是她改变方式。当他坐着时，她再跟他交谈。此时的他处于平和安详之中，便不拒绝她提出的任何要求。

处理的办法很简单，因为这是一桩极微小的事情。

当亚历山大大帝宫廷中的人挑衅性地提出让他乘骑一匹桀骜不驯的牡马时，他发现了一件极小的事。他观察到这匹马害怕自己的影子。所有骑这匹马的人都驾驭着它朝着太阳的反方向奔驰。太阳在它前面投下了影子，它异常害怕……亚历山大大帝骑着它朝着太阳跑，影子在前面消失。阳光照射着马的眼睛，使它感到疲劳，它就变得格外听话。

谚语云："一颗枣核支撑大坛。"意思是小的东西可以支撑大的东西。它还有一层意思，就是当你把这小的东西从大坛下面抽掉时，大坛便会倾倒。

这就是说，有时小的东西会把我们引向大的灾难。

郅溥浩译

巧克力——骆驼眼

艾尼斯·曼苏尔

　　一位朋友邀我参加一个婚礼，我谢绝了。因为一般说来，我对婚礼上的喧闹总感到不适。每次参加鼓乐喧天的喜庆活动，我的心都是皱得紧巴巴的。我真有点儿害怕。我查遍各种书籍和资料，终于找到了害怕的原因。古时候，结婚是通过抢人的办法实现的。其时，鼓声咚咚，战斗开始，人会流血。后来，这一习俗演化成新郎和新娘的亲人之间的表演活动。新郎表演抬新娘，鼓敲得山响，想象中的战斗开始进行，颇似惊险电影中的战斗场面。这些原始的风俗，最后只遗留下喜庆时节敲鼓这一项。我谢绝了我的朋友，但他仍执意相邀，要我出席。因为新娘的亲友都想把我这个古董弄来，在新郎面前露露脸。没办法，我去了。不过提出一个条件：只待十分钟。十分钟的时间到了，我对朋友说："起来，走吧！"我的心有点儿紧巴巴的了。朋友轻声对我说："等一会儿，舞女还没来呢！看一会儿跳舞再走吧！"我的心更不好受了。我对他说："你疯了？一个像我这样的人，看什么舞女表演！"

　　朋友笑了，直笑得从椅子上跌下来。我把他扶起，让他重新在椅子上坐好。我问他为什么笑。他回答道："你所轻视的这个舞女，一天赚的钱，比你一年赚的钱还要多呢！你知道她是谁吗？她是'巧克力——骆驼眼'！"① 在你轻贱她之前，你还是看看她一夜的收入吧！她一夜在纳耶特俱乐部就能赚五百埃镑。每晚还有三场婚礼，每场能赚二百埃镑。以上合起来就是一千一百埃镑！再算算，她每夜还会收到赠礼四百埃镑。这样她一共就收入一千五百埃镑。尊敬的先生，想想看，一个晚上！"

我惊讶不已，兴趣大增，便坐下准备欣赏舞女的表演。这时，一位令人尊敬的先生手持麦克风出现了。他带着浑厚而又让人激动的语调宣布："现在，请东方舞②世界明星，震撼心灵的阿拉伯神话，世界级舞星——'巧克力——骆驼眼'出场！"

乐声响起，腰肢扭动，"巧克力——骆驼眼"翩翩起舞。我本打算对她腰肢扭动的次数做一番统计，但当时脑子里却正忙于做另一番统计：如果说她每天赚一千五百埃镑，那么她每个月就要赚四万五千埃镑，而一年就是五十四万埃镑，十年则是五百四十万埃镑。假如我们建一所东方舞学院，每年毕业十个舞女，那她们一年的收入就可达五百四十万埃镑。这笔款项可以填补贸易赤字，可以为发展做出贡献，可以建起一座高坝③的辅助坝。照此下去，十年工夫我们就可以还清债务了。非但如此，而且可以开始向美国、德国、科威特、沙特阿拉伯等所有富国放债了！看来，全部希望都寄托在世界级舞星"巧克力——骆驼眼"是否同意在这所决定建立的学院任教之上！

伊　宏译

---

① "骆驼眼"是喻指东方舞女裸露的肚脐眼。
② 埃及流行的一种以扭动腰肢肚皮为主的民间舞，多在娱乐场所和喜庆典礼上演出。过去演出时女演员多为半裸，20世纪80年代中期开始穿着较薄的胸衣。
③ 即世界著名的尼罗河上游的阿斯旺水坝。

致诗人谢瓦夫

巴德尔·沙基尔·赛亚卜

  巴德尔·沙基尔·赛亚卜（1926—1964），伊拉克诗人，阿拉伯新诗运动的先驱者之一。20世纪50年代初毕业于巴格达高等师范学院英语系。从事教师职业多年，后改行当翻译、编辑。1947年写的《那是爱情吗？》一诗成为新诗运动起始的标志。一生写作十部诗集。1971年出版《赛亚卜全集》。代表作为《雨水之歌》(1954)。《致诗人谢瓦夫》译自《赛亚卜书信集》(1975)。

亲爱的兄弟哈立德[①]：

  在一个漆黑愁闷的夜晚，梦，在我潮湿的眼帘上展开双翅，给人留下一个褐色的形象，展示着我的心潮，我的愁绪：

  一团透明的薄雾。在这雾里，乡村的坟茔似借着受伤的翼在起舞，思念将这薄雾挟带到山后的一个所在……后来，这舞蹈归于凄婉的静寂，忧郁的拂晓将它拥入怀抱。就在这里，透过惺忪的睡眼，我看见有一座

[①] 哈立德·谢瓦夫（1924— ），伊拉克诗人、剧作家。

孤零而怪异的坟，我自己躺卧其中，在石砾泥土之下，在混沌幽冥之间，周围是不掺有杂色的漆黑……泥土的重压几乎令我窒息，然而，我还是从我身处的黑堡里，探望着这个世界：早春已临，我见到树叶在慢慢地、慢慢地生长，蓓蕾在慵懒地打着哈欠，绽开了白色的和数不胜数的各色的花儿。我在这冰冷的墓穴深处大喊起来：主啊，在这繁茂的春天里，我竟要困在这坟墓里吗?

在我这么时断时续做遐想的时候，我在思索死亡，期盼死亡，我的思绪因愤恨的激情之焰而黯然。但你若是以为，我就生活在这样的思虑之中，那就错了；我是生活在情感之中，我是从情感混浊的源头里，或从它澄碧的清流里，舀满我的杯盏的。

当情感将它纷乱的、混战的、交错的、散逸的、缠绕的、疏落的、疯狂的影子，将狂暴的飓风、骚动的夜晚，将死与生，将在魔鬼的符咒之上起舞的影子，展现给诗人的思想时，诗人是不该用贫乏的词句加以界定，用支离破碎的文辞加以描述的。

在以前的诗歌里，我常常被朦胧支配着；我现在明白了，这朦胧，乃是情感之手在癫狂的时刻打好的神奇之结，这结扣一旦解开，那符箓便失却了其中神妙的韵味了。

在这些日子里，我正经历着一种愉悦的体验，或者说，我陷入了新的爱之中。这是一种全新的爱，是我从未体验过的……到这儿我搁下了笔，因为我设想你的脑海里出现了波德莱尔的诗句。不，这是全不相干的!

这是纯粹而悠久的乡村之爱，它低落时也不与泥尘为伍，高翔时也不御云霄之上。这奇妙的爱，洋溢着乡村的气息；那里的自然、服饰、风俗，那幽会的场所、恋人的私情，那一次次爱的欣喜和那预料中的结局——偶像的婚配，或是恋情的败露，鸟儿被囚于笼中……这一切，都让我愿为这迷人的爱情花上许多时间。

啊，但愿我能结束一切杂务! 那我就要做一首诗表现这爱情，让城里人恨不得全身心地沉浸在这乡村之恋中。相邻的两块牧场……一位青年，一位少女，加上一个女孩或男孩，这便是故事的舞台，他们便是其中的人物……或许增加几个角色：多一二个窈窕淑女；还有一朵鲜花，有两片芬芳的绿叶相衬，周围又有花萼环列……

那位诗王①的回眸、微笑、问候，怎能和这乡村里的亚当、夏娃的故事媲美？

还有那些华美的辞章，充斥其中的隐喻、象征……(就在此刻，我面前拂过了一阵田野的芳香……)我的思路乱了，无法把话写完了。

白昼消逝了，夜晚过去了，早晨来临了，黄昏再度将它瑰丽的、熄去了正午时的烈焰的夕阳，投射到我的信笺上。

写到这里，我要暂停关于乡村之恋的描述，在另信中一定再做详谈。

我现在汗流浃背，空气像要蒸发一样，这狠心的夏日，在清晨刚至时携来了露珠，而在离去的时候，似乎要我们以汗珠补偿给它。

有几件琐事本想在信末再提，可我怕这热魔让我遗忘：请寄来诗人阿里·马哈茂德·塔哈的地址；另外，我弄丢了我的诗作《爱在死去》的最后一节，也有劳你给我寄来。

现在，我要顺便说起我们的朋友穆罕默德·阿里·伊斯梅尔。很久以前他来村子里看过我，我们在葡萄藤下度过了美妙的一天，我们听一位乡里的民间诗人谈天说地，他对农村社会做了真实的、生动的描述。我们津津乐道地谈起了你，谈起了巴格达；谈起你怎么拧着他的耳朵惩罚他，因为他用"臃大"来描写妇女丰满的乳房……其实他该受更厉害的惩罚，可是你对他宽容了，是出于同情还是害怕（怕他向你念上几句致命的符咒）？

愿你近期能提供一些希克马特的消息，谈谈他对那封信和那两首诗的看法；还有阿齐兹，你能见到他吗？他去埃及还是去北方了？还有谢姆苏，他是否又提起某女、某女、某女了？你没见到她们吗？没听到她们的片言只语吗？也许我歪曲了事实，将她们的人数减到了三位，我不怀疑人数已经增加了。（我不知这些话会给你留下什么印象，但你可以为此惩罚

---

① 指埃及诗人艾哈迈德·邵基（1868—1932），阿拉伯新古典诗歌的代表人物。

我,下次经过汉沙街时可以不再一顾!）让我们嘲弄生活吧(尤其是爱情)，既然它嘲弄了我们……

真想继续往下写，然而，让安拉诅咒这夏天（如果他也在巴士拉的话）！向所有人问好，愿近期在信中再晤。

你的兄弟：巴德尔·赛亚卜

薛庆国译

我的埃及亚历山大

爱德华·海拉特

爱德华·海拉特(1926——　),埃及小说家、文学评论家。20世纪40年代开始创作小说,是埃及超现实主义小说的代表人物。他的作品不论表面上离生活远还是近,都是写生活中的忧虑烦恼。他注重语言的运用,将其视为感觉和世界观,因而其语言生动凝练、含蓄、富于乐感。主要作品有短篇集《高墙》(1959)、长篇小说《拉玛与龙》(1979)、《火车站》《另一种时间》(1985)、《沙漠的肋骨》《那土地是黄色的》(1987)、《天石》,以及文学论著《七十年代的短篇小说》《埃及的现代派诗歌》《现实主义超现实主义》。此外还有外国文学名著翻译多种。《我的埃及亚历山大》译自1994年4月24日的《文学消息报》。

无论是从哲学、科学还是从文学角度,也无论是在古希腊还是拜占庭时期,亚历山大,以及它所代表的文化,它所滋养的文学,都不仅仅是光辉的希腊文化的继承者,而且还是别的悠久的精神宝藏的继承者,是古老的法老时期文化的继承者。而今天,这座城市,还有它的文化,又和伊斯兰、阿拉伯文化产生了密不可分的联系……同时，它又和当代的历史、当代的文化文学产生了密不可分的联系。

亚历山大古今的诗人和作家，用古希腊语和现代希腊语写作，用法语和意大利语写作，而更用阿拉伯语写作。他们全都功不可没，他们使这座城市成为一个象征，一座精神灯塔，一种希望的代表。

我和亚历山大的关系颇为特殊，亚历山大之于我，曾经是，至今仍然是，一个梦幻中的地方，虽然它是那么现实地存在着。

它不仅仅是一块美丽的地理区域，不仅仅是日常生活中在工作、在劳累、在爱、在死亡的人们交会、碰撞的场所，也不仅仅是古今历史文明与文化的沉积地，它乃是这一切，但它又是一种精神状态，是一场为掌握内在真理而做的冒险，是对空蒙的绝对所做的形而上学的对抗，是对在宁静或咆哮的海面、向着微茫无涯的天际延伸的死神所做的对抗。

我还不知道别的哪一位阿拉伯作家，也像我一样如此迷恋这个地方，迷恋这梦幻和现实。

它犹如一个孤单的、却又永远滔滔不绝的女子。

无论是纳吉布·马哈福兹淋漓的笔端描绘的杰马利亚区的胡同和街巷，还是擅写农村的阿卜杜·拉赫曼·舍尔卡维等作家笔下的乡村，这城市或农田最终都只是故事情节发生的客体和舞台。

而对于我，在某种意义上，亚历山大本身就是故事，就是原动力，而并非行动的材料和空间。

大多数亚历山大的小说家都把叙述故事的场所放在亚历山大，这不错，但大街小巷和地段的名字，往往只不过是外在的装饰，用另一城市的别的地名来代替，故事内容也不会有太多的损失。

他们笔下的空间，并不代表一种特别的精神、风味，并不兼具现实性与神话性，或许他们叙述故事的根本目的不在于此，或许他们基本的着眼点，并非是一个活生生的、富于想象力的亚历山大，而是追踪事件的发展与人物的故事。这一切都无可厚非。在我看来，这里的关键在于创作故事的目的，在有意无意中激发出你创作的灵感。

我或许应该将穆罕默德·哈菲兹·拉杰布作为一个例外。他的作品存在于空间里,他的空间——突出的是亚历山大——又存在于他的作品里:他的头大到似乎装一个拉牧勒火车站也仍有余,有名的本雅明饭店的侍者,似埋在胡同灰色的泥土里。亚历山大,这一空间,以它的道路、间巷、街区令他着迷。然而他的空间又和内在的破裂与扭曲相联系,与运动和变换相联系。在他的笔下,列车总在不停地来去运行,复活的日子近在咫尺,通往永恒的道路就自站台通过。穆罕默德笔下的人物多为亚历山大的希腊人:读着希腊文报纸的男孩名叫阿斯提罗,他是范杰里的儿子,另一个希腊瘸子买了三盒锡纸包卷烟,还有一个希腊乞丐在吸啜着茶……同时还有一些人物,谁都不会搞错他们就是亚历山大人。我们看到,在穆罕默德·哈菲兹的笔下,事物、空间都转化成了生灵,而生灵又转化成了空间,他的作品也因此具有了一种内在的和谐与均衡,而不显得支离破碎。

在此,我只想列举一下那些描写了亚历山大、将它体现在小说中的作家的姓名:易卜拉欣·阿卜杜·麦吉德、穆斯塔法·纳赛尔、拉杰布·赛尔德·赛义德、赛德·萨利姆、穆罕默德·萨维、穆罕默德·伊沃德·阿卜杜·阿勒等,我或许记错了个别人名,但我的感觉确实因为他们而丰富了。

而凯法菲的亚历山大则是多层面、多角度的:洋溢着隐蔽的被压抑情欲的破旧小街,有着诗情画意又具殖民色彩的古希腊的荣耀,永远失却了的神话般的城市,这一切,在凯法菲的作品中有时零散地,而更多是交织着、相互作用着出现。

1907年4月18日,时值44岁的凯法菲在备忘录中写道:"现在我已习惯了亚历山大,我如果有钱,很可能在这儿待下去。然而尽管如此,这地方引起我多少的焦虑!它犹如我的家乡一样,因为它与我一生的记忆联系着。"

"犹如我的家乡",真是一个奇怪的说法,其实他的家乡恰恰正是亚历山大。

他和这城市的关系是双重性的、复杂的,然而关系又在不断增进、上升。在1894年，他在一首诗的初稿中曾这样描写这城市：

> 我憎恨这里的人们，
> 他们也憎恨着我，
> 在我生活了半辈子的地方。

他和亚历山大的关系是既爱又恨的关系，这种关系也许来自于、并密切牵连着那种消失了的、短暂的、精心隐匿起的爱恋情结，以及这种情结带给他的在这座他称为"小小的城市"中的压力（我们不要忘了1917年的亚历山大人口为43万5千人，其中有7万外国人，包括3万希腊人和2万意大利人）。

我们可以发觉，凯法菲对亚历山大的感觉，和他对诗歌的感觉是密不可分的。在我想来，正是诗歌诱发了他内心潜在的并且蓄之已久的亚历山大情结，并把它活生生地表现了出来，其中迸发出的生命力，也许是悲伤和忧郁的，但却充满了生机。

他在1907年创作的《有一个夜晚》这首诗中曾经写道：

> 房间破旧又便宜，
> 缩在一家猥陋的酒馆上面，
> 从窗口你可以看到：
> 小巷肮脏而狭窄，
> 下面传来的喧闹，
> 是工人们在得意地玩着纸牌，
> 在这里，一张简陋的光床上，
> 我拥抱了爱的躯体，
> 尝试了那两片令人销魂的
> 鲜红的、多情的嘴唇，
> 两片嘴唇鲜红而令人销魂，

多年以后的今天，
当我在凄凉的屋里提笔，
我依然再度为这份痴情沉醉。

流露在凯法菲诗中的、体现在他的亚历山大情结中的，是一种炽热而深刻的失落感，只有在"凄凉的屋里"作诗才能聊以补偿。

这种感觉，这种对"那心灵仍在构筑的蓝白色大理石的城市的迷恋与失落感"，是否出现在一切以亚历山大为题材的作品中？

"在这些我度过了空虚日子的昏暗的屋子里"，他曾说过：诗人使生命得以再现，而不至于永久地消逝。

当灯光熄灭，
是我有意让它熄灭的——
我想象你重又回到我的房间。

或许，唯有通过诗歌，失落感才能得到补偿，过去才能"重又回到我的房间"。

或许，这还可以解释，凯法菲笔下的历史名城亚历山大，并不仅仅和那些空虚的日子联系着；亚历山大并不是一段一去永不返的历史。相反，追述古希腊的亚历山大的荣耀，再现其大大小小的悲剧及其卷入的政治的、精神的冲突，使得凯法菲的亚历山大向历史本身做出了挑战，他的亚历山大已变成神话一般迷人的城市，一个"非时间性"的城市，并将永远存在下去。也许正因为如此，凯法菲才酷爱在诗歌中大量使用现在时动词，在我看来，这不仅仅是一种语法手段，而且可借以表现一种永远栩栩如生的现时感，尽管物换星移，却不变其生动有力。

用凯法菲的话来说，"一如古时候那样伟大的亚历山大"，不可能只是一种过去的概念。

因而，他在诗中写道：

> 我是一个亚历山大人，
> 在描写
> 亚历山大人。

他的作品代表着一种永远的现时，而不仅仅是对往昔的追忆；我以为，这便是亚历山大题材作品的特点。

接着的情况又有歧异。既然亚历山大题材的作品不仅在于复述神话，而是期望作品本身也具有神话色彩，即以神话做隐喻，让作品浸染神话气息，对神话做诠释，同时又保持神话与现实的联系；那么，作品的特点很可能偏向于诗意盎然、洋洋洒洒——正如我认为我的作品的特点一样；然而，凯法菲诗歌的特点却恰恰相反，这位用希腊语创作来主要表现亚历山大情结的亚历山大诗人，主要的手法是白描、陈述，乃至喁喁私语，我们可以称之为"现实主义"手法，特点是表达经济，用词平淡简洁，又极精练，似乎他的词句有强烈的倾向性，而不是强烈的确定性。他的作品中没有任何华丽的藻饰、过分的渲染，比喻、借喻、借代等手法也很少使用，色彩的浓烈、结构的铺张与酣畅，也因与作品的内容不相称而舍弃。

虽然如此，历史的、同时又是非时间性的亚历山大，其本身就是一个完整的借喻，或者说是天平的一端，另一端已融会在时间本身之中，历史变成了非历史的现时，而现时又变成历史——只有那些名称、现象、关系告诉你这是历史，而与之对应的原型则是非历史的现时。

也许，正是这对时间的挑战，对以往挫折的思索——无论通过对昔日荣耀的追溯，还是对未来的展望——体现了将凯法菲的亚历山大和我的亚历山大联系起来的某个特点。

薛庆国译

为什么写作

优素福·伊德里斯

优素福·伊德里斯(1927—1991),埃及小说家、剧作家。1951年毕业于开罗医学院,做过医生、卫生部督察。1955年以后转入文学界、新闻界。曾任文艺和社会科学最高委员会小说部委员,小说俱乐部、文联、作协理事。1950年开始文学创作,其小说及戏剧作品以反帝、反封建为主调,反映社会、政治等重要问题,并追求文学的埃及化。主要作品有中长篇小说《爱情故事》《罪孽》《白女人》,短篇集《难道不是这样吗?》《啊,痛苦的语言》,戏剧《法尔哈特共和国》《棉花王》《法拉菲尔》。《为什么写作》译自《伊德里斯随想录》(1977)。

他对我说道:"恕我冒昧:你在为谁写作?更确切地说,你写的东西有什么用?读者们多多少少会激动一下,这没错;有一些管事的在读,可那是连篇累牍的空话。报纸上登的、我们听到的、看到的,是何其多的说法。是的,并非所有的说法都一文不值,不过,无论什么样的言辞,不管它引起什么样的反响,你认为它能改变现实吗?能够让你我摆脱困境吗?能够让钞票流进我空空的口袋,或替我买点儿吃的吗?先生,你写作有什么用呢？我们读书又有什么用呢？"

我又看了一眼这位说话者：一个职员，我们千千万万当职员的民众中的一位。看起来像是大学毕业生，但时间和职业的因素，已把他变成这副模样：胖胖的身材，穿着灰灰的衬衫和更灰的裤子。我看着他，没有简单地把那番话当作耳边风，我深深地陷入了沉思。已不是第一次思考这个问题了，但都是下意识、不知不觉地。在我写作前，在我写作时，在我读自己或别人的文章时，这个问题，就是那位职员读者所提的问题，总要浮现。我陷入沉思，思考中我想起了一连串的问题，最后，思路把我带到这个谜语：现实如何才能改变？谁来改变现实？是环境，是人，还是靠纯粹的偶然，情况便产生了变化？

其实，这个问题让我不安的，还有其中包含的沮丧的成分。在心理学中，个人的心理沮丧有一些公认的症状，如悲观，丧失热情，感到什么都是一回事，都是空谈废话，毫无裨益；连饮食之欲、性、爱，生活中的一切乐趣，都失去了滋味。人活着，好像只为充当一个角色，只为在名为"人生"的这部遭到唾弃、了无意义的话剧中，聊尽一项沉重而荒谬的义务。

然而，我们目前面对的还不是有以上症状的个人沮丧，我们面对的是比这严重得多的情况，是集体的沮丧。我不知道在心理医学或社会学中是否有这种症状，但我确信，我们确实遭遇此症。这种病症表现的形式，是由于丧失对义务、权利应有的个人意志而导致的全面紊乱：欢乐是紊乱的，工作是紊乱的，在审度现时、过去和未来时，丧失了时间的纵深感。似乎整个社会只生活在此刻，只为此刻而生活，而不顾及将至的来时。如果现时的生活一旦定型，那便是生活的全部。至于以后，反正让人死吧。推啊，搡啊，用肩膀、用胳膊，把一切价值观都踩在脚下，去他的什么社会之父，去他的各种口号，反正我是个死人，或在下一时辰将要死去！

在此，我并非呈交一份研究我们现状的学术报告，也不是说我发现了一个新的民族，我只是记下一些我的感想和印象。当我走在塔拉哈特大街或七·二六大街①时，或遇到足球赛散场的观众时，我心里常常生发这些感触。我打量着人们的面孔，发现他们似乎都不是健全人。由于失去了意志，熄灭了理想的火焰，他们的身体大都变得肥胖。他们溜达着，游荡着，却如人们所说"百无聊赖"；他们没有目的，就连看看橱窗、逛逛大街也变得漫无目的。他们在空虚的街道上萎靡蠕动，他们行走没有目标，追求没有指望，听闻不到声息。在这里，有种令人窒息的瘴气从人们身上散发，从房间的窗口、汽车的排气孔，从野猫和狗的眼中喷吐。这无形而浓重的气体聚合、翻卷，犹如清晨的雾霭罩在人们头上，他们的胸膛复又吸入、吐出这气体，而变得越发焦躁、厌烦。空中似乎高悬着一个惊心的问题，似铁锤一般敲击着人们："今后，这一切还有没有终了？"

当然，这一切，和世界上的万物，都会有个终结。然而，结束这里的一切是何其困难！因为，正是失落了终极的人们——我们——该去发现终极，设法结束这一切。

当职员的读者先生，正因为如此，我们才写作。

正因为如此，你还在阅读。

其实，我本人并非无缘无故地选择了"随想录"这种体裁，而是曾做过深思熟虑的。曾经让我费尽心思的是，如何能让紧闭着心灵大门的人们——他们已厌恶了一切言语：中听的或逆耳的——能有兴趣品味一下文字。用故事？要是我生活其中的悲剧，出乎最大胆的作家、悲剧家的想象，我还读什么故事呢？用诗歌？贝鲁特每天都有二百人倒在阿拉伯的枪口下，在另一些国家，享有自由的人为了养家糊口又被迫出卖肉体，此时诗歌能有何用？用小说、戏剧？连原子弹爆炸都不会感到震动，倘若今天有个埃及或阿拉伯的城市整个地消失，也不会蹙眉以示震惊或诧异，这样的心肠如何被小说、戏剧打动？

因此便有了"随想录"的由来，仅仅想做个呼吁。我是惴惴不安地做

---

① 塔拉哈特大街、七·二六大街，均位于开罗中心。

此呼吁的。因为我依然坚信：只有我们，才能改变这一切。既然自助者才能得天助，我们就该起来改变现实、改变自我，文字的作用也因此而生。

降临我们先知的第一句话就是："你读吧！"①

基督耶稣也曾说："太初有言。"②

当职员的读者先生，话绝不都是毫无价值的。

并不是所有的话都那么回事。有些话我总要称之为行动的先声，它不是代替行动的文字，不是诡辩，也不是堆砌辞藻，炫耀学识与文采；这文字源于曾经并且仍在经受磨难的心灵，为实践这样的文字去赴死也在所不惜。这样的文字便是真诚，真诚的文字便是行动，这文字能改变现状，因为它的作者已经改变了自身，因为它的作者是社会敏感的触角，安拉造就他成为人民的唤醒者、警戒者、报喜者、保育者、牧师、统帅，众人皆睡他独醒，众人皆醒方始眠。只有这样的文字，才能医治我们的个人及集体沮丧症。这样的文字有着化学效应，具有一份可以引起改变、转化的真诚；这样的文字乃有核子的能量，可以辐射真理的光芒；这样的文字蕴含着至理。

现在，以写作为业的先生，你知道我们为何还在写吗？

而你为何还在读呢？

薛庆国译

---

① 伊斯兰教先知穆罕默德在希拉山山洞里，最先听到的安拉的降示是："你读吧！你当奉你的造物主的名义而宣读……"
② 《圣经·新约》"约翰福音"开篇云："太初有道。""道"（Word）即"言"。

文明而古朴的村庄

赛尔瓦特·阿巴扎

赛尔瓦特·阿巴扎（1927—2002），埃及作家。出身书香门第，父亲出任过埃及大臣。1950年毕业于开罗大学法学院。做过律师，曾主编《共和国报》《小说》杂志、《金字塔报》文学版，历任广播电视管理委员会主任、埃及作协主席、埃及协商会议副主席。两次获埃及国家文学奖。作品有《逃避岁月的人》《旭日东升》《有些怕》《雾》等10多部长篇小说和10个短篇集。此外还有剧作和文学评论多种。《文明而古朴的村庄》《地中海上的咖啡馆》译自《随想集》(1980)。

这星期，我回到我的村庄。回村的道路两边都是田地，埃及农村的路都是如此。走近村子时，我感到微风中飘来阵阵我所熟悉的独特的芳香。

今日的我仿佛与往日的我相逢了，他们是那样渴望相逢。苜蓿花香掺着麦秸和棉秆的气味，这种我从小到大都熟悉的芳香，即使闭上眼睛，也知道它来自我的村庄。

场院上堆放着一袋袋等待买主的棉花，我们这些村童把这里当成了游戏场，我们希望这些口袋能长时间地堆放在这里，好让我们躲在中间捉迷藏，或坐在上面闲谈。大人们急于找到买主、把棉花运走的愿望与我们无关。

我儿时的伙伴有现在干保卫的萨利赫·艾布·阿拉比，仓库管理员赛义德·艾布·阿里，首席教师、村长的儿子萨拉哈·艾布·艾哈迈德，以及曾经用泥为我们捏小汽车，而今成为机械工人的优素福·艾布·阿卜杜·卡迪尔，现在他们都是村里的头面人物。当怨恨试图离间我们时，他们的心会排斥这怨恨的种子，而去浇灌生长在他们心中、也生长在我心中的友爱之树。

从一位曾被软禁很长时间、在自由时期被取消软禁的大政治家那里，我听说在他的土地上劳动的农民们，在土地被监管以后，仍每年到他家去，向他缴纳全部地租，就好像监管没有发生一样。

这就是从不怨恨的品德。怨恨曾一度破坏了我们的生活，但当它来到我们村边时，却败在了人们的心灵、忠诚以及对他们赖以生活的高尚品德的珍惜之下。

提到这些，我想起了我们的老师扎齐·纳吉布·马哈茂德博士有关的文章。我试图找到它，但没办到，只好求助于《金字塔报》报社的资料室。刚放下电话，我便发现了那篇文章，它就在我手头。我读道：

> 我们所倡导的用以作为我们行为准则的农村品德，对我们的生活十分必要。但仅有此还不够，因为它必须用城市品德加以完善。
> 但我们时代的总趋势，是以文明的观念将农村变为城市，而不是相反。最接近我们今天所想象的，是农民转变为农业工人，享有工资、保险、工会信贷等权利的名副其实的工人。

我想起博士在他最近的一本回忆录中所写的。我觉得他也是一个和我们一样的农民。难道有什么可以阻止农民去享有博士所赞扬的那一切，去坚持农村道德吗？

几千年来扎根于农民心中的道德有文明和古朴之分吗?

扎齐·纳吉布·马哈茂德博士是埃及最文明的人,是我们知识最渊博、阅读古今世界文学哲学最多的老师之一。尽管如此,我敢说农村道德是指导他全部行为的基本要素。我有现成的证明,博士曾提到,当他被迫回忆有关自己的一切,回忆他所掌握的细节,回忆他如何在路上行走,感到被扒光了必须用什么来遮蔽自己的时候,他感到十分窘迫。我的先生啊,这就是农村在您心中留下的痕迹,我们在农村时,就是喜欢把家庭的事情局限于家庭成员中,局限于我们自己中间。

至于博士所担心的把村民们凝聚在一起的家庭关系,毫无疑问,他知道这种关系使生活成为一种特殊的享受,一个人能够平安地行走在人们中间,他的亲朋好友都向他敞开温暖的怀抱。否则,那种唯利是图、追求物质的生活将是不幸的。

博士指责村民没有时间观念,这点我也同意。但是博士,或许您忘记了,我们的农业仍旧是按照古代埃及人的方法耕作,农民与时间的联系是一种耕种与收获的联系,时间观念的确很淡漠,他们不需要太精确的时间。假如机械化成为农业的基础,难道您还认为他们会忽视精确的时间吗?我不这样认为。您尽管放心,当然我也希望自己放心,生活的自然发展将会消除我们对家乡人品德的指责,使一切古朴的东西保留下来。

顾巧巧译

地中海上的咖啡馆

赛尔瓦特·阿巴扎

夏天对我来说就是大海,而不是别的什么。我所从事的一切体育活动就是在亚历山大海滨浮水。在地中海里,我洗去一年的疲劳。今年我同样需要大海,虽然我并不认为大海能消除我所有的疲劳,但也不能因此而放弃。我年年都渴望去海滨,今年亦如此,这是我生活中第一次有了一个固定的工作,并在其中负责。谁知道呢,或许命运想让我把工作和疲劳一起淹没在地中海里。是什么促使我这样说呢?是直觉抑或什么原因?不,是十五年没有工作、不惯于固定在一处的那种心态。

我毕业于法学院,曾急切地寻找工作,却没能如愿,正是在找工作的过程中,我同阿卜杜勒·麦利克·贝克·哈姆扎打上了交道。我知道他是我父亲的朋友,我父亲从法学院毕业时曾在他的事务所实习过。我找到他,当时他在苏达盐业公司任董事长,请求他在公司里为我安排一份工作。可每次他都对我说"下周来"。有一周,我写的第一本书《伊本·阿玛尔》问世了,我把书带给他,也许他可以帮我推荐,可他还是那句老话"下周来"。一周后我又去找他。

"孩子,我绝不会聘用你。"

"谢谢。"

"你是个天才。"

"天才？"

"我不能把你的天分埋没在工作里。"

就这样，我的天分使我十五年没有工作。在这期间，我卖了我的地，花光了卖地的钱，命运使我在土地改革时连一基拉特的地都没有被没收。当然，这要归功于阿卜杜勒·麦利克·贝克，是他不愿用工作埋没我的"天分"。那以后，所有的单位都不愿用工作埋没我的天分，无论是在适于发挥我这独特天分的报社或杂志社工作，还是从事我为之奋斗了二十三年才获得的法律学位所能胜任的管理或法律方面的工作。

在我去找阿卜杜勒·麦利克·贝克之前，毕业时我曾请我父亲同哈菲兹·阿菲菲博士讲一下，安排我在埃及银行当个律师，但父亲拒绝了，他显得很廉洁地说：除了公事我不认识他。

"你能想象出，我拿起电话，对某一人讲'聘用我儿子'吗？我从心底感到不好意思。"

我说："我无法想象。"

就这样，我被搁置在父亲的清高和我的天分之中，整整十五年没有工作。现在我第一次以职员的身份去亚历山大，我还能像以往那样享受亚历山大吗？这是一种新的尝试，我必须经历它，才能回答这一问题。

多年来我们习惯于坐在波涛之中的咖啡馆里，当然不是坐在椅子上，而是手脚一齐划动，使身体漂浮起来。咖啡馆的成员有前卫生部次长、议员、前民族联盟委员达玛尔达什·艾哈迈德博士，他从民族联盟退出后便进了监狱。他曾两次心脏病发作，但一直待在监狱。这都是因为他胆大，对于他懂行的事情直言不讳。他是个预防医学方面的医生。

第三位成员是易卜拉欣·达玛尔达什博士，他与前一位没有亲戚关系。易卜拉欣博士在工程学界享有盛誉，曾任工学院院长，他知识十分渊博，令人敬佩。

我们谈论着达玛尔达什。艾哈迈德博士记起了一首诗或是他的一段回忆，他是一位出色的文学爱好者，社会交际很广，包括全世界各个国家。

易卜拉欣博士朗诵了一首他的诗，他是语言协会的会员。

然后话题转到了经济危机上。谈完并解决了本国的经济危机，我们又转而谈论其他国家的危机，如英国的经济危机，意大利的政治危机。待我们消除了这一切危机，使它得以平安解决，我们便用胳膊打着水，从海里出来，穿上衣服，定下第二天聚会的时间。

第二天聚会时，我们先确定是否有什么危机昨天没有谈到，然后便加以检查、诊断、开药，于是危机便轻而易举地被我们解决了。

我们就这样在风浪中的咖啡馆里度过一个安稳的夏季。可是我必须逐字逐句审阅的文学专版以及我每周必写的专栏文章，还能让我像以往一样再度过一个安稳的夏天吗？如果不行，那么谁来解决我们的经济问题，解决伦敦、意大利问题和这一季节中新出现的问题呢？我们只好把所有的问题统统留给全能的安拉。

顾巧巧译

旧日笑友

萨拉哈·阿卜杜·苏布尔

萨拉哈·阿卜杜·苏布尔(1931—1981),埃及诗人、剧作家。1951年毕业于开罗大学文学院,从事过教师、编辑工作,历任出版署出版部主任、埃及文学艺术最高委员会诗歌部委员。一生写下六部诗集,《我的家乡人》(1957)、《我对你们说》(1961)、《古代骑士之梦》(1964)、《伤痕时代的沉思》(1970)、《黑夜的旅行》(1971),以及诗剧《哈拉智的悲剧》(1964)、《夜的游子》、《公主在等待》、《丽拉与痴情人》等。1964年获国家奖。《旧日笑友》译自散文集《将近五十岁》(1983)。

自从我与我的故乡、我青春启蒙的地方札加济格市的联系不那么密切以来,我或许再没有纯真地笑过。离开家乡后,我一生中曾有过多次幸福的时刻。在我看来,幸福的含义就其受心灵和心神宁静的影响而论,不过是稍纵即逝的时刻。这些幸福的时刻好比是突发的灵感或热恋,就像是镶在褪色的心灵之衣上的宝石,很快便会失去光泽。人类无法使那些幸福时刻重现,抑或以充满火与光的激情重新回忆它。

若说我心里羡慕什么的话，我羡慕某些幸福的时刻，那些时刻是对我悲伤时候的安慰。童年时，我会纯真地笑，那时，我们不会因担心悲伤会很快来临，收回时光赐予我们的礼物，或后悔我们沉浸在开怀大笑之中，忘却了忧愁在四周窥视我们而向安拉乞求更好的笑。

这种笑并非幼稚的傻笑，而是一种深沉的笑，它源于对存在中差异的认识以及用讥讽的眼光和温暖的心去审视这些差异。现在，我回忆起少年时代的朋友，顿觉屋里充满了他们的气息。有一片沙海把我与他们隔开，沙海中没有星星游弋，没有光亮照明，它的两岸分别是生与死。

店　铺

第一位把我带到理智、纯真笑的世界中去的是易卜拉欣·苏鲁吉，也许他过去只认识我和几位死者、少数生者。他曾是我们这个市的佼佼者，他为人和蔼可亲，处世诙谐、认真，我们对他知根知底、了如指掌。

我十五岁时常去他的铺子，他为村里先生们的驴以及敞篷双座马车的马制作鞍子，马车则是那个时代的出租车。我们到他那儿去时，他最喜欢说的俏皮话就是"来量量尺寸，我给你做件外套"。

易卜拉欣·苏鲁吉在他的铺子里干上一个小时或多一点儿就烦了。于是他伸手从皮子或帆布做的工具袋下面拿出一本卷起的书读，有人来了才放下。在他的铺子里，我第一次听说尼采、叔本华、约翰·斯图亚特·穆勒的名字。在苏鲁吉的铺子里，在他的饭桌旁，在他喜爱的咖啡馆里，我结识了我的朋友们——笑友。

悲　伤

第一次去苏鲁吉的店铺时，我神气十足，因为我是高中毕业班的学生。我们都知道，苏鲁吉除了出生证和认主证以外没获得过任何证书。但我很快便被这位农村的苏格拉底所深深吸引，不由自主地称他为老师。他非常珍惜这一称呼,却不知时光将使它变得轻如鸿毛。当我们之间的友谊变得亲密无间时,我称他为师父,以此来激怒他,他果真生气了,并以显示他聪明与欢乐的俏皮话来反击我。

"老师"这个词在我们这个欢笑世界里只用来称呼他。他年轻时写的第一本书,我记得题为《黎明的曙光》,在这本书里,他刻意模仿尼采的伟大著作《查拉图斯特拉如是说》。可笑的是书出版时,易卜拉欣认为埃及人有西方化或说仿效西方人的习惯,他们只读欧洲人写的作品,所以他的书没有用自己的名字出版,而是用了个笔名"约翰·布朗史密斯"。

易卜拉欣曾读过哲学,主要途径是读阿卜杜·拉赫曼·贝杜维·穆白克莱翻译的哲学作品,他满脑子想的都是成为一个新的阿卡德。他的确有这个资格,他有阿卡德一样的高个子和洪亮的声音。我想他在某一天曾去阿卡德的家,想同他进行学者之间的讨论,阿卡德却粗暴地回拒了他,于是他又回到了我们的小城。他只对几个挚友谈起这次会面,而且是在夜深人静、大家敞开心扉之时。

忽　视

我向安拉做证,易卜拉欣的头脑的确如阿卡德的头脑一样敏锐,但阿卡德在阅读与写作时是有条理的、严肃的,而易卜拉欣的生活却是混乱不堪的。高大的他走起路来摇摇晃晃,像是一只被风吹动的船帆。他来往于店铺和咖啡馆之间,通宵闲谈,只要他手头有钱,就把它烧成缕缕青烟。

现在,我一想起易卜拉欣,脑海里就浮现出托马斯·格雷在《墓园挽歌》中的著名诗句:

在这被忽视的地方,
也许埋藏着一颗会燃烧起天火的炽热之心,
也许埋藏着能挥舞权杖的手,

或能在琴弦上弹唱的手。
知识从未向他们展开饱经沧桑的长卷，
困顿压抑了高贵的热情，
冻结了心中的天才源流。

我记得那是十多年前的事了，一位笑友打电话到我开罗的家里，告诉我易卜拉欣得了不治之症，正躺在一家医院里。我去看望他，他已病得说不出话来。然而嗓音正是他身体中最值得自豪的部分。易卜拉欣很快便去世了。他那用来讲格言和笑话的声音沉默了，心跳还有什么用呢？

同　病

我第一次拜访易卜拉欣是同我的朋友艾哈迈德·海卡尔博士一起去的，他现在是高等教育学院的院长。愿安拉保佑他长寿，他是笑友中尚活在人世的为数不多中的一个。在一次咖啡会上，我们和他一起结识了玛尔萨·加米勒·阿齐兹，愿安拉怜悯他。

玛尔萨是个多才的人，他既经营英国军队的遗留物资，也经营水果，他还有一个业余爱好——摄影，这花费了他不少时间和金钱。此外，他还是我们当中第一个以写歌词闯出一条通往开罗之路的人，当时的歌手都唱他写的歌。

玛尔萨是个急性子，有抱负，很聪明。他从不掩饰自己的聪明，一有机会或自己创造机会来展示他的聪明。几年过去了，我每年暑假都回扎加济格，有时也回去度周末。我听到了玛尔萨为一些大歌手写的歌曲，我也请他听我写的诗，这些诗后来结集出版或发表在文学刊物上。我对他写的歌并不十分满意，他对我写的诗也是如此。他的聪明总是用来审视那些他所不喜欢的东西，他好争论，有时无理也要搅三分。尽管如此，我和笑友们仍然开怀大笑，笑累了为止。

又过了几年，玛尔萨在开罗待的时间要超过他在扎加济格的时间。

当时乌姆·库勒苏姆及一些大歌星都唱他写的歌,他也间或写一些诗,我们的观点比较接近了,或者说我们共同欣赏的东西要多于我们之间的分歧。后来,玛尔萨离开了开罗和扎加济格,搬到了亚历山大。我仍然记得四五年前的那个夜晚。我到亚历山大文学院讲课,晚上我去找玛尔萨,我们在海滨的一家咖啡馆会面了。与我同行的有著名律师易卜拉欣·塔莱阿特,他也是我们这段历史中的一个章节,还有亚历山大诗人阿卜杜·穆伊姆·安萨里。那晚我们说服了店主人,把店留给我们,第二天早上再来收拾。

玛尔萨也得了和易卜拉欣一样的病,他曾去美国治疗。回来时,病情已十分严重,很快便同我们永别了。

诙 谐

心灵纯洁的艾哈迈德·穆海迈尔·阿齐姆是阿波罗学校的佼佼者之一,我一想起他便会想起天体带着命运轮回。我第一次见到他是在1947年,那时我还是个高中生,而他已是知名诗人了。一批来自杜苏基·巴沙·阿巴扎主持的阿拉伯主义诗人协会的诗人们来到扎加济格,举办一个诗歌朗诵会。他们中有易卜拉欣·纳吉、马哈茂德·艾尼姆、塔希尔·艾布·法沙、奥迪·瓦克勒和艾哈迈德·穆海迈尔。

朗诵会的消息在我们这些爱好诗歌的学生中不胫而走。听说主办人要挑选一至两名学生在会上朗诵自己写的诗歌,于是我们都交上了诗作。但主办人又改变了主意,选了本市一位教师的作品。

我们出席了朗诵会,会上最美的两首诗是穆海迈尔和艾布·法沙的诗。散会后,我和一位同学赶着去见穆海迈尔,我们看见他正在火车站等车去开罗。

穆海迈尔具有一种可爱的幽默感。你问他某一件事时,他会信口开河。他看到两个小青年以一种近乎敬重的语气向他提问时,他便随心所欲地拿他们打趣。我们问及他的孩子,他对我们说他和9个女人有35个孩子;

问到他在开罗的工作,他说他是民航飞行员。开玩笑时,他脸上的表情是那样平静、单纯,就好像他说的全是实话。我们不知所措,只好把他一人留在站台上。真不知怎样才能让他认真起来。

一年多以后,穆海迈尔在咖啡馆同我们坐在一起,度过欢乐的夜晚。我已习惯了他的戏谑,见识了他的诙谐,给悲伤的心注入欢乐的艺术。又过了几年,我们每个同学都各奔前程,我在一家报社工作,并想以此为跳板,转到文化部从事政治性的工作,而穆海迈尔,这位比我年长二十岁的精力充沛的诗人,几年前我恭恭敬敬请教的诗人,竟成了我的赞助人。我不是讲过,这就是世间轮回嘛!

那时我们多么开心,我们笑得最开心的就是当我看到穆海迈尔在同事们面前文雅地与我交谈,聚会后又为他的这种彬彬有礼而道歉。

心脏病突然袭击了穆海迈尔,他死了。享年约五十九岁、六十岁还是六十一岁我记不清了,留给我们的只是不朽的回忆和那总有一天当天平公正时会熠熠闪光的诗篇。

哭 泣

一次我遇到了一位朋友,我是在扎加济格学生咖啡馆认识他的。他比我大两岁,毕业于音乐学院,正等待着音乐教师的任命。我们之间的友谊日益加深,我带他从学生咖啡馆来到文学家笑友咖啡馆,把他介绍给了玛尔萨·加米勒·阿齐兹。

就这样,阿卜杜·哈利姆·夏巴奈——后来他给自己起名为阿卜杜·哈利姆·哈菲兹——和玛尔萨·加米勒·阿齐兹建立了联系,但玛尔萨迟迟没有为阿卜杜·哈利姆写歌,并使他成名。于是阿卜杜·哈利姆便演唱我作词、凯玛勒·塔维勒谱曲的歌曲。凯玛勒也是我们那时开罗穷困潦倒朋友中的一个。

在这篇文章里,我并不打算回忆一位受千百万人爱戴、同达官贵人交往甚密并登上荣誉顶峰的歌手,我只是记得在印度时,我突然接到了阿卜杜·哈利姆的讣告，我控制不住自己，流下了眼泪。

我没有去想近二十年来我们之间只是偶尔相会，互致问候，而是想到有三四年的时间，我们每次分别都相约再见，努力地不知疲倦地开创我们的生活之路。

宝　石

是什么原因使我回忆起旧日的笑友？或许是对一去不复返的时光的思念，或许是我最喜爱的一位朋友昨天给我一本他的诗集，让我读后提提意见或推荐出版。这本诗集是他毕生的成果，没发表过，或无意发表。

这位亲爱的朋友就是易卜拉欣·沙辛，一个只有我才知道的名字，一位诗人。倘若时间公平，他也公平地对待时间，那么他会像罕见的宝石闪闪发光。现在易卜拉欣的牙都掉光了，他退休了。有时他会笑着对我说："我会像悼念玛尔萨一样为你沉痛地哀悼。"我则对他说：

"易卜拉欣，我们得轮流，按顺序来。比我们年长的易卜拉欣·苏鲁吉去了，然后是年龄次于他的艾哈迈德·穆海迈尔，随后是比你大几个月的玛尔萨。现在该轮到你了，我们年龄相差十年呢！"

我不是对你说过嘛，我们这些笑友好开玩笑，甚至拿死亡打趣。

顾巧巧译

是自然造化，抑或丹青刺绣

侯萨姆·哈提卜

侯萨姆·哈提卜（1932— ），巴勒斯坦作家、学者。1954年毕业于大马士革大学，1969年获英国剑桥大学比较文学博士学位。从事教育工作多年。先后担任大马士革大学阿语系主任、叙利亚高教部助理、巴勒斯坦全国委员会成员。著有《欧洲文学》《叙利亚现代小说的外国影响》《崛起的叙利亚长篇小说》《文学与文化》等论著及文学评论译著五种。《是自然造化，抑或丹青刺绣》译自叙利亚《革命报》（1985年4月）。

我一向以为，大自然之美总体上可分为两类：一种是妩媚的，娇慵的，晶莹的，清澈的，宁静的，让人一下子为之陶醉的美；一种是辉煌的，饱和的，炫目的，劈面而来夺人心魄令人几乎窒息的美。

我读过英国诗人雪莱和济慈对大自然所做的绝妙的描述，这印证了我对自然之美的划分。

在我欣赏到中国独特的自然风光的图片和绘画时，我又常想，自然界还有第三种美。我期待着这一时刻：去目睹那真实的风景，而不是图片——这模仿的产物。

终于，在四月的一个春日里，一个被亿万支光之烛照亮的日子里，我面对面地出现在那山峦、沟壑、花朵、树木、色彩、造型、斑纹的面前。这缤纷交错的一幅幅画面，向文学家、艺术家、鉴赏家，向恋爱的少女、过往的路人发出了最大的挑战，不仅针对他们叙述、描绘，以任何一种形式将它留存在记忆中的能力，更首先针对他们的触觉、知觉、品位与感应。

这风景摄人心魄，是的；美不胜收，是的；赏心悦目，是的；感人肺腑，是的；可是，除此以外呢？

在北京的一个叫作香山的郊区，静卧着一片乐园，虽不是人间或天上的仙境，我却有幸在她的身旁度过了七个昼夜。目之所及，无不令人惊奇、诧异。在一座大山的环抱里，雄踞着连绵的峰峦、高坡。举目远望，更增添了我的惊异。首先映入眼帘的，是绵延于山脊的茂盛的树林，不同的树木为景致之间勾画了界限。这些树木得天独厚，生长在俯瞰两侧的山头，可以尽享周围的风光：千百种色彩组合在一起，斑斓缤纷，令人目不暇接；千百种树木散发着芬芳，那麝香一般、琥珀一般、茉莉一般的芳香，还有无数有名称或无名称的芳香，在空气中弥漫……这绵亘在峻岭上的亭亭林木，总要令我心生艳羡。它凌驾于地平线之上，覆盖了山界与关隘，它是大地伸向天际的手掌，是有限传达给无限、受着拘牵的传达给无拘无束者的音讯。

在这无边无际的林木下方，更有无数种的树木、灌木、花草、枝叶、石卵、山岩……一切都奇妙地交错在一起，在殊异中显示和谐，呈现出令人惊叹的多样化。更为奇异的是，这一切都仿佛用神话般的巧手编成的中国地毯：每条丝线的挑选，每一细针的缝合，每一种色彩的搭配，都是那么独具匠心。在这缤纷如茵的背景中，还簇生着许多野杏树，仿佛翻卷起一道道茫无涯际的白浪，向着远方推进，在白昼的每一时刻，都为这整体的景致涂上一种特殊色彩，增添一种不同风格，这景致也因而分外绮丽……每当你凝眸远望，一睹这流光溢彩的装饰与点缀，这错落交织的色彩与形状，这洒脱疏放的构图与造型，你会发现这并不只是天然偶成，而是妙手织绘而就，犹如织毯、绘画，或如中国式丝袍上的刺绣那么精妙。

有一回，我的一位画家朋友告诉我，他花了七年工夫想学习中国画的技巧，但未获成功。

现在我要告诉他：中国画、中国刺绣及中国书法的奥秘，乃是蕴于中国的自然之中，蕴于大自然第三种美之中，这种美，人或可以感知，却终不能加以形容。

薛庆国译

菲鲁兹①的歌声

娜贾哈·阿托尔

娜贾哈·阿托尔(1933—2000),叙利亚女作家,长期担任叙利亚文化部长。1954年毕业于大马士革大学。1956年赴英国进修,获阿拉伯文学博士。写有许多有关戏剧、诗歌、小说的研究论文。著有文学评论《战争文学》,小说《谁记得那些日子》,散文集《我们是或不是》《岁月纪实》等。《菲鲁兹的歌声》译自散文集《生活之问题》(1982)。

菲鲁兹是伟大的,因为身为艺术家而伟大。

艺术造就了艺术家的伟大,并为他们戴上桂冠。

菲鲁兹的桂冠乃是她的歌唱,这桂冠如无价之宝一样珍贵。

艺术家的伟大,部分在其事业,而更重要的部分,乃在其见识。伟大的艺术家应具备远见卓识,在身处艰苦卓绝的斗争环境时,应与黑暗

---

① 菲鲁兹,黎巴嫩籍女歌手,被公认为当代阿拉伯世界最杰出的歌唱家之一。

的中心浮现的光明同行。

菲鲁兹便是如此,她的伟大既在其歌声,又在其见识。

这是因为,她恰恰在我们现代史中一个悲郁而又关键的时期登台,她在我们的患难之始开始了歌唱。她的歌声,激荡着我们的愤怒与渴望的源泉,流淌进我们心中阴郁的角落,洗涤了阴霾,带来了希望和慰藉……她的歌声,传到了人们疑惑而疲惫的耳际,仿佛春天为荒芜之地带来生命,用充沛的雨露滋润干涸的大漠,用和风吹拂狂风肆虐过的营寨;她对回归家园的歌咏,对正在兴起的奋发精神的赞美,驱散了忧郁与失败的凄风……你从她洞察入微的目光,她那博大的心胸,她天鹅绒般、温暖的、多彩的、传达着呼吁与召唤的歌声中,可以发现这一切。她的真诚既非源自往昔,也非源自今日,而是源自将来,源自她坚信必临的将来。

山洞里的孩子,悲伤而古老的耶路撒冷的街道,在黑暗的、寒风袭人的城郊破落的屋舍,吟唱着落日的歌者,回家的钟声……这一切,还有其他,便是她歌声的内涵,也构成了其中萌动的希望,和对实现隐秘目标的向往——这目标今天已不再秘不可宣。

她为巴勒斯坦做出的贡献,是任何别的艺术家未曾做到的。

她的成就和她本人一样伟大;成就伟大者实属罕见,所以她是罕见的。

她是忠贞不渝的艺术家中最杰出的一位,因为她虽处于我们这个黑暗的环境,却始终忠诚于民族的事业。她的忧愁是温婉、深沉而通明的,但忧愁未曾幻为绝望;她满怀的真诚之渴望,化作了每一颗心灵的搏动。在遭受挫败的时候,她是慰藉我们所有人的天使;她的歌声令我们感伤、哭泣,却又令我们铭心刻骨,心系着我们的大业。在她的歌声里,我们寻到了摆脱失望与沮丧、通往彼岸的蹊径。

在胜利的时刻,在十月战争①的日子里,菲鲁兹也与我们同在。

那时候,她是我们借以击溃黑暗的光明,是激发我们义愤的策励,然而她又以另一种情感调节我们的心绪,激昂之外,又带给我们一份从容,

---

① 十月战争,指1973年10月爆发的第四次阿以战争。

英雄被赋予了更深刻、更丰富的内涵。

在十月里，菲鲁兹温暖的歌声穿插在播放的新闻中间，鼓舞人民满怀信心更加积极地投身生活。她的歌声不会令人消沉松懈，却能够令人从无益的躁动中冷静，追求人道与伟大，能够让人超越现时之境，具备更远大、更广阔的卓见。

倘若我们回顾起某些"艺术"带给我们的诸多消极面，听听那些麻醉人心、旋律单调、催人欲睡、仿佛打着哈欠的母亲为孩子催眠而唱的小曲，或者再回顾那些有着铿锵而堂皇的话句，借着热情激昂、鼓动的名义；如作秀一般喧厉、刺耳的高调，我们就会体会到菲鲁兹所起的真实巨大的作用。这作用不但影响着阿拉伯的歌坛，也影响着在平静、安宁的时刻也未曾消减能量的战斗事业。

菲鲁兹用她体现了远见的歌声，教会我们把梦想与目标、向往与热情、信心与希冀联系在一起，共同融会到伟大的、充满爱意的心灵深处，这一切都为约旦河两岸的万物带去福祉。

大艺术家独具慧眼，她似乎能在征兆未成之时，凭借心灵之光洞察到别人无法察觉的事物，然后又能真实而自然地、以真正的艺术独有的创造性，将她的所见传达给人们，她传达的无论是见解或预言，都是建立在信念基础上的感觉。

菲鲁兹的歌声优美而朴实地表达了当代阿拉伯人的悲剧，唱出了他们的苦闷、理想与追求，唱出了他们受到束缚、而终能超越并战胜悲剧的潜能。因而，不足为奇，老老少少、受过或未受教育的人们，总是期待着她的歌声，百听而不厌；同样不足为奇的是，她成了超越时间的一种精神和理想，因为她顺应了阿拉伯人民意识中或下意识中对其事业的信念，并以阿拉伯艺术生活中无与伦比的形式表现出来。

她歌声中流露的信心，并未冲淡具有创造力的忧患；相反，她的歌声能够触发、加深这种忧患，鼓舞起人们绝不忍辱降服的决心。

她是含着泪水的微笑，是靠近未知又超越未知的向往；正因为她和她的艺术与阿拉伯的存在休戚与共，她才知道如何把握其真实的脉搏，如何在歌唱中摒弃浮华与短视，追求本质与永恒。

当艺术家帮助自己处在危机中的民族度过危机，当艺术家成为民族文化历史的坐标之一，当她的声音代表着真理之声时，她便受到自己民族的尊崇。

只要我们回忆起现代生活中那些黯淡或光辉的日子，我们就自然会想到菲鲁兹，菲鲁兹在六月战争①前后的作用，在光荣的十月战争期间的作用，也自然功不可没。在那些群情激昂的日子里，大马士革曾是敌矢之的。然而大马士革是难以征服的，在那些枪炮隆隆的日子里，那激越的歌声有如出膛的枪弹：

> 这是祖国没有光环的胜利，
> 面对苦难岁月的威胁，
> 我们的祖国不可战胜。
> 叙利亚，什么是光荣？
> 你就是永不消逝的光荣。

1974 年 1 月 27 日

薛庆国译

---

① 六月战争，指 1967 年 6 月爆发的第三次中东战争，阿拉伯参战各国在此次战争中遭受了重大挫折。

水晶般的心灵
——米斯拉提印象记

穆罕默德·扎维

> 穆罕默德·扎维(1938—),利比亚作家,曾担任利比亚作协主席。出身名门,从小喜好文学。在担任电台节目撰稿人时写下许多名篇。他周游了世界,见多识广,其游记妙笔传神,深受读者喜爱。主要作品有游记《单程票上的记忆》(1978)、特写集《室中的线》(1981)等。《水晶般的心灵》译自《世界散文精华》。

我的教授,我的老师?是的。
飘扬在我国天空上的一面旗帜吗?是的。
文化和文学的先驱之一?是的。
最可爱的城市的恋人?是的。
在求知的道路上永不停步的学者?是的。
最可爱的人?是的。

你们准备阅读我的心里话吗?

我的笔绘不出他出色的风采,我不能描述这位名叫阿里·穆斯塔法·米斯拉提的文化名人,其实他的名字应该叫阿里·米斯拉提·的黎波里斯或者阿里·米斯拉提·利比或者阿里·米斯拉提·阿拉比……[①] 我实难用笔描绘他,但我试图用心声讲述他,你们有空倾听我的心声吗?抽点儿时间吧。

"情　人"

如果我们把文学艺术界的泰斗阿里·穆斯塔法·米斯拉提看作一个普通人,就会发现他是一个感情丰富、性格开朗的人。

他思路敏捷,谈锋甚健。他那风趣、幽默的话语,常常使人发出会心的大笑。尽管他的讥讽偶尔会刺痛个别人,但他对所有的人都怀着善意。

他喜欢宽松的民间气氛,乐意与凡夫俗子打交道。他热爱老百姓的生活,欣赏他们的格言和谚语。

他刚正不阿,秉笔直书,曾为被岁月的风尘遮掩的侠士和名不见经传的"小人物"唱赞歌,他的奇作《阴影里的楷模》,打动了多少读者的心啊!

他很少生气,只有当他发现有人无端指责其学术成果时,才会动怒。

阿里·穆斯塔法·米斯拉提真诚、豁达。你第一次见到他,就会喜欢他。不过,你切不可胡来,他不会轻率地相信一个不知底细的人。

他非常灵敏,在大多数情况下都是如此。让我借用未来诗人米夫泰哈·阿马拉的一句简明的诗,它符合我们的教授米斯拉提敏捷的特点:"他健步如飞,魔鞋犹如迅雷。"

[①] 阿里·米斯拉提生于利比亚的米斯拉提,此处意思是指他属于阿拉伯世界。——译者

"掌握钥匙的人"

阿里·穆斯塔法·米斯拉提的创作领域十分宽广，他的大笔涉及文学、艺术、文化、社会、历史……他的许多著作已经出版，还有大量文章刊登在利比亚和其他阿拉伯国家的报刊上。

这里，我不打算评价他的著作，讨论其成就。我只想说，他是掌握乐园钥匙的人。

米斯拉提掌握多把钥匙，他打开一扇扇大门，把门锁抛入大海。

把你领到门前的手是多么高贵啊！而帮你打开大门，又不让你为陈旧的锈锁伤脑筋的人最伟大！我国获得学位的一代新人，大都受惠于米斯拉提教授。他们从同他进行的彻夜交谈中，接过了开启知识大门的钥匙。

"敌 人"

米斯拉提是文化垄断者的敌人。他认为，文化不能被某个人所垄断，因为，文化属于所有的人。诚然，创作需要天资、体验和技巧等。但是，文化则由阅读、浏览、理解、写作以及人生经历等构成。学习文化是每个人的权利。不能因为天空中有雾，就将文化与人类隔绝。

在英国人管理利比亚时期，米斯拉提曾因其爱国主义立场被投进监狱。让米斯拉提心灵受伤的是，监狱中连一本书也没有。囚犯有权学习、阅读，有权吸吮知识的甘泉，可是，在那黑暗的岁月里，连读书的权利也被剥夺。

米斯拉提出狱后，竭尽全力搜集书籍，然后把一箱箱书送到监狱。他可能是利比亚监狱里第一座图书馆的奠基人。

当时的监狱长是名英国军官，这位军官目睹米斯拉提的文明行为有何感慨呢？他原以为自己高举欧洲文明的火炬，而米斯拉提的人道主义行为震撼了他的心。他特地给前囚犯米斯拉提写信，向为自由而战的爱国者表示敬意。

广散钱财，深藏书刊

他十分慷慨，直到施舍完最后一分钱。

他有求必应。

当我初涉文坛时，还很年轻。我偶然遇见他，他的大名像明镜闪亮，名扬四方，而我尚未成名。

他牵着我的手，来到最近的一家餐馆。米斯拉提是这家民间小餐馆的常客。好吃的饭菜摆了满满一桌子，我食欲大开，狼吞虎咽，而他侃侃而谈，妙语连珠。

随着岁月的流逝，我和年轻的同事们慢慢长大了。每当我们与米斯拉提在一起聚会，总是他掏钱，他固执地拒绝别人结账。

由于米斯拉提慷慨大方，远近闻名，一些小气的文人和身无分文的穷人索性在的黎波里市的饭店和咖啡馆找他，以便喝到米斯拉提付费的咖啡，听他风趣的谈话。不过你要注意，虽然他十分慷慨，直到施舍完最后一分钱，但他对其藏书则守护甚严，把文学艺术财富奉为至宝。

米斯拉提拥有罕见的书库，没有哪位利比亚文学家的藏书可以同他的藏书相比。一般人最好不要打听他的藏书，也不要有非分之想。

爱

自从我接触了本国文化，我就开始热爱阿里·穆斯塔法·米斯拉提。我心中逐渐充满了对这位先驱的敬仰。我不知道有谁觉察出自己对他的仰慕。

直到我收到我们的老师、朋友阿里·法赫米·哈希姆教授的信，我才明白了许多。请允许我披露该信的一些片断，因为米斯拉提是信中被谈论的主角。或者说，这封信是为米斯拉提而写。

亲爱的穆罕默德·艾哈迈德·扎维兄弟：

三分钟的光阴却是……

在人民会堂大门左楼梯口，你、米斯拉提教授和我在一起，不过三分钟。我本想问候和插话，但我见你在这三分钟里神采飞扬地谈论着，我很高兴，心情非常愉快。我体会到自己早就熟识的穆罕默德·扎维的感情，纯洁的、真诚可信的穆罕默德，坦率的、和蔼可亲的扎维。在那一瞬间，我回想起我们一起度过的岁月……

在那三分钟里，你十分激动，十分动情，你为米斯拉提教授而忧虑，我暗示你别太冲动。因为，时光的线条在我们米斯拉提教授的额头上留下了痕迹，我担心对他的心灵也产生影响。

我追寻米斯拉提教授曾用他那洁白的、温暖的翅膀传给我们的爱和纯真的友情。当世道变得丑恶和丑陋时，这种无私的爱和友情越发珍贵。他爱人人，人人爱他。

在那短暂的几分钟里，你的心里洋溢着对米斯拉提的爱和对他在祖国建设中所起的巨大的作用的敬意。你向我证实，人间尚存的以米斯拉提为代表的崇高的精神美，使你忘却了世间的丑恶和丑陋。我们都衷心祝愿米斯拉提教授健康长寿，青春永驻。

你谈论米斯拉提教授的三分钟将永存史册。

阿里·法赫米·哈希姆
的黎波里
1984 年 8 月 15 日

我发现，不只是我一个人热爱阿里·穆斯塔法·米斯拉提，我们的米斯拉提教授在每个人心目中，都占据特殊的位置。

的黎波里的象征

阿里·穆斯塔法·米斯拉提代表着的黎波里市市容的一部分。我很难想象，的黎波里缺少了他，将是什么模样。所有的人都知道他，所有的咖啡馆都熟悉他。我乐意指出最有名的"阿卜杜拉咖啡馆"。在这家咖啡馆里，我们多次见到他，多次接触他，他多次请我们喝茶，我们从他那里受到的教益也最多。他坐着吸水烟，以他特有的风趣幽默的谈吐，引得我们哈哈大笑。

每一个图书馆里都有他的印记；

每一个大厅里都回响着他的声音；

每一次艺术展览会上都洋溢着他温和的神情；

每一个剧场里都跳跃着他火热的心；

每一种报刊上都载有他的美妙文章。

我可以概括地说，的黎波里市的大小场所，如果缺少了阿里·穆斯塔法·米斯拉提，简直不可想象。

我再次借用诗人米夫泰哈·阿马里的一句简明的诗："他健步如飞，魔鞋犹如迅雷。"

这就是我所了解的他。的黎波里的大街小巷，都知道他是一个直爽的人，是一位真诚的作家。他常常以步当车，他不熟悉汽车的种类，也不会开车，但他走遍了整个的黎波里市，他清楚它的广场、街道、狭窄的小胡同和年久失修的小路；他认识许许多多拥挤在公共汽车上和简陋的咖啡馆里的平民百姓。此外，他很有人情味。

豪华轿车里的乘客和空调办公室高级座椅上的显贵，能够通过他们的轿车、办公室、职位、财富和权势为的黎波里所认识吗？而的黎波里市谁人不知道米斯拉提：迅雷是他的鞋子；人行道和咖啡馆是他的办公室；普通人牵动着他的心。

的黎波里倘若没有其忠诚的、可爱的、善良的、谦虚的、高尚的儿子米斯拉提，将会多么悲哀啊！如果没有他，的黎波里犹如一块失去壮丽的暖色的招牌，变成吸引力有限的凄凉的招牌。你知道，如果没有太阳、月亮和星星，天空会多么悲哀。

米斯拉提是的黎波里夏夜的皓月；

米斯拉提是的黎波里灿烂的天空中的明星；

米斯拉提是的黎波里迷人的东方的太阳。

米斯拉提是的黎波里的太阳、月亮和明星，是一束素馨花，是一座文学艺术和科学文化与爱情的金字塔。

自由之光

如果有一天，兄弟的阿尔及利亚准备嘉奖本国人民以外的斗士，那就用阿里·穆斯塔法·米斯拉提的名字为该国最重要的一座广场或一条街道命名。因为米斯拉提曾经全身心地投入到支持阿尔及利亚解放事业的民族斗争，他多次在群众集会上发表热情洋溢的精彩演说，他大声呼吁社会各界支援阿尔及利亚人民为争取自由和独立而进行的正义斗争。他使我们了解了阿尔及利亚，她的历史、她的事业和她的领袖们。

在艾比·赫义里大街的人民集会上，米斯拉提出于高度的民族责任感，第一个挺身站出来，忠告阿尔及利亚领袖们，当祖国的独立胜利在望时，要及时消除内部的分歧。

伟大的阿尔及利亚人民啊，当你们昂首蓝天时，你们会看到闪闪发光的自由的星辰。而你们将在曾以最明亮、最辉煌的自由之光照耀贵国的巨星中，读到米斯拉提的名字。

心　灵

米斯拉提教授是第一位签名赠送其著作给我的利比亚作家，当时，我只有十五岁。他在赠言中勉励我"多读书，在创作的海洋里畅游"。

当我成为出版部门负责人时，我们收集、出版了他的小说。我想亲手把第一本书交给仰慕已久的作者，可那一天我却未能碰到他。但我看见一位得到此书的少年，他得意扬扬，仿佛他拥有整个世界。

我不曾与米斯拉提教授一道外出旅行，因为我不喜欢参加集会、讨论会、会见和代表团。但是，曾同他一道出访的人，没有兴趣对你谈论他们访问的国家，却津津乐道他们与阿里·穆斯塔法·米斯拉提做旅伴的愉快经历。

当我因故离开作家、文学家、艺术家协会主席的岗位时，米斯拉提教授取代了我的位置。按照常规，他应该成为作协刊物《四季》杂志名副其实的新总编，可他执意在编委会名单里保留我的名字，而从未挂上他的大名，直到他离开作家协会。

阿里·穆斯塔法·米斯拉提作为一名旗手、学者、作家和好人，在大家的心目中留下了极为深刻的印象，利比亚有理由感到自豪，因为她有一个名叫阿里·穆斯塔法·米斯拉提的杰出的儿子。

李荣健译

与祖辈谈和

哈黛·萨曼

哈黛·萨曼(1942—),叙利亚女作家。三岁丧母,父亲是位学者,曾任教育部长。毕业于大马士革大学英语系,1966年攻读硕士学位时私自去伦敦,饱尝生活艰辛。20世纪70年代回国,在母校执教,后移居贝鲁特,经营一家出版社。现居巴黎。60年代开始创作,写有短篇小说和散文。代表作有贝鲁特三部曲:《七五年贝鲁特》《贝鲁特梦魇》《亿万富翁之夜》(1976—1987),是阿拉伯当代最负盛名的女作家、散文家。《与祖辈谈和》《异乡人还是离乡人》译自黎巴嫩《事件》杂志"自由时光"专栏(1987)。

一

"珍奇五天",一个盛会的名字吸引了巴黎像我这样的外国人。外国人最怕节假日,一不干活儿简直就不知如何打发日子。

我按活动组织者的指点跑到了那个叫"左岸花园"的地方,叫这个地名是由于它像金首饰装点着巴黎塞纳河左岸的伏尔泰大街一带，是城市最美最繁华的地方之一，也是一个珍品、古玩及稀罕物品的销售中心。

不知道为什么，在那儿我觉得自己像个囚犯被关在无形的监狱里，无论怎样挣脱都很难穿过那堵玻璃墙，接近周围的东西。

二

"豪华的花园"怎么变成了"烦恼之地"？我走在古董店铺之间，看着那盏克里斯塔尔吊灯（卖主声称它是路易十六时期的），一缕惆怅从心头掠过；看着那只门上锈迹斑斑的柜子，尽管卖主声称拿破仑曾在什么战争中在它里面挂过战袍，可我猜想那里面一定藏着鬼魂；一些记载着与我毫不相关的历史的画卷，中世纪厅堂里的地毯，还有当年阔佬门前矗立的金雕像，尘土飞扬让人窒息。想想那些富人最终不还是撇下这些金勺、彩壶，空身归西去了吗？

顾客们的面孔都所差无几，无一例外是张女人的脸，看上去富有而且蛮横，好像钱多得不知往哪个阴沟里扔似的。处处尘土飞扬，糊在我的嗓子眼儿上。

三

现在我被这世界上最讨厌的东西紧紧包围着：奢华、糜烂、灰尘、锈迹，还有叫卖的，拼命编造神话提高破烂儿的价值，把旧货说成陈设品，劝你破财来买这些没用的东西。我把目光移到装点着橱窗的大把美丽花束，那才体现了法国人的高雅气质。我决定了，要鲜花，不要灰尘。

四

正当我打算离开那个倒霉的地方,瞥见塞纳河边一个饭店的门上挂着块牌子,上面写着:"鲍狄埃、法吉内尔、斯比勒尤斯、奥斯卡、熙德曾在此下榻。"我宽慰了些,走进大厅,要了杯咖啡,准备放松一下神经。

一个好斗的居于我体内的女人,习惯地走了出来,对我说出一切冷嘲热讽。她坐在我的对面,正色对我说:"你的行为是肤浅的、可笑的,你被意识形态的壁垒禁锢着,还没有能力从更深的意义上去理解生活。"

我俩习惯性地争吵起来,我说:"你这是什么意思,是非精!没人能和你一起共事。"

她说:"我的意思是说你仅仅因不了解一个古老的民族,便敢抹杀她悠久的历史遗产,不但不承认自己无知,反而漠视它!原始人才对令其困惑的东西持这个态度,把它说成凶兆,由此他们反对富有。而所有民族的遗产都是富有的产物。简单地说,你的错误是把自己摆错了位置。"

我反驳了她,离开那地方,扭头向隔壁店里瞥了一眼,看见陈列的东西中有个贝壳镶嵌的大马士革镜子,和我以前在祖母房间里见到的镜子相像,禁不住驻足观望。从镜子里我看着自己真实的脸孔,这时镜面仿佛破碎了,我不知不觉地走进它的深处。

五

从这面沙姆[①]古镜里,我看到了家乡的小镇。那里弥漫的是茉莉花香,照人的是白玉石砌成的喷水池;清早浓郁的茉莉香、薄荷香融进清爽的晨风里,水池边的气息沁人心脾。祖父的吸水烟声、礼拜声和沙姆女人

---

① 叙利亚及周边地区。

独有的温柔诙谐的笑声汇成浓浓的乡情，像绵延不绝的大河流水奔腾在我的心中，汇成无声的思念，一次次闯入我的梦中。我仿佛看到了家乡新婚的佳丽环佩叮咚，丝裙飘逸，在甜美如梦的气氛里轻快地摇摆着，像跳萨马赫舞一般步履轻盈地走向自己神秘的新世界。我没敢买那镜子，是怕自己会禁不住地哭起来；没胆量把它带回自己的小巢，是怕它变成一幅屏幕，上演一出又一出故乡的故事。狭窄的小巷里低矮的房舍，如一奶同胞彼此牵挽，每一砖每一瓦都像在诉说邻里间的亲情。像这样古老而又古老的民俗画卷简直太多太多了。而且我所去过的阿拉伯各大城市那样相似，同样的风格、同样的习惯，我自幼就尝遍其中的苦乐，深谙其中的雅俗。无论我走到哪里，是斋月夜晚的开罗，是热情款待过我的科威特，是为探望老父游览过的利雅得，还是穹顶高耸尖塔林立的巴格达，以及……啊！早知商店里摆放的珍品来自我的生活，来自我们的过去，我怎能不喜欢，怎能用尖刻的话语描述它？独居异乡使人有时产生隔膜，盲目地敌视，对身边的美好事物视而不见。

六

我们如何对待自己的过去呢？

祖辈留下的咖啡杯、用过的洗脚盆、睡过的床榻……我们早已遗弃，说是害怕蟑螂，然后再从西方搬来一个新家。我们只知道探头探脑窥视别人，天天做着文明发展的美梦，忘记了真正的文明遗产。的确，某些旧物已不能再用，只能寄托怀旧之情，但是我们急于改变穷苦的现状是否太过分了，尽管用心是好的。我们扔掉了许多不该扔掉的珍贵古迹，忘记了保护古迹是为了与我们的祖先一脉相承，不要成为各种大光棍文明门前的弃婴。孰不知我们的房屋建筑曾经是最美的，有高大的门楼、精美的灯塔……

我们既不想把我们的房子变成巴黎式住房，也不能完全仿照祖先的式样；我们应该保留阿拉伯传统的精华，融进时代的特色，这才是真正的继承。

  我们民族独特的审美情趣像金色的丝线一般把我们的今天和过去相连。在各国人民都致力于保护遗产的今天，难道我们不该保护自己的遗产吗？

张洪仪译

异乡人还是离乡人

哈黛·萨曼

一

充满绵绵乡情的夏天已经结束,秋天来了。对于黎巴嫩来说,这是一个严肃地提出问题进行反思的季节。夏天里,回乡的浪潮汹涌。苦苦眷恋着黎巴嫩松柏、烟草、柠檬和滨海路上芬芳茉莉的二十五万多人,在经历了痛苦而漫长的分别之后回到了祖国,急切地盼着见到亲人和朋友。随之也带来了他们的后代——一批出生在国外,除了父母在侨居地挂在圣母像或是圣龛旁老家的钥匙以外,不知道什么是祖国的孩子。上周我们谈了作为父辈的离乡人。他们个个都是回忆狂,怀揣着对祖国的一片痴情,在废墟上徜徉徘徊,用痴迷的目光看着贝鲁特、村子、群山、海岸……就像痴情的盖斯看着情人莱拉。他们并不无谓地凭吊废墟,而是沉醉在往日的回忆里,品味着别离的痛苦和回乡的甜蜜。然而他们的孩子则不然,有的孩子在炮火里出生,乘着小船离开了家乡,如今已是20岁左右的年纪,祖国对于他们不是旧日的街道和山村,而是战争的烽火硝烟。他们用冷漠和理智的眼光审视周围的一切,完全不同于父辈。今天,我们就要谈谈他们，因为他们将修复破碎的家园，建设未来。当我们就近观察时，看到了什么呢？

二

坦率地说，我们发现某些错误的认识需要认真对待。的确，留在黎巴嫩的人满腔热情地迎接了回乡的亲人，慷慨地献出爱心、金钱和时间，但是却很少赞赏那些孩子。那些孩子看待黎巴嫩很现实，很冷静，甚至有些挑剔。他们身回祖国仍不讲阿拉伯语，而讲英语、法语或者德语，只与一起侨居的亲戚交谈，很少与当地的居民交谈。他们讨厌战争留下的废墟、垃圾和混乱局面。

我的一位爱发牢骚的女友近日来为了启发侄子接近自己的孩子伤透了脑筋，但努力无济于事，她侄子还是去找曾一起侨居的堂兄弟玩，而且还用外文说话。类似的议论我听到很多，而且来自多个渠道。这议论带来了某种悲伤的气氛，某种类似悔不该当初的凄凉感，冲淡了人们重逢的喜悦。这一代人简直就是异乡人，而不是离乡人。他们绝没有父辈那种罗曼蒂克式的迷恋和痴情，而只看到国家现实的破败和丑陋，并且拿来和侨居国相比。

有人说：这些孩子整天和侨民泡在一块儿，短短的一个暑假怎么能在语言上有所长进？他们也许根本就不想学阿拉伯语。

有人说：他们不但长得金发碧眼，而且总盼着回侨居国，尽管亲戚们百般照料。

持中间态度的人说：他们在西方受了良好的教育，早知如此真不该留在黎巴嫩，如果带着孩子出国，兴许会有更好的出路。

另有后悔莫及的人说：那些侨民在晚会上吹嘘自己如何富有，而我们这些留下的人又怎么样呢？他们每人都有值得骄傲的经历，引来人们羡慕的目光，好像比我们的地位高多了。

三

　　这些都是私下的议论，当然有时也激烈争论，但极少见诸报端。其实，这些应公开地讲出来，心平气和地进行讨论。我认为，那些在国外长大的孩子们是不可小视的民族财富。很遗憾，愚昧地忽视人才曾使我们在同对手的较量中屡屡失败。

　　他们确实不会讲阿拉伯语，要怪只能怪我们。是我们把他们抛到一块炮声隆隆、充满疯狂的仇视和无休止的意识形态之争的陌生大地（正是这种反动、进步、右、左的长期的敌对酿就了今日的可悲结局）。如果我们厌恶他们的所作所为，则应该知道那正如信教人说的"是主的惩罚"，或者如哲学家说的"是因果报应"。要恨、要抱怨就恨自己抱怨自己，因为我们应对过去的一切负责任。

　　有人愤愤不平，说：黎巴嫩的城乡似乎出现了两个阶级，侨民阶级和居民阶级。即使这种现象产生了，解决的方法也应是积极的，特别是对待年轻一代。由于冲动，我们已经失去了过去，延误了现在，但愿不要再失去将来。其实，侨民的钱也不是从天上掉下来的，为了生存，他们在异国他乡受了不少折磨。

四

　　的确，侨民的孩子在国外受到了良好的教育，这并不是说黎巴嫩没有先进的教育，而是战争，连年的战乱使一切都倒退了，教育也不例外。受了最好教育的新黎巴嫩人是民族的财富，我们应该懂得如何珍惜，不论他们在哪一国用哪种语言受的教育，不能因为喜欢迈克尔·杰克逊胜于阿拉伯曲牌伊塔巴和米加那而遭排斥、憎恶，被视为异国人。也许我们应该学习犹太人的经验，以色列把他们统一在一起，不论在哪儿，都是一个整体,从而在欧美形成了强大的势力。我们要懂得利益原则,懂得理智的语言,千万不要因鸡毛蒜皮类的小事而蔑视年轻人。我们应该学会走进他们的心扉,用现代语言去交谈,使其了解祖国黎巴嫩的强弱荣辱于他们的重要性,让他们成为未来的建设者,而绝不是嘲笑、唾弃、忌恨的对象,或是可恶战争的继承者。我以为只要有爱心、宽容心,黎巴嫩的居民和侨民一定能一起振兴祖国。时代在前进,在发展。过去,我们忙于破坏这个国家,现在则应当认清年轻人的作用,更新对侨民的认识,当他们为宝贝。他们将成为异国人还是爱国人全在我们,这将是我们发展中的一大战役。是成功地将他们植根于自己的国土呢,还是等闲视之呢?什么时候我们才能认识到国家对新一代的渴求应像侨民对回乡的渴求一样迫切?!

张洪仪译

水烟筒

杰马勒·黑托尼

杰马勒·黑托尼(1945—2015),埃及作家。1966年毕业于工艺美术学校,从事地毯设计。1967年转入新闻界,1969年进入《消息报》报社,后主持文学版。1993年参与创建《文学消息报》,并任主编。1963年以短篇《千年前青年遗墨》崭露头角。其小说注重吸收民族遗产精华,致力于创作具有鲜明民族气派的作品,在整体构思、叙述方法、文学语言上都有所创新,开一代先河。主要作品有《吉尼·巴拉卡特》(1947)、《宰阿法拉尼区案件》(1976)、《显灵书》(三卷,1981—1986)、《都市之广》(1990)、《冥冥中的呼唤》(1992)等12部长篇小说、7个短篇小说集及其他散文作品。曾获国家奖和法国骑士勋章。《水烟筒》译自《千年中的开罗概貌》(1983)。

我抽水烟已经十五年了。水烟如同一位默默无言的朋友,心儿忧伤苦闷时,就会想起它来。它是位帮你捉回纷乱的思绪、令你精力集中的朋友,也是位不提特殊要求去打扰你,或让你在爱、厌倦和憎恨中挣扎的朋友。当你孤独难挨时,水烟筒咕噜咕噜的水声与你为伴,令你倍感亲切,红红的炭火将你带入朦胧的奇幻世界。

我抽水烟的时候，水烟已濒临没落。时代的快节奏从它身上碾过，消亡是迟早的事。不论走到哪里，我都要寻找水烟筒。在大马士革，哈瓦纳咖啡馆坐落于戈斯尤恩山上，我在水烟筒的伴随下，远眺绿色的天际。大马士革的水烟筒装饰典雅，做工精细。在巴格达，乌尔费利咖啡馆坐落在萨阿东街，那里的水烟筒外表粗糙，烟块却很讲究。一位腰间围着红色丝巾的老人给你送上水烟筒，他一言不发，好像在举行一种神圣的仪式，但又不肯透露出其中的奥秘。在开罗，水烟颇具人情味。吸水烟有专门的场所，大家围坐享用。水烟筒在开罗经历了辉煌之后，如今退居于少数几家咖啡馆内。土耳其的水烟筒外表粗糙。它像奥斯曼帝国一样由盛及衰，现在几乎绝迹，零星可见于屈指可数的咖啡馆内。在欧洲，年轻的嬉皮士把水烟筒当作奇物玩赏，他们坐在杰尔塔立交桥下的咖啡馆里吞云吐雾，凝视着黄金角的波涛。

不过，这里和那里的水烟筒不大相同，只是表面的形似而已。随着时代节奏的加快，东方冥思精神渐渐消亡，水烟时代的逝去已不会等得太久。

烟草发现于美洲，印第安人最早享受这种让人轻微晕眩的物质。烟草从美洲传至欧洲，再传向东方。伊历1012年（约公元1603年）烟草传至埃及，在穆斯林学者中引起很大争议。大部分学者坚持禁烟，瓦哈比派穆斯林至今遵守这一禁令。有时，官方也自上颁布禁令。据杰布鲁蒂回忆，伊历1156年（约公元1947年）奥斯曼总督发布了禁烟令。随后，艾迦汉也坚持禁烟，违者要受到处罚，吞下放烟和火炭的小碗。然而，苏菲教徒则为吸烟、喝咖啡和吸大麻辩护，艾布·宰哈卜·布克拉写过一首关于烟草的诗：

　　拿烟给我抽，
　　心情不由豁然开朗。
　　有害也罢，无害也罢，

只见烛光通明，

谁人弄火舌削瘦轻盈，

但愿隐约的哀愁之火，

能在眼前消失殆尽。

那时，还没有卷烟，吸烟使用烟袋或烟筒，烟民手执烟袋，富人由仆人手捧烟袋伫立其后。据丹麦人爱德华·林回忆：当时的烟杆长四五英尺，杆两头包金或银，并用彩色绸子缠绕，流苏垂地。起初，绸子先要用水打湿，慢慢为烟气和蒸汽熏干。存放烟块的小碗是陶瓷的，至今仍然如此。在陶瓷碗外边套上一个铜碗，以免烫坏地毯或烧着席子。烟嘴儿由二至三块鲜艳的玉石做成，其间点缀米尼亚的金饰或玛瑙石、埃及碧玉或其他宝石。烟嘴儿是烟袋上最值钱的部分，有时还镶上钻石。烟袋时时擦拭，如现代人擦烟斗一样。为此，不少穷人以擦烟袋为业。姓舒布克基的人，祖上就是烟袋商人或制烟袋的工人。烟杆长是烟袋和水烟筒的共同特征，这是因为东方国家气候炎热造成的。与西方的烟斗正相反，西方手握烟斗能感受到透过木质烟斗传过来的一丝温暖。

现在，烟袋已经绝迹，早已挂在博物馆的墙上，或摆在古玩店的橱窗里。在巴格达的古玩中心保存着各式各样的烟袋，水烟筒也要步烟袋的后尘。如今，摆在博物馆和富人客厅里的珍贵水烟筒，是由彩色玻璃制成的，上面绘有土耳其贵胄以及奥斯曼统治者的画像或自然风景。

水烟筒的读音为纳尔基莱，它是意为椰子果的纳尔基勒一词的派生词，可以说是音译。民间就把水烟筒称为椰子（焦宰），因为，最初水烟筒是由空椰子壳做的。在椰壳上钻个洞，放上小碗，在旁边再钻个洞，插上木制的长管，椰壳里放上水，烟气通过水的过滤吸入口中。

丹麦旅行家卡斯廷·尼布尔曾描绘过埃及的焦宰。他说，直至20世纪初，水烟筒的形状基本没变。随着椰子价格上涨，烟民开始用空铁罐或空玻璃瓶代替椰壳，形成民间最简易的水烟筒。烟民在烟草中加进蜂蜜，这种烟在埃及咖啡馆里称作布里或米斯里。卡斯廷说，老百姓抽烟也为了冷天取暖。

用平底玻璃瓶代替椰壳做成的水烟筒较为雅致，卡斯廷称其为"波斯水烟筒"。波斯的有钱人喜欢这种类型。他们甚至使用银瓶和铜瓶。在开罗古老的赫利利市场，至今还出售铜质雕花的水烟筒，这种水烟筒可供数人同时吸用，瓶子四周接出若干条烟杆。类似的烟筒在阿拉伯半岛的也门、沙特也很普遍。卡斯廷提到波斯的舍拉子以制作雅致烟筒而闻名于世。舍拉子的工匠把彩色的花朵画在玻璃瓶的内壁上。在19世纪，波斯水烟筒还远销到印度。不过，卡斯廷描绘得最详细的还是埃及的水烟筒。

西舍是个波斯字，意为玻璃。埃及人称水烟筒为西舍，是因为盛水过滤烟气的容器为玻璃制品。

用水烟筒吸烟前，烟块要用水洗几次，湿着放进小碗，上面加两至三块火炭。烟块燃烧，发出诱人的香味。不过，吸进太多的烟会伤害娇嫩的肺叶。现在吸烟的方法与爱德华·林在150年前形容的样子没什么两样，只是烟筒形状与烟的质地有些变化。20世纪50年代，烟块已分波斯、拉兹高尼、艾兹米里、印度、也门、阿曼等多种。今天，埃及只供应两种。一种是伊朗或土耳其产的外国烟。这种烟块用烟叶捆扎，浸水后不切断，用量也大，烟味浓烈，为大马士革、巴格达、伊斯坦布尔的烟民所喜爱。开罗咖啡馆的外国烟块质量低劣，肺部坚强的人才能承受。另一种是哈马烟，用量少，烟味柔和不太辣，一般人都吸这种烟。

开罗市内可以抽水烟筒的咖啡馆有鲁格广场的文化沙龙咖啡馆，穆罕默德·哈赛内尼始建于1920年。1959年坍塌。后由他的儿孙拉沙德和杰拉勒重建，并从曼苏尔大街迁至现在的地址。许多作家和艺术家都是那里的常客。20世纪，开罗最著名的可供抽烟的咖啡馆要数欧洲咖啡馆。三四十年代，以女老板的名字命名，叫白迪阿夜总会。白迪阿亲自为顾客服务。每位客人有一根专用的软烟管。烟块下衬着花瓣，水中放有樱桃果。顾客中有政治、财经、文学界的大人物，纳吉布·马哈福兹就是其中之一。那里，还有戴面纱的女士，悠然自得地吸着水烟。

此外，著名的咖啡馆还有坐落在军队广场的阿拉比咖啡馆、侯赛因老区的费萨维咖啡馆。已故的法赫米·费萨维在他进入中年，不当头人后，白天黑夜叼着水烟，坐在那里。诗人哈利里·穆特朗、报人赛里姆·塞尔基斯常去的是努巴尔咖啡馆，当年，阿卜杜勒·哈穆利就在那里演唱。书店对面是书店咖啡馆，尼罗河诗人哈菲兹·易卜拉欣和谢赫阿卜杜勒·阿齐兹是那里的常客。水烟咖啡馆在共和国街，那是烟民和赛狗爱好者的家园，现在已变为商店。

亚历山大城里的咖啡馆，至今来抽烟的人仍络绎不绝。商业咖啡馆、迦必尔咖啡馆、法鲁克咖啡馆和尼罗河谷咖啡馆仍很热闹。

在开罗老区的宫间街，制作水烟筒的店铺一家挨着一家。店里卖水烟筒、烟瓶和烟管等用具。玻璃碗和用铜制作的烟瓶及连接处的水烟筒大概卖15个第纳尔，全部铜质的雕刻水烟筒要值几百个第纳尔。在大马士革，伍麦叶清真寺附近的哈米迪市场专有一个卖水烟的区域。

20世纪30年代，开罗咖啡馆中一块烟块的中等价为10个米利姆①，40年代是30个米利姆。而后，烟和其他物品一样随行上涨。吸一次哈马水烟合10个米利姆，波斯烟为40个米利姆。一公斤烟合30个埃镑，而50年代初只有3个第纳尔。在大马士革，吸一次高级水烟付半个里拉，在巴格达或贝鲁特则用30个非勒斯②。在伊斯坦布尔，抽一袋烟相当于半个埃镑。

总之，水烟筒已走向衰亡。过不了多久，就会进入博物馆。为此，我真为今后到开罗的游客伤心，他们再也找不到那默不作声的朋友。当日子难过，暗自神伤时，水烟筒再也不能陪伴你。生活灰暗沉重，令人烦闷抑郁时，我们会去吸水烟。可是，他们哪……他们去了哪儿？

李　琛译

---

① 一个埃镑合100个米利姆。
② 一个伊拉克第纳尔合1000个非勒斯。

"女性"的罪名

玢特·芭哈尔

玢特·芭哈尔(1951—),突尼斯女作家、教师。原名菲兹·高拉·碧芭,笔名意为海之女。突尼斯作协宾吉里斯分会副会长。主要作品有短篇集《自杀的小女孩》(1983)、《光影中》(1993)及长诗《没寄出的信》(1989)。《"女性"的罪名》译自突尼斯《文学早报》(1992年5月19日)。

遗 忘

我写,

忘记了我曾向大海借来姓氏,避开族人的目光,逃向写作的荒野。

我写,

忘记了当我还是个女孩儿的时候背后拖着整齐的发辫,经常穿着宽大的衣服用来遮住女性的魅力。

我写,我忘。

写是新生，写是觉醒的生命唯一的证明，

我要一直写下去。

也许我将长发落下，梳起男人的发式，也许我像男人那样把指甲剪秃，穿起深色的长裤和一本正经的白衬衣。

但是，我用鲜血在写，

写真诚，写痛苦，

写死亡，写生命，

写健康，写疾病，

写对自由甘泉永久的渴望、追求，直至疲惫不堪而倒下，倒在绵亘不绝的围墙下，拥抱阿拉伯祖国的土地。

尽管如此，

我写，写我的站立，写我的复活，

写我比以往更有力。

色 彩

我写，浓酽的咖啡一杯接一杯，苦涩的滋味在喉头回味，激动的手指在战栗。

也许咖啡的芬芳穿透纸背，

也许吐出芳魂或者喷出烈焰，

也许长长的秀甲嵌进行间字里。

我忘了我是那个穿着大海的衣衫逃离部落的人，那个被骂作"女性"的人。

我忘了，因为我穿过了部落的围墙，变成新的、坚强的、无所不能的、拥有七条性命的新性别而昂首挺立。

我忘了，

我脱下一切衣裙，赤裸着，仅仅为寻求写下真实的自由。

为什么那个象征女性的字母是永久的指控,
为什么所有阿拉伯女作家们都在逃避?
人云:"某某已经超过了女作家的水平。"
又曰:"她的作品简直与男作家相差无几。"
她们不得不附之以声声叹息。
那捆缚男女奴隶的锁链已将我们束得太久太久,
是为逃避这历史,试图将它从人们的记忆中抹去?
还是用新发明的"阿拉伯方式"解决问题?

往　事

一个苏联文学家代表团来到小说俱乐部访问,当我们突尼斯小说家问到苏联有关妇女题材的作品时,其中一位文学家告诉我们:

"写与男人共同从事的事业,或写妇女特别关心的问题。"

回答简单自然,没有矫揉造作,没有粉饰美化,所有作品或展现女性之独特性或将女人融进社会的潮汐。

我记起了你,哈黛·萨曼,记起你的照片。

长长秀发披在肩头,守护你度过寂寞的黑夜,笔下流淌出叛逆的诗句,你修长的秀甲,绘出彩卷鲜活亮丽,你永远出类拔萃,所有的人无论是朋友还是敌人都必须承认你。

我记起了你,比尔·巴克。你纤细的手指正在描画历经磨难的母亲的眼睛,她久久凝望着永远长不大的子女,这是那个偏远的国度许许多多女人的命运。

但你没有剪去长发,你摸索着探寻着新世界的指甲也未曾剪去。

古老岁月里痛失兄长的女诗人汗莎啊,你的哭诉震撼我的心,越过时空的樊篱。

难道"女性"永远是罪名,在前进的旅程中追随我的是毁誉?

你怎样看我

我写，为了活着，

我写，为了留下我的印迹。

我选择了生活正如它选择了我，

沾上朦胧清晨冰凉的雨滴，沾上闪烁在玫瑰瓣上的露珠，沾上燃到指尖的火焰，沾上秋天丰硕的果实，我写。

须问：

你怎样看待我的痛苦，

怎样看待我家乡和祖国的遭遇？

你怎样伴着我穿过崎岖的山径，

在哪条小道上找到新生，

那个伴随我的阴性标志可曾挡住你前行的步履？

出路在哪里

我仍在走，

仍在写，

不在乎无休止的提问，忘却了阴性标志似脚镣锁住我举步维艰。我执着地走在狭窄的阿拉伯山径上，寻找着一条些许敞亮洁净的路，一所阳光和空气能光顾的屋，寻找一片天空，真正的开阔的天空。那里，没有当政者和军警的面孔；没有缠着头巾的长老喝令我穿长裙换短衣；没有挥舞棍棒者令我露出头发或蒙进面纱；没有人提醒我，我名字里阴性的标志即使 21 世纪来临仍然是罪孽。

即使如此，

他们诅咒我的性别，干吗不伸出尖尖的指甲抓他们的脸，去抠出那些贪婪的眼睛?

为什么不写?

那不是对女性永远的诅咒,而是对所有阿拉伯人的诅咒,诅咒他们带着可悲的懦弱朝着毁灭的深渊沉溺。

这诅咒将使我笔端的墨化为喷涌的热血撒向贫瘠的大陆和地中海,冲决千年的堤坝,激起丰厚的泡沫,吞没浑浑噩噩醉生梦死的躯体。

我奔向自由的旷野,奔向我的纸,用血写,写下这强者的时代总在失败中苦苦挣扎的阿拉伯人的悲剧。

也许我长长的头发已劳累,伏在纸端喘息,

也许我的手指已磨烂,为在漫漫沙海中寻找自由,

也许泪水模糊了我的笔痕,

也许连茉莉花也疲惫地落满我的字迹,尽管如此,我以鲜红的热血录下一片真诚。

我忘,忘记我的颜色、容貌、衣着,只有烈焰中燃烧的自己。

我写,我忘。难道真的因为我的名字上带着阴性的标志,我的使命只能在牢狱里完成?

或者任我的笔,记载唯唯诺诺默默无闻的阿拉伯人怎样活在动荡不安的祖国第十道围墙里。

张洪仪译

阿拉伯文化中的自然与人

宰基·纳吉布·马哈茂德

宰基·纳吉布·马哈茂德（？—1997），埃及著名思想家。著作颇丰，影响很大。主要作品有《我们的理性生活》《阿拉伯思想的更新》《哲学与批评》《社会与灾难》《遗产中的价值观》等。《阿拉伯文化中的自然与人》译自《埃及现代文学种种》（1979）。

假设一群西方哲学家围坐在一张桌子旁讨论问题，他们也让一位阿拉伯思想家一同落座，他听到他们所讨论的问题是人与自然的关系，这时他被要求也谈出自己的看法，不过有一个条件：只谈一种纯粹的文化，而不是从这里或那里输入的阿拉伯文化。你看此时此刻他会说些什么？

我估计他会以表示异议来开始他的发言，这一异议包括一般的和根本的问题。由于他的西方哲学家同行没有像被"认知"过程那样，被人与自然的关系中的某个问题吸引住注意力，他们更关心的是，当人获得关于他的环境的知识时，该认知过程是如何完成的。如果他们的研究范围再扩大些，那就会出现一个与从这个主干派生出的枝蔓相当的空间。这个主干就是"了解"下述两方是怎样与其相联系的：作为认知者的人和作为认知对象的自然。我想，我们的阿拉伯朋友会从研究和观察的根本问题上开始他的谈话，因为他在自己古老的传统文化之光的照耀下，看到的最基本的关系，人类赖以面对他周围的自然的那一关系，不是认识者与认识对象的关系，而是行为者与其行为对象的关系，或者说，不是理解与被理解的关系，而是行为意志与被施加意志者的关系。

在阿拉伯文化中，自然更多是一个运营、活动和效应的舞台，而不是一个纯粹观察的对象。即使是抽象的理论性知识，在阿拉伯文化之光的照耀下去观察，也是被施加意志的一种效应。因为意志具有逻辑优先地位，而其他种种都是由意志衍生出来的。我们可以这样说：《古兰经》是我们借以寻求正道的经典。其次，让我们这样说：它是立法的依据，即各种法律、命令和禁戒的根据。而所有这些都来自行动而非纯粹的思考。在这本经典中，记录着一大批价值——安拉的99个美名可能被视作某些价值的标识。这些价值是为行为，为人对其兄弟——人的行为以及人对其他存在物的行为编排出来的。所有这些，对行为者来说，都是围绕着他的"自然物"的，他被要求很好地对之行事。

这些行为价值，显得多样而分散，以致达到如此程度：它们可能已经失去了那种把它们全体包容在一个有序的格局中的统一。在那一格局中，价值有高低上下之分。这就是说，有的价值——即行为标准或尺度——包容着、统摄着别的价值，后一种价值相当于前一种价值衍生出的结果。在此情况下，阿拉伯哲学家的任务，作为替代，不是探讨理性思维，看它们是怎样产生的，又以何种方式被纳入同一架构中；而是探讨价值，看它们如何以普遍或特殊的方式彼此联系着，以便最终成为人在其社会和自然环境中待人接物的实际向导。安拉的独一性本身，在我看来还没有被很好地理解，除非在研究者的头脑里让它与价值体系中的某种独一性相随。我的意思是与之相协调，这样做就会给行为者指出正确的目标。如果彼此矛盾，就会导致分崩离析，误入歧途。况且"伊斯兰"这个词本身就包含着人要让自己的意志服从安拉的意志，也就是说，人要让自己的意志去服务于安拉想要他为之做的事。

如果说在西方思想家那里，人和他周围事物之间关系的主轴是"知识"，那么，在阿拉伯思想家这里，这一主轴则是"道德"。我在这里使用这个词是为了表达"面对不同情势时正确行为的法则"这个意思。在阿拉伯思想家这里，最值得关注和规范的是"社会性立场"。阿拉伯文化所带来的最重要的附加物之一，是由伊斯兰信条生发出的东西，是为了行为的道德性而对行为进行调节。在此之前，道德性曾被局限于意图和良心；在此之后，情况不同了。我们会看到，行为的道德性，并不否定良心的道德性，相反，它被加入后者，以便超越它。作为澄清意图进而让人停留在这一限度内的替代，行为的道德性要求把意图转移到所进行的行为上。意图的道德性把个人变成处在自己个体中的一个优秀个人，至于行为的道德性，则将个人从其个体中拉出，让他变成一个良好的公民，即让他成为某个集体中一个有用的成员。在良心的道德中，那里没有仲裁者，只有良心本身。一旦良心对它的主人感到满意，人就会感到幸福、满意。这种幸福感是对自我认同的报偿，因而不是对别人的殷鉴教训。至于在行为道德中，个人为了成为高尚者，只让良心满意还不够，而必须将良心的意图置于行为的试金石上。行为的试金石通常总是他人，是社会，是人道主义。若无外部这一方，事情就不会在道德上得到完成。

倘若你对此稍加注意，你就会发现与此息息相关的一个重要结论，这就是：个人的完善必须有社会的存在为前提。纯粹的阿拉伯文化或许已经把这一社会范畴加入到个人生活中去了。这并不是为了让其成为个人的某种特质，而是为了让它成为不断完善的人类存在的一种必需。因此，苦行者或苏菲主义者的离群索居是一种不符合阿拉伯精神的事，它只同其他文化相一致。由于在一个社会中规范行为需要某种标明界限的"法律"，因此就有了立法或"教法"，有了对可行与不可行的界限的规定，而这是阿拉伯最重要、最伟大的成果之一。我再说一遍，行为者去寻求法律或教法的裁决，并不排斥他去寻求自己良心的裁决，反而使两者互为补充。仅仅满足于良心法庭的判决，也许不能让人深入到行为生活中去。

这二者的关系，就像我们望着一台静止不动的机器与我们为考察其性能而开动这台机器一样。只有第一种状态的存在，才会有第二种状态的出现。假如反过来，就不对了。这也即是说，就机器而言，可能满意于它的静止状态，但我们不晓得在行为世界会如何。在良心道德中，在建立于良心赞同的行为道德中，这种情况是很少的。

行为及其动力学，不是处在动态或静态下的纯科学。从阿拉伯的观点来看，它是人类大厦的一块基石。我以为这已反映在阿拉伯语和它的构造方式上。阿拉伯语的句子是从动词开始的，代表行为者的名词，则置于动词之后。这与欧洲的语言不同。在欧洲的语言中，代表行为者的主词置于句首，然后才跟上动词。我们说"来了栽德"比说"栽德来了"为多，他们则相反。由于行为在大多数情况下是因一种愿望推动而完成的，愿望又几乎局限于人类而不包括这个被创造的世界上的其他生物，因此，阿拉伯文化所考虑的问题，不是具有理智的人与带有自身特性的自然之间的关系，目的不是为了掌握自然科学法则，而是带着自己愿望的人与处在自身效应与种种活动中的人类社会之间的关系，目的是参与达到让最高价值满意的目标的统一行动。在西方哲学家那里，磨盘的轴心是理性的判断；在阿拉伯思想家这里，磨盘的轴心是行为的价值。最好是二者彼此相互容纳。因为西方人缺少使其完美的东西，缺少那些靠着感情与互助合作方式使个人加入人类集体的价值。而阿拉伯人也缺少使其完美的东西，缺少科学问题——控制和把握它的方式方法。毫不奇怪，思想史看到两种向相反方向进行的运动：在我们这个地区，教理带着它的价值使命向西方运行，并得到传播；在他们那厢，科学带着它在自然现象中行事的手段，向我们走来。

阿拉伯人的文化向来以诗歌最为突出，还有其他文学艺术。你可以把这些文学艺术与诗歌一起纳入同一艺术范畴中去。什么是诗？诗在其本质上是与世界万物交流感情，与之交往。诗人不像学者那样站在离事物很远的地方，观察事物的方方面面而不让自己陷入其中。诗人绝不是那样，相反，诗人依靠的是在海水中看到自己，在天空的星光和大地的禾苗中看到自己，仿佛这一切都和他一样，都是自家人。请与我一起思考一下这一奇特的相异吧——当科学家们看人时，他们就把人转变为一个对其进行客观分析研究的事物；当诗人们看待事物时，他们就把这些事物转化成一些与他们进行交谈的人！在我们眼里，那些事物就是我们。自然非人，几乎不会让我们动心；可在西方思想家那里，人却几乎变成一种自然。

我可以从现代哲学流派中找出一个例外，这一流派的观点和我们的观点之间有一定的亲缘关系。这个流派就是信仰派存在主义哲学。存在主义有两个分支：信仰派和反叛派。存在主义这一哲学，同时包括两个分支，所依据的是：人是行为的主动者，他是自由的，为自己的行为负责，也要为他人的负责，相互负责。至于其他哲学流派，对受过纯粹阿拉伯文化熏陶的阿拉伯人来说，读它就如同置身于一种陌生的氛围中，好像是在没有流动空气的尘烟中呼吸。本文作者在这方面深有体会，他哲学领域中的"英国"文化背景，最终引导他选择了科学思维流派，即他认为正确无误的科学实验派，或逻辑实证派。他写出过许多阐释性书籍和篇章。不过他就近观察时，发现这个理性分析学派遇上的都是些外行，因为当他谈论存在主义或柏格森哲学时，这里有许多人在津津有味地侧耳倾听。

穆斯林法学家中的一位权威人士伊本·泰米叶①曾经指出，从"是什么"的角度去认识安拉，对人来说是办不到的。在人的面前没有认识安拉的途径，除非通过认识安拉意志的道路。安拉曾向他的先知们揭示过这一意志，崇拜者的义务仅限于服从这一意志。安拉的意志正是希望人类践行的那些价值，这被期望的行为常常与社会中其他人的生活相联系。因此"民族"的思想就具有极大的重要性。把人群变为民族的原因，不是他们生活在同一地理区域中，不是他们追随着一段共同的历史，也不是他们说着同一种语言，而是——伊本·泰米叶认为——共同参与某种"行动"。靠着这一参与，每个个体都超越了自身的限制，而向那些参与同一行动的同伴开放。我不需要提及面对以色列存在的"阿拉伯民族"的当

---

① 伊本·泰米叶（1263—1328），伊斯兰著名法学家，著有《关于法律的意见》《信函》等，囚死于大马士革城堡。

前形势，并以此来肯定伊本·泰米叶的意见。阿拉伯民族在目前这种情况下，只有共同行动，才能丰富她的民族性。

  我们几乎忘记，一群当代思想家正聚在一起，围绕一个题目进行讨论，这个题目在我们这个时代变得十分尖锐，它就是：当人面对自然时，人与自然的关系，什么是其根本？什么是其枝节？同样的，我们几乎忘掉，我们曾经假定让一位阿拉伯思想家同这一批思想家在一起，以纯粹阿拉伯的观点来参与讨论，那他可能说些什么来做有益的补充呢？我们且姑妄断言，他将转换视角。在他们那里是面对自然，以科学而告终；在他这里，则是面对人类社会，以价值告终。每一方都懂得以何种特色卓然超群；同时也知道，为了让人作为人而得到完善，他们还缺少什么。

伊　宏译

圣 谷

穆罕默德·卡米勒·侯赛因

穆罕默德·卡米勒·侯赛因,埃及思想家,生平不详。《圣谷》译自《埃及现代文学种种》(1978)。

"圣谷"是大地的一隅,时间的一段,是一种精神状态,在此状态下,我能升腾,超越你的自然属性,万物的自然属性,超越生命所必须有的东西,超越智慧的界限。

它是这样一处地方:在这里,你对你坚信不移的事物的信仰不会受到怀疑的搅扰,它也不会被削弱。它是这样一处地方:在这里,那一信仰统治着你,支撑着你的全部心智和意志。它是这样一处地方:在这里,你谦卑恭顺又一无所惧地站立;你服从的是自己喜欢的理想,即使没有任何人看到你的所作所为,只有信仰才把你引向这艰辛,你做着,不要求报酬,也不畏惧惩罚。

"圣谷"是这样一处地方:在这里,你的心蕴蓄着一种深深的爱,这爱没有桎梏与仇恨,不让你感到不安与后悔,也不会让你在其中遭到挫折与失望。

它是这样一处地方：在这里，你走向理智与正直的思考；在这里，你发现世界的任何一条真理都是清晰明确的；在这里，真理之路笔直地展现在你的面前，因此你不会迷失在愚昧的黑暗或谬误的烟雾中。

它是这样一处地方：在这里，你的希望全部都是善，你的梦想全部都是美，恶不会由你而生发，也不会降临在你的头上。在这里，大自然同你的躯体、头脑、心灵像音乐般和谐，这和谐充实着人类的幸福。

它是这样一处地方：在这里，你能听到你良心真诚而明确的呼唤，它命令毫不含糊地行善，毫不犹豫地走上真理之途，这呼唤好像是安拉的声音。

"圣谷"，是天国，是乐园——是牢牢扎根于人类心灵中的那些事物，它们的根本法则是信仰、善与智慧，它们的驰骋疆域是宗教、爱与科学。

在圣谷中，你所有的梦都是善，所有的梦都在实现着：

在这里，你感到自然的力量消除了它所有的恶，只剩下它的善，火光映照而不烧灼，飞蛾眷恋光焰落于其上，但不会受到伤害。

在这里，你感到自己远离了时间，远离了尘嚣腐恶。一个包容了善的世界拥有一切。在这里，每个造物的愿望都在实现着。在这里，有乐园般的特性。

圣谷存在于你所希望的地方和你所希望的时间。它并不局限于某一地点或某一时刻，也不局限于一种定义或一种描述。你的心灵什么时候净化了，你什么时候去真诚地爱了，你什么时候做善事了，那里就有你的圣谷。

你的圣谷是你免遭腥风恶雨侵袭的避难所，是你幸福的极致——如果你已是个幸福中人；是你唯一的希望——如果你正陷于痛苦中。无论处在安逸中还是苦难中，你都不可缺少它。在安逸时，它是向导；在困苦时，它是慰藉和希望。

假如你是这类人中的一员——偶然地行善，偶然地避恶——而没有一种纯粹的信仰，一种深刻的爱，或一种明确的哲学，那你的善举不会给你带来心安理得的满足，因为那是一种不完整的善，因为它并未进入圣谷。

圣谷是你的乐园，它保护你免遭不义者的暴虐。在这里，你会看到自己比那些对你施不义者道德高尚，能力强。这种高尚使你对自己感到满意，而不会让那些病态的卑下的感情——如向不义者们报仇雪恨——在你身上萌动。不义和复仇，是一串恶的链条，环环相扣，难以分解。

在圣谷中，纯洁者们看不义者们，是带着怜悯，就像乐园里的人看火狱里的人那样。

建立在人中间的制度，至今都有高原、平川和低谷。在高处，有很多侏儒，他们比不上你的能力，不如你有知识，有智慧，有道德。但他们却靠高于你的力量主宰着你的人生事务。尽管他们长得并不比你高，心灵也不比你高尚，但他们却对你居高临下。

在低处，有那么一些人，他们认为你垂涎高于你的人的地位。

然而在圣谷，人们得到的待遇仅仅与他们的善行有关。在这里，受欺压者尽管地位卑微，但他仍高于施不义者，哪怕这施不义者靠着他的荣耀和强力达到了天的高度能让世人诚惶诚恐。施不义者只要倒行逆施，他就不可能享受到圣谷的安乐。

假如你发现自己落入罪恶之手却不能抵抗，假如你遭到失败打击而怀疑生命的意义，假如你被潜藏在你不能改变的制度中的强力所战败，假如你被施行不义而无法逃避，那你只能避险于你的圣谷，去寻求摆脱失望与烦恼。

假如你的生命空虚，没有信仰或没有善，没有爱或没有智慧，那你可就糟了！假如你过去不知道圣谷，没有享受过置身其中的安乐，没有寻求过它的浓荫的遮蔽，那有什么能把你从紧随着你的不义和暴虐中解救出来呢？当你遭逢不幸，时运不佳，又不曾了解圣谷时，什么能减轻你失望的痛苦和挫折的焦虑呢？

假如在你的生活中还没有一个可以躲避正降于你身的不义的藏身之

处，那你的生活就要变成你的沉重负担，它将几乎全是搅扰和忧患。而这是人类最大的悲哀。

如果你不曾遭逢不义之害，那你在生活中的份额就可能与多数人的那一份相似——一种远远配不上你的才能和希望的成功。你生活中已实现的和正向往的成功之间的差距，正是烦恼的发端。之后，情况恶化了，烦恼变成痛苦、激愤和失望。

你的激愤或许还要加剧，于是它把你引向好斗。人们的烦恼是以这一差距及其大小来衡量的，也许是以距离的平方——如物理学家们所说——来衡量的。只有深刻的信仰，纯洁的爱或真正的智慧，才能填补这一差距，使你重新获得安宁。

也许你属于那样一些少数，他们从生活中获得了超过他们期望的幸运。你发现自己攀附于荣誉的标杆之上，如果不注意用力保持平衡，你越往上升，跌下来的危险就越大。用如此不牢靠的材料是造不起坚固的金字塔的，除非在其四周加上许多许多善，而且还要当心坏人破坏基础，使你在得意忘形时摔下来。

某些思想家谈论"超人"，并不令人奇怪。超人能强使人们服从他压倒一切的意志，尽管那意志是绝对的坏。超人的全部生命，都是攫取与攻伐之强力的表达。他为了实现自己的目标，征服一切善和恶。在他面前不能有任何其他一种力量，一种良心。什么也不能将其阻挡。他的横暴是任何一种纯粹人生意义所不能抑制的。他的特征是强奸鲜活的美德，使之取得许多胜利，带来许多尊崇与光荣，令芸芸众生为之炫目，使英雄崇拜者为之惊叹。

但是，超人——如某些哲学家向我们描述的那种。其光荣只能靠渴望来增加，就如同饮海水者，那海水只能增加他的焦渴、在超人的秉性中，没有一种东西可以使人从动物水平得到提升、他的生命绝对没有纯洁，他根本不在乎纯洁。那些寻求他庇护的人可能令他满意，但他内心深处永远是悸动不安的。他距天然淳朴的心灵所向往的宁静恬适实在是太远了。他越获得胜利，就越增加不安与躁动。

在这个世界上，成功并非纯洁高尚的障碍，纯洁高尚亦非达到世上成功的羁绊。不过，把二者结合起来却是困难的。倘若你无法逃避在成功与纯洁高尚之间进行选择，如若成功之道更多是靠邪恶而非善良去保存的话，那么你最好选择纯洁高尚，因为它存留的时间更长久，更得人心。

也许你认为自己并不需要这一切，认为生活如果没有把你自己置于纯洁高尚和包含着艰辛和困顿的事物之上，生活可能会不那么沉重。你也许认为，自己并不需要经历奔向圣谷者所必不可少的心理锻炼，你可能真诚地认为，纯洁高尚无论如何都是件非自然的事情。

这些看法是错误的。那些盘算着动物式的生活，以此自足，并认为纯洁高尚只不过是生活的附加物的人，常常陷入这一谬误。事实上，趋向纯洁高尚原本是人类的一种自然本性，而且是人性的一个标志。如果人心不能实现其趋向纯洁高尚的天性，那么这颗心是不会安宁的。

那些对这一天性愚昧无知的人，那些受到阻隔而不能去实现这一天性的人，当他们有点儿犹豫不决或存有某种怀疑时，他们正在为此付出沉重的代价。生活琐事搅扰了他们的记忆，在这记忆被唤醒之前，他们也许一直意识不到这一缺点。

尽管如此，你也不要因你不能让你的全部生活与善趋同而失望。你不可能在任何时候都能克服你身上的弱点，克服你周围生活秩序中你难以改变的丑恶。这种悲观失望是错误的。因为你还没在圣谷中建立你的全部生活，还不能让坏事永不落在你的头上。你只能根据你对生命法则的大多数必要条款所能实现的超越来衡量善，或可能根据你为此付出的艰辛——即使你并未达到向往的目标也罢——来衡量善。

你不应为你看到的人们争强好胜和由此导致的争斗厮杀而悲观失望，不应为人类的这种天性——为了胜利不拒绝彼此伤害而失望。不要害怕由此而来的残酷、暴力和粗野。你会听到有人这样说："恶是人类的天性，恶只能用同样或更甚的恶来抵挡。"这种谬见是恶的诸根源之一。难道你没有从自身了解到你喜欢善，愿做好事，渴望义举？难道你没有从自身了解到，别人有侵犯你享有权利的事物的欲望，才让你偏离这一正确的道路？那么，你为什么不这样看：在人们身上有为你行善的愿望，正如在你身上有为他们行善的愿望，如果他们也像你怀疑他们那样怀疑你的话，恶难道不是一种彼此交换的误解吗？也许误解有各种深刻的原因和正当的理由，但无论如何，它是一种误解。

伊　宏译

否认理性的力量

福阿德·宰克利亚

> 福阿德·宰克利亚,生卒年不详。埃及思想家、哲学家。20世纪30年代已在阿拉伯文化界崭露头角,60年代主编《现代思想》杂志及科威特的《知识世界》丛书。积极宣传西方文化,提倡科学理性与世俗化。主要著作有《知性理论与自然立场》《斯宾诺莎》《音乐的表述》《科学思维》等。《否认理性的力量》译自《阿拉伯散文选》。

在艺术、诗歌和文学领域,人们呼唤非理性的力量。他们将这种力量称为幻想或直觉,并真诚地相信,它是这些领域的指导力量,而严密的理性逻辑对艺术创造或文学创作则不能起指导作用。但问题是有些思想家相信非理性力量能够成为我们在知识领域的指导力量,否认理性在这一领域的作用,或将其贬于第二位。这样的思想过去是,现在仍然是科学进步道路上的障碍。

不论何时何地,常常被利用来与理性做斗争的最著名的力量总是直觉的力量。而直觉一词在阿拉伯日常用语中可以被理解为类似猜测或预测。

但如果我们准确地限定使用这个词的范围，我们就明了了它的含义。我们发现非理性在不同领域有一个共同的基本概念——直觉，即不经中介，不循步骤，而直接认知。

一、感觉的直觉。意思是通过感觉去认知事物。如我认识到面前的墙壁是白色的，用专业术语说，这种认识就是直觉，因为我是直接认知这一事实的，既没有经过推论，也没有听他人介绍，而是直接感知的。

二、理性的直觉。即理智直接得到所要求的结果。研究工程报告的人都知道，完成工程试验有两种方法：一种是脑子里首先想到各种试验数据，然后，一个一个数据地加以分析，一步一步地完成试验；另一种方法是一下子就想到解决办法，既不分析，又没有过程，只有在把这种直接解决办法记录下来时才分步完成。这里所说的直觉是某种无须求证和推论便得到的知识，这种知识一次性全部到位，不经任何中间步骤。

三、感性的直觉。就像与一个素不相识甚至从未听说过的人见第一面就产生好感或恶感一样。这种类似女性第六感觉的直觉可能是正确的，也可能是错误的；可能得到实际情况的验证，也可能得不到验证。但我们看重的是：这是一种直接的感受，其判断是立即做出的，没有经过任何中间步骤。

四、还有一种是苏菲的直觉。苏菲派[①]有一种直接来自安拉的知识，不同于经过理性证明和逐步验证得到的知识。苏菲派感受到安拉的直接参与。在这样一种难以言传的罕见的时刻，通过安拉的直接参与，达到神性自我的寂灭。这种情况只有亲身经历的人才能体验。在这里，我们看到一种无须证明和推论便能直接得到的知识，一种通过不同于逐步推理的理性道路而直接获知的知识。

五、最后一种是本文开头谈到过的艺术的直觉，又称"灵感"。其最主要的特点是：艺术家在构思一件艺术品时，猛地产生了一个想法。

从认识事物的方法来说，以上这几种直觉共有三个主要特点：

---

① 阿拉伯文 ṣūfī 的音译，原意为"羊毛"。伊斯兰教的神秘主义派别。——译者

1. 直接的认知，无须中介，也不经任何步骤。

2. 直接进入问题的核心或内在的本质，而不停留在对外部或表面特征的描述，也不局限于与其他事物的对比。

3. 本质上是个体的知识，即某人所特有而非多人共享的知识。它要求一种特殊的无法言传的体验（即使在感知后也无法将肉眼所见向他人做忠实而充分的介绍）。这种体验无法传授给他人，或惠及所有的人。

有些人据此想象人类理想的求知之路，不是理性求证之路，而是直接感知之路。这种直觉把我们带到问题的核心。在他们眼中，理性总是一步一步地前进，只有在论证了前一步的正确之后，才能再前进一步。此外，理性具有普遍性，它只提供知识的共同特性，即大家都能理解的共性。理性经常进行比较，揭示各种不同现象之间的联系。而在具有上述非理性倾向的人看来，这就意味着理性只揭示表面关系，而不能深入到事物的内在本质。

当直觉在这些人眼中成为理性的反对力量时，我们应该注意他们所犯的错误。但幸运的是他们并非全是理性的敌人。有些思想家视直觉为完善理性的力量而保卫直觉，这种力量与理性不矛盾，它是加强理性的助力，以实现最远大的目标。关于直觉的这种观点不会对科学思维构成任何障碍，故不必专门讨论。

真正的障碍来自那些否定理性的作用，贬低其重要性，或缩小其作用范围的人。这一切都不利于另外一种力量——他们称之为直觉，或"本能"，或"生命的极致"，或其他什么名称。历代都有一些这样的思想家，他们所处时代不同，对他们的头号对手——理性——在当时所起的作用，与他们在细节上产生了分歧。在现代生活中，我们仍然能在这些人的作品中找到例证——他们一心否定理性的作用，贬低理性所取得的成果的价值，其目的在于肯定人类知识的局限性，强调知识不能揭示事物的真相。

理性的对手们所用手法大体相似：从正确的前提出发，然后推演出错误的结论。其正确的前提是：理性无法揭示大自然的许多奥秘，无法解决许多问题，其能力看来是有限的。而其错误的结论则是：理性本质上就是无能的，永远是一种有限的力量，因而必须依靠非理性的力量。

遗憾的是，攻击理性的这种欺骗手法对许多人具有欺骗性。受骗者只要看到前提是正确的，又得到论据的支持，便顺理成章地以为结论也是正确的。于是，他们对理性作为获取知识、揭示真理的工具的作用失去了信心。但实际上这种推论从根本上说便是虚假的。我们周围能够看到许多理性不能解决问题的例证，但这些例证并不能证明理性在本质上就是有限的。

这是因为提出虚假论据的人完全否认历史在过去和将来所起的作用。如果我们将五百年以来人类知识发展的情况与今天的情况互相比较，就能清楚地看到：理性确实做出了杰出的成就。如果将人类百年来的生活方式和今天的生活方式做一比较，我们也能清楚地看到：在这段以历史的标准衡量的短时期内，理性已经彻底改变了我们生活的面貌。可以肯定，理性的记录证明理性确实取得了巨大的成就，理性绝不是许多人想象中那样一种有限的力量。而在将来，理性力量的增长更有着无限的希望。计算一下理性的科学成就发展的平均系数的不断增加，我们可以想象未来五百年世界的面貌将是一个什么样子。它将完全不同于人们常说的有限的理性。确实，那时的理性将仍然对许多事物处于无知和无能的状况，但它终究是我们认识拥有的世界和解决我们问题的最好的工具。过去靠着它，我们已经取得了杰出的成果，解决了原以为只能靠魔术或幻想（如飞毯、远距离传话的箱子等）才能解决的问题。今后，理性将继续前行，时对时错，但这一历程的总结果代表着人类的伟大胜利。只要将以下两者比较一下：人类以理性为获取知识的工具的四个世纪（自17世纪至20世纪）以及人类以理性的对手们所鼓吹的另一种力量为获取知识的工具的前十七个世纪，我们就能看到：仅以理性未能揭示一切而否定理性力量的观点实质上已经失败。

朱　凯译

穷人和富人的言谈

艾哈迈德·巴赫杰特

艾哈迈德·巴赫杰特,生卒年不详。埃及散文作家、评论家。曾任《金字塔报》专栏作家,以辛辣嘲讽的笔调著称。作品《地狱中的回忆录》(1995) 记录了他与地狱的暴君、不信教的领袖人物的对话。《穷人和富人的言谈》译自《埃及现代文学种种》(1979)。

富人很少说话,而穷人则整天说话。可以得出如下结论:一个人当他说话很多时,表明他一贫如洗;而如果一个人每两周或三周才说一句话,如果他用庄重的哈哈一笑来代替说话,则表明他富贵之极。这一结论是二十年来对穷人状况实际研究的结果,也是二十年来对富人状况理论研究的结果。世界上最安静的地区是贵族区,最喧闹的地区是贫民区,在这里,喊叫声骂詈声白天黑夜不绝于耳。穷人没完没了说话的原因是他们面临各种问题:债务、危机、烦愁、需求、物价上涨和劳累。穷人发现自己不得不学习言谈艺术,因为言谈可以解决他们的一切问题。

穷人应当意志刚强、口舌尖利、铿锵有力——自然是指言辞铿锵有力。

有时，言辞可以承担起说服债权人放债或延缓还债期的任务。也许一瞬间，事情就向好的方向转化。

言辞应该富有影响力和感染力。在一个威严的法庭上，律师是债务人，法官、法警都属于债权人一方。债务人孤身一人面对强大的严密而非人道的法律，他必须以富有感召力的言辞赢得这场官司。对穷人来说，最好的言辞就是侃侃而谈，声音洪亮。

穷人债务人应该使有钱的债权人明白，他（债务人）迟早会有钱的，安拉做证，这是真的。不过用不着发誓。正如你所知道的，全部问题在于时间的惯性。时间的惯性可以使本应实现的事情几个月几个月地拖下去。在使对方安心之后，债务人开始说服债权人，颂扬放债的欢愉、助人的美德，安拉怎么喜欢愉快的助人者。因此，你应该愉快地助人，应该愉快地延缓还债期。愉快会使人胸襟开阔，愉快会令人心旷神怡。世上最美好的事就是帮助别人时所感到的愉快；等待还债时感到愉快，不等待还债时也感到愉快。

债权人不会听信你的荒诞想法。这时，你应该继续上诉，竭力用各种证据和理由反驳他。你不断地申辩、陈述、力争，直到他厌烦了你的声音，让你从他面前走开……就这样，穷人学到了言谈艺术。而富人则不需要学习，他们的语言能力就是一句话："拿来！"

"拿来"这个词再不能变得更简捷了。而对它的回答，则是可以无限延伸直至永无止境的。

你的言谈是多还是少？那时你就可以回答你是穷人还是富人。

郅溥浩译

变 化

穆罕默德·纳绥夫

穆罕默德·纳绥夫,生平不详。科威特当代作家、记者。在报刊上发表各种社会生活散文,具体而生动地阐述哲理。《变化》译自《外国散文名篇赏析》。

美国大评论家华尔德·李普曼说:"我多么佩服这个女人,她在生活中无时无刻不在进行建设性的工作,她的整个生活都充溢着良善之举。她是一位具有巨大能量的、少见的女人。"

华尔德所说的女人不是别人,是美国前总统富兰克林·罗斯福的遗孀埃莉诺·罗斯福。她在丈夫死后,为人们为社会谋福利而竭尽全力。

当埃莉诺读到这番评论时莞尔一笑,平静地说:"我的朋友华尔德说有巨大的能量推动我进行建设性的工作,是错误的。我只不过是一个平凡无奇的女人,与其他女人毫无二致;重要的是,我不浪费我的时间和能力,而去思考过去、现在和将来。"

美国哲学家威廉詹姆斯说:"变化者生,静止者死。"

他还讲了一位妇女的故事:这位妇女做他的管家达四十年之久。一天,她突然提出要辞职,因为她已年逾七旬,身体不行了。

几年过去了,她的一切消息都断绝了。一天傍晚,哲学家听到一阵敲门声。当他把门打开时,一位白发苍苍但体态轻盈的老妇人出现在他的面前。只见她健步上前,自我介绍道:"我的先生,我是林达,林达,您的老管家呀!您难道忘了吗?"

哲学家此时尽管启动唇舌,却半天吐不出一个字来,他睁大着两眼,惊奇地看着她。半响,他才记起应该请客人进屋。当她坐定后,便满怀激情地向他讲述了她后来的生活情形。

她说:"我就是那个林达。我是来邀请您出席我主持的首次演出晚会的。我不仅成了演员,而且回到我早年的学校,重新学艺,并且授课,居然成功了!我已开始了我的新生活!"

这时已是她离开这个家庭的第七个年头了!

我们自己应该如何来对待生活中的巨变呢?我们是原地不动,还是自暴自弃?是眼睁睁看着生活的列车匆匆来去,还是勇敢地踏上列车,奔赴更美好的前程?

解传广译

图书在版编目（CIP）数据

阿拉伯经典散文选 / 李琛编. -- 北京：华文出版社，2017.4

ISBN 978-7-5075-4652-1

Ⅰ.①阿… Ⅱ.①李… Ⅲ.①散文集－阿拉伯半岛地区－现代 Ⅳ.①I357.65

中国版本图书馆CIP数据核字(2017)第093431号

阿拉伯经典散文选

编　　者：	李　琛
策　　划：	杨　平
责任编辑：	杨　宁
特邀编辑：	勉梛楠　余菊芳
出版发行：	华文出版社
社　　址：	北京市西城区广外大街305号8区2号楼
邮政编码：	100055
网　　址：	http://www.hwcbs.com.cn
电子信箱：	sinoculturepress@yahoo.com
电　　话：	总编室 010-58336239　发行部 010-58336270
	责任编辑 010-63427615
经　　销：	新华书店
印　　刷：	北京联兴盛业印刷股份有限公司
开　　本：	710×1000　1/16
印　　张：	17.5
字　　数：	150千字
版　　次：	2017年5月第1版
印　　次：	2017年5月第1次印刷
标准书号：	ISBN 978-7-5075-4652-1
定　　价：	38.00元

版权所有，侵权必究